»… wenn wir nur alle gesund sind!«

»... wenn wir nur alle gesund sind!«

Jüdische Witze

Von Hans Werner Wüst

Philipp Reclam jun. Stuttgart

Für Professor Dr. Sergei Maltsev, Sankt Petersburg

Besonderen Dank an Rüdiger von Durant,
Horst Dammann-Heublein und Dr. Bernd Anton,
denen ich zahlreiche wertvolle Anregungen
verdanke.

RECLAM TASCHENBUCH Nr. 20240

Umschlaggestaltung: büroecco!, Augsburg,
unter Verwendung einer Zeichnung von Lucia Götz, Augsburg
Gesamtherstellung: Reclam, Ditzingen
Printed in Germany 2012
RECLAM ist eine eingetragene Marke
der Philipp Reclam jun. GmbH & Co. KG, Stuttgart
ISBN 978-3-15-020240-1

www.reclam.de

Inhalt

Vorwort 7

Allgemein Menschliches 19

Familiäres, Mama und der Schadchen 105

Gemeindeleben und Glaubensfragen 151

Chelmer Geschichten 197

Geschäftliches 203

Künstlerisches 243

Medizinisches und Psychologisches 253

Militärisches 261

Philosophisches 265

Politisches 281

Rechtliches 313

Wohltätiges und Schnorrer 321

Wunderrabbis und Wunderliches 329

Vorwort

Die in dieser Sammlung enthaltenen Witze und Anekdoten stammen aus unterschiedlichen Quellen.[1] Entweder handelt es sich um überliefertes Material jüdischer Klassiker, dazu gehören insbesondere die älteren Geschichten, oder es sind Texte aus der ehemaligen Sowjetunion bzw. deren Nachfolgestaaten sowie aus den USA, insbesondere aus New York.

Aufgrund verschiedener Ursachen sind in den letzten Jahren und Jahrzehnten fast ausschließlich in den vorgenannten Ländern neue Witze oder zumindest neue Witzvarianten in der typischen Struktur des jüdischen Witzes entstanden. Dagegen lässt sich nur selten Israel als Ursprungsland vermuten. Ein Grund für das Ausbleiben von wirklich neuen jüdischen Witzen könnte die Erklärung des amerikanisch-jüdischen Psychoanalytikers Edmund Berger sein, wonach vor allem die schlechten wirtschaftlichen Verhältnisse und der Mangel an Lebensqualität in den früheren europäischen Ghettos einen psychologischen Masochismus als jüdischen Charakterzug habe entstehen lassen, der wiederum der Nährboden für den typisch jüdischen Witz sei. Ein sarkastischer oder sogar selbstzerstörerischer Witz fehle deshalb überall dort, wo sich Juden, wie zum Beispiel in Israel, frei entfalten könnten. Vielleicht ist daneben auch der

1 Eine frühere Fassung erschien 2001; die vorliegende Ausgabe ist stark überarbeitet und erweitert.

weitestgehende Wegfall der im früheren Ostjudentum üblichen, das ganze Leben durchdringenden engmaschigen gesetzlichen Reglementierung (Halacha) jedes einzelnen Menschen und das daraus entstandene Bedürfnis, sich durch Ironie und Witz ein wenig Freiraum zu verschaffen, mit ursächlich für das Ausbleiben neuer jüdischer Witze.

Bei dem vorliegenden Buch handelt es sich ausdrücklich nicht um eine ›Enzyklopädie‹ oder ›Soziologie‹ des jüdischen Witzes. Genaugenommen ist es gar nicht so leicht zu sagen, was alles zum jüdischen Witz gehört, ist es doch vielfach kaum möglich, den Ursprung eines Witzes festzustellen. Abgrenzungen in klarer Eindeutigkeit gibt es hier nicht. Viele sogenannte jüdische Witze sind überhaupt nicht spezifisch jüdisch, da sie in Varianten auch von und über Nichtjuden erzählt werden oder sogar nachweislich zum tradierten Erzählgut anderer Volksgruppen gehören. Dazu zählen beispielsweise sogenannte Bildungswitze oder Witze über das Benehmen von Neureichen. Umgekehrt lassen sich auch solche Geschichten ausmachen, deren Herkunft zwar unklar ist, die sich aber gleichwohl durch eine für den jüdischen Witz typische Technik und Struktur auszeichnen, z. B. auf dem Gebiet des politischen Witzes. Aus dem breiten Spektrum dieser Grenzfälle finden sich natürlich auch Beispiele in dieser Sammlung.

Verzichtet wurde hingegen auf Texte, die eine genaue Kenntnis der jüdischen Diktion oder der jüdischen Religionsgesetze und Rituale voraussetzen oder deren Pointe nur verstanden werden kann, wenn man mit den teilweise sehr subtilen Unterschieden der jüdischen oder jiddischen Sprechweise gut vertraut ist.

Da bei der Auswahl der Texte das Vorhandensein einer typischen Witztechnik im Vordergrund stand und der Leser die Pointe auch ohne besondere Sprachkenntnisse verstehen soll, habe ich außerdem bestimmte Termini, die den meisten nichtjüdischen Lesern unbekannt sein dürften, durch die dem ursprünglichen Wortsinn entsprechenden oder zumindest nahe kommenden Ausdrücke ersetzt. Dies dürfte vermutlich Kritik auslösen. Dabei sollte jedoch berücksichtigt werden, dass jüdische Witze in Deutschland meistens nicht auf Jiddisch, sondern ›jüdelnd‹ erzählt wurden, was aus dem Munde eines Juden dümmlich und ungebildet klingen kann, aus dem Munde eines deutschen Nichtjuden aber sogar gehässig oder beleidigend. Im übrigen löste auch der Versuch von Salcia Landmann,[2] einen Kompromiss zu finden, indem sie ihre Witzsammlung in einer sprachlich ›geglätteten‹ jüdischen Diktion veröffentliche, erhebliche Kritik aus (vgl. Friedrich Torberg, Jan Meyerowitz u. a.[3]). Da eine schriftliche Veröffentlichung niemals eine Pointe wiedergeben kann, die sich aus dem spezifischen Duktus oder Klang einer Erzählweise ergibt (Karl Kraus: »Den Witz eines Witzigen erzählen, heißt bloß: einen Pfeil aufheben. Wie er abgeschossen wurde, sagt das Zitat nicht«), habe ich mich jedoch bemüht, die typische Struktur und die charakteristische Prägung des jüdischen Witzes durch eine sprachlich prägnante und pointierte Formulierung zu verdeutlichen. Hinzu kommt, dass das Komische auch immer von der Lebenswelt abhängt, in der es sich ereignet. Deshalb kann man heutzutage nicht unbedingt über Formulierungen und Worte lachen, die in früheren Zeiten und Lebenswelten teilweise eine völlig andere Bedeutung hatten.

Nicht zuletzt enthält die Sammlung auch einige ausgewählte Anekdoten, die mit großer Virtuosität die Zeit, das

2 Salcia Landmann, *Jüdische Witze*, Olten 1962.

3 Friedrich Torberg, *Wai geschrien. Salcia Landmann ermordet den jüdischen Witz. Anmerkungen zu einem beunruhigenden Bestseller*, München 1964; Jan Meyerowitz, *Der echte jüdische Witz*, Berlin 1971.

Milieu sowie die Geisteshaltung der Blütezeit des jüdischen Witzes ›typisieren‹.

Mit aufgenommen wurden auch solche Geschichten, die auf den ersten Blick vielleicht sogar eine gewisse antisemitische Färbung aufweisen. In diesen Fällen handelt es sich jedoch eindeutig um Witze von Juden über Juden. Die rigorose Selbstkritik der Juden, die bekanntlich sogar den Selbsthass mit einschließt, sowie der Sarkasmus im Umgang untereinander, ließen eine Vielzahl von Witzen entstehen, die, wenn man so will, antisemitische Tendenzen oder Aussagen enthalten. Dass dieses Buch aber alles andere als antisemitische Absichten verfolgt, sollte für den Leser bereits beim flüchtigen Durchlesen klar erkennbar sein. Auf den Unterschied zwischen einem ›Judenwitz‹ und einem ›jüdischen Witz‹ sei an dieser Stelle ausdrücklich hingewiesen. Jan Meyerowitz hat sich mit diesem Thema in seiner Abhandlung *Der echte jüdische Witz* ausführlich auseinandergesetzt.[4]

Auf die wesentlichen Unterschiede zwischen Witz, Komik, Humor und Ironie sei im folgenden kurz hingewiesen. So unterscheidet sich zum Beispiel der Witz von der Komik dadurch, dass die Komik im Gegensatz zum Witz nicht an das Wort gebunden ist. Die Komik kann sogar völlig ohne Worte auskommen; etwa in der Karikatur, die oft auf die Entlarvung und Herabsetzung einer hochgestellten oder berühmten Person abzielt. Das Vergnügen entsteht dabei aus einem mehr oder weniger unbewussten Vergleich zwischen der ›Vollkommenheit‹ des Betrachters und der *vermeintlichen* Unvollkommenheit der dargestellten Person.

In seinem im Jahre 1905 veröffentlichten Buch *Der Witz und seine Beziehung zum Unbewußten,* beschäftigte sich

4 Meyerowitz (s. Anm. 2).

Sigmund Freud eingehend mit der Psychologie des Witzes, und zwar insbesondere mit der des jüdischen Witzes.[5] Freud, bekanntlich selbst Jude, verfügte über eine persönlich angelegte umfangreiche Witzsammlung, die zum größten Teil jüdische Witze enthielt. Nach Berichten von Zeitzeugen hat er die besten davon oft und gerne weitererzählt. Einige der von ihm gesammelten und untersuchten Witze sind auch in der vorliegenden Veröffentlichung enthalten.

Freud war auch der erste, der die in vielen jüdischen Witzen enthaltene ›Selbstkritik‹ ausführlich beschrieb und analysierte. Nach seinen Untersuchungen ist in vielen jüdischen Witzen der Erzähler gleichzeitig auch die Zielscheibe des Spottes. Solche Witze seien von Juden gemacht und gegen Juden gerichtet.

Grundsätzlich kann man sagen, dass ein Witz eine sehr präzis strukturierte, kurze unterhaltsame Geschichte ist, die – meist mit Hilfe einer zum vermeintlichen Erzählgegenstand kontrastierenden Überraschung – auf eine bestimmte Pointe abzielt.

Nach Freud benötigt der Witz, insbesondere der tendenziöse Witz, in der Regel drei Personen: eine, die den Witz macht, eine zweite, die zum Objekt der Betrachtung genommen wird, und eine dritte, an der sich die Absicht des Witzes, Lachen zu erzeugen, erfüllt. Dagegen komme die Komik bereits mit zwei Personen aus und der Humor sogar mit nur einer Person. Demzufolge sei der Humor auch die genügsamste Form unter den Arten des Komischen; sein Vorgang vollende sich schließlich bereits in einer einzigen Person. Der Humor stehe deshalb auch dem Komischen näher als dem Witz. Der Witz würde ›gemacht‹, die Komik ›gefunden‹

5 Sigmund Freud, *Der Witz und seine Beziehung zum Unbewußten*, Frankfurt a. M. 1992.

und der Humor sei eine besondere Gabe der Natur, meinte Freud. Auch der rheinische Philosoph und Witzforscher Heinrich Lützeler bemerkte, dass der Witz *im Wort* aufgehe, der Humor dagegen *vom Wort* ausgehe.[6] Und auch er war der Meinung, dass der Witz das ausspricht, was nicht ausgesprochen werden soll.

Freud erläuterte genau, warum Witze äußerst fragile Gebilde darstellen, die auf Kürze, Verdichtung und Doppelsinn angewiesen sind und deren Wirkung sich deshalb auch beim geringsten Wechsel der Ausdrucksmittel rasch verflüchtigen könnte. Ausdrücklich wies er auch darauf hin, dass jeder Witz sein eigenes Publikum brauche. Im Gegensatz zur Komik und zum Scherz sei eine hohe psychische Übereinstimmung erforderlich, damit der Angesprochene überhaupt über einen Witz lachen könne. Deshalb riet er auch zur Vorsicht und empfahl eine entsprechende Auswahl, entweder bei den Witzen oder beim Publikum. Wer Spaß an einer schlichten Zote habe, so Freud, dem bereite ein raffinierter und subtiler Witz keine Freude, da er weniger verdränge, also auch keine Kontrollmechanismen aufheben müsse.

Eine ähnliche Wirkungsweise sah Freud auch bei der Ironie. Nach seiner Auffassung hat die Ironie im Vergleich zum Witz zwar eine etwas einfachere Struktur, da sich ihre Technik im wesentlichen durch Übertreibung oder durch die Darstellung des Gegenteils dessen, was eigentlich gemeint ist, aufbaut, trotzdem empfahl er, im Tonfall oder in den begleitenden Gesten bzw. bei der schriftlichen Form durch stilistische Mittel eindeutig zu verstehen zu geben, dass man letztlich doch das Gegenteil meint. Um unange-

6 Heinrich Lützeler, *Rheinischer Humor. Nicht nur für Rheinländer*, Hanau 1978.

nehme Missverständnisse auszuschließen, sollte die Ironie deshalb nur dann angewandt werden, so Freud, wenn der Ansprechpartner in irgendeiner Weise bereits darauf vorbereitet sei.

In jedem Fall kommt in der Ironie und erst recht im ironischen Witz ein tiefgründiges Verstehen zum Ausdruck. Außerdem werden extreme Verhältnisse aus der Distanz betrachtet und bereits dadurch relativiert. Die Realität wird unvermutet zur Frage des Standpunktes, von dem man die Dinge betrachtet. Was sicher scheint, kann mit der gleichen Sicherheit auch völlig anders sein. Die Ironie denkt dieses Anderssein bereits mit und vermittelt somit selbst in ausweglos erscheinenden Situationen noch Perspektiven und Hoffnung. Mit dieser spezifischen Technik finden die Ironie und der ironische Witz auch fast immer eine Gelegenheit, durch das Nutzen kleiner und kleinster Nischen zwischen Gesagtem und Ungesagtem das jeweils Herrschende lächerlich zu machen. Doch genau hier lauert auch die Gefahr, sich mit dem im Prinzip Unerträglichen abzufinden und es nur lächerlich zu machen, anstatt es zu bekämpfen.

Kennzeichnend für den jüdischen Witz ist fast immer ein charakteristischer Tonfall, der meistens Ironie, vor allem Selbstironie, aber auch Bitterkeit und Schärfe sowie Selbstkritik oder sogar Selbsthass, gelegentlich auch von allem etwas enthält. Die Aggression ist nach innen gerichtet; sie ist die Verbindung eines sadistischen Angriffs und einer masochistischen Duldsamkeit. Die gegen sich selbst gerichtete Aggression ist jedenfalls ein wesentlicher Zug des jüdischen Witzes. Und doch: Obwohl ihm das ›Tal der Tränen‹ gegenwärtig ist und ihm das Elend der Welt bewusst ist, verhält er sich so, als habe er das Elend besiegt, ohne es jedoch zu leugnen. Die Qualität des Witzes ergibt sich dabei meistens durch die Qualität der Tarnung des eigentlichen Witzgegenstandes – wobei anzumerken ist, dass diese Tarnung manchmal so sublim ist, das sie von vielen gar nicht verstanden wird.

Ein weiteres Merkmal der meisten jüdischen Witze ist der ›Sinn im Unsinn‹ sowie ›Tränen, die zu einem Lachen geworden sind‹ oder auch eine ›innere Infragestellung‹ eines Gegenstandes, eines Themas oder eines Motivs (Carlo Schmid).[7] Auf diese Weise kommt es oft zu einer Erhellung von ›heiligen Fragen‹. Manchmal werden durch diese Technik sogar vermeintliche ›Wahrheiten‹ oder ›Tatsachen‹ sowie gut begründete (falsche) Behauptungen verblüffend einfach ad absurdum geführt.

In einigen Fällen ist die Entlarvung des Witzgegenstandes auch von derart beißender Schärfe, dass noch nicht einmal Platz für ein Lächeln verbleibt (*Das Glasauge, das so menschlich aussieht …*).

Durchweg zeichnen sich die in dieser Sammlung enthaltenen Witze und Anekdoten durch eine hohe Qualität der Formulierung, manchmal sogar durch eine ausgesprochene Formulierungskunst aus. In einigen Fällen erhält ein Text bereits durch die Verwendung eines einzigen Wortes eine überraschende Tiefe. So zum Beispiel in der Geschichte des Kaufmanns, der deshalb keinen Erfolg hat, weil seine Kundschaft ›*agonisiert*‹.

Ohne Zweifel wurde die Entstehung, Entwicklung und Verbreitung jüdischer Anekdoten und Witze durch ein gesellschaftliches und politisches Klima der Unterdrückung und Verfolgung begünstigt. Im tiefsten Inneren bestehen typisch jüdische Witze deshalb auch fast immer aus Spott

7 Carlo Schmid, »Vorwort«, in: Salcia Landmann, *Der jüdische Witz. Soziologie und Sammlung*, 13., vollst. neubearb. und wesentl. erg. Ausg., Olten 1999.

und Sentimentalität. Außerdem kann man sagen, dass die Kernaussage eines jüdischen Witzes meistens langfristig optimistisch, hinsichtlich der Gegenwart und der unmittelbaren Zukunft aber eher pessimistisch ist. Und nie sollte man vergessen, dass Ironie und Witz für Juden manchmal wirklich die einzige Möglichkeit darstellten, in einer für uns kaum noch vorstellbar schrecklichen Welt nicht den Verstand zu verlieren. Sigmund Freud bezeichnete den Witz als die ›Waffe der Wehrlosen‹. Der Begriff ist auch deshalb besonders zutreffend, da ein Wort schließlich weiter reicht als eine Hand; und ein Wort war manchmal tatsächlich das einzige und letzte, was einem ansonsten wehrlosen Opfer als Waffe blieb. Gegen das Wort als Waffe kann sich der Täter kaum wehren, falls er den Sinn des Wortes überhaupt versteht. Und manchmal verschafft das Lächerlichmachen eines machtvolleren Gegners bereits eine Erleichterung, zumindest aber das Gefühl einer geistigen Überlegenheit. Der Täter hat andere Waffen, er braucht keinen Witz – im Gegenteil, vielleicht könnte er durch einen Witz sogar zum ›Denken‹ angeregt werden und sich dadurch von seinen eigentlichen Zielen abbringen lassen. Die Bemerkung von Karl Kraus, dass eine Satire, die der Zensor versteht, zu Recht zensiert wird, erklärt treffend, warum in einigen Witzen die Aussage derart versteckt ist, dass mancher Kopf den Witz gar nicht zu erfassen vermag. Etwas ›Geist‹ zu haben, ist deshalb fast immer eine Voraussetzung, um einen wirklich guten Witz überhaupt verstehen zu können. Auch aus diesem Grund bedeutete das Wort ›Witz‹ in der Zeit der Aufklärung nichts anderes als ›Geist‹. Witzig zu sein, war somit gleichbedeutend mit ›Verstand zu haben‹ bzw. geistreich zu sein.

Bei all diesen Überlegungen darf jedoch nicht völlig übersehen werden, dass ein guter Witz nicht nur eine ›Waffe‹ sein kann oder eine entlastende Funktion im psychohygienischen Sinne haben kann, die manchmal sogar Verborgenes enthüllt – ein guter Witz sollte insbesondere Heiterkeit auslösen; denn Lachen ist seit der Antike als wirksames Heilmittel gegen viele menschliche Leiden bekannt. Außerdem kann ein guter Witz manchmal die schwierigste Gesprächs- oder Verhandlungssituation in Sekundenschnelle ›entspannen‹.

Die Zukunft des jüdischen Witzes wird sehr unterschiedlich beurteilt. Salcia Landmann sieht die weitere Entwicklung des jüdischen Witzes skeptisch – andere sind optimistischer. Im letzten Jahrhundert waren es jedenfalls vor allem Emigranten, insbesondere solche, die aus Mittel- oder Osteuropa ausgewandert sind, die den jüdischen Witz neu belebt, erweitert oder sogar bereichert haben. Glücklicherweise haben sich die gesellschaftlichen und politischen Verhältnisse in den Ländern, die zu den klassischen Entstehungsgebieten des jüdischen Witzes gehören, geändert. Zwar gibt es in einigen Ländern manchmal neuen Druck und gelegentlich sogar neue Unterdrückung, aber gegen eine das Leben unmittelbar gefährdende Macht muss sich die jüdische Bevölkerung zumindest in Mitteleuropa und in den USA derzeit nicht zur Wehr setzen.

Abschließend sei der Hinweis erlaubt, dass die feingeschliffene, sublime jüdische Witztechnik heutzutage insbesondere innerhalb der Berufsgruppen gepflegt und teilweise sogar weiterentwickelt wird, in denen überdurchschnittlich viele Juden tätig sind; dazu gehören Psychologen und Psychiater, Juristen und Kaufleute, insbesondere aus dem Bereich der Börse, sowie Theater- und Filmschaffende, Musiker und Schriftsteller. Neben vielen anderen seien aus den letztgenannten Bereichen insbesondere Jim Abrahams, Woody Allen, Ephraim Kishon, André Kostolany, Arthur

Miller, Philip Roth, George Tabori und Billy Wilder erwähnt. Die spezifischen Voraussetzungen und Anforderungen dieser Berufe setzen vermutlich in besonderer Weise analytischen Scharfsinn, Formulierungskunst und Menschenkenntnis voraus.

Durch die Mittel der Ironie, also durch das Betonen des Gegenteils dessen, was eigentlich gemeint ist, wird oft ein tiefgründiges Verstehen selbst schwierigster Sachverhalte ermöglicht.

Außerdem werden durch diese Technik manchmal extreme Verhältnisse aus der Distanz betrachtet – und bereits dadurch relativiert. Die Realität wird plötzlich zu einer Frage des Standpunktes, von dem man aus die Dinge betrachtet. Was sicher scheint, kann mit der gleichen Sicherheit auch völlig anders sein. Die Ironie denkt dieses ›Anderssein‹ bereits mit.

Unabhängig davon werfen gerade die ›kleinen‹ menschlichen Geschichten des Lebens oft ein punktgenaues Blitzlicht auf den teilweise absurden Kern einer gewöhnlichen Alltagssituation.

Manchmal ist es aber auch nur die Formulierung oder die Wahl eines bestimmten Ausdrucksmittels, das die komische Seite einer im Grunde genommen ›normalen‹ und alltäglichen Situation deutlich macht.

Bei diesen Alltagsgeschichten fällt auf, dass selten andere für eine Ungeschicklichkeit oder ein Unglück verantwortlich gemacht werden. Diese Einstellung resultiert unter anderem aus der jüdischen Auffassung, dass alles Missgeschick und jegliches Unglück Strafen für eigene Sünden und eigenes Fehlverhalten sind, was wiederum eine Ursache für den sogenannten ›jüdischen Selbsthass‹ (Theodor Lessing) darstellt.

Bescheidenheit. Rothschild zu einem Angestellten, der immer sehr bescheiden tat:
»Mach dich nicht so klein! Du bist doch gar nicht so groß!«

Bescheidenheit. Das Ehepaar Mandelbaum kommt von einer Party zurück nach Hause. Frau Mandelbaum zu ihrem Mann:
»Wirklich reizende Leute diese Goldbergs – mehr als eine Million Schulden und doch so einfach und bescheiden.«

Bedeutende Männer. Ein Lehrer fragt seine Schüler:
»Wer von euch kann mir bedeutende historische Männer nennen, die der Menschheit große Dienste erwiesen haben?«
»Einstein«, ruft der erste.
»Mendelssohn«, der zweite.
»Freud«, der dritte.
»Heine«, ein anderer.
»Jesus«, ein weiterer.
Da steht ein Schüler auf und fragt:
»Darf man auch einen Nichtjuden nennen?«

Schlussabnahme. Deutschland im Jahre 1948. Der Architekt führt mit einem Beamten des Bauamtes die Schlussabnahme eines gerade fertiggestellten Wohngebäudes durch.
Der Beamte fragt:
»Wo sind denn hier die Toiletten?«
Der Architekt:
»Die brauchen wir in diesem Haus nicht. Unten wohnen Flüchtlinge, die rennen wegen jedem Mist aufs Amt. In der Mitte wohnen ehemalige Nazis, die haben ausgeschissen, und oben, da wohnen Spekulanten, die bescheißen sich gegenseitig.«

Mütze. Mrs. Goldberg hat ihren in New York lebenden vierjährigen Enkelsohn David nach Florida eingeladen. Gleich nach der Ankunft kauft sie ihm eine schöne Mütze als Sonnenschutz und ein Eimerchen sowie ein Schäufelchen zum Spielen. Noch am selben Tag gehen die beiden zum Baden an den Strand.
Da passiert etwas Schreckliches: Plötzlich kommt eine große Welle und zieht den kleinen David weit ins Meer hinaus. Jegliche Suche bleibt erfolglos – David bleibt spurlos verschwunden!
Mrs. Goldberg ist völlig verzweifelt. Sie weiß nicht, was sie den Eltern sagen soll. Jeden Tag betet sie zu Gott und macht ihm schwere Vorwürfe:
»Warum hast du das nur getan? Ich bin doch eine gläubige Frau, gehe regelmäßig in die Synagoge und befolge auch alle Gebote.«
So fleht sie täglich zu Gott und bittet ihn um Hilfe. Sie verspricht ihm alles, wenn er nur ihren Enkelsohn David zurückbringen würde. Und tatsächlich, das Wunder geschieht: Bereits wenige Tage später kommt erneut eine große Welle und trägt den kleinen David lebend und vollkommen unversehrt zum Strand zurück. Überglücklich läuft Mrs. Goldberg ihrem Enkelsohn entgegen und nimmt ihn in die Arme.
Doch dann betrachtet sie den Kleinen noch einmal ganz genau, richtet ihren Blick zum Himmel und ruft mit drohender Stimme:
»Großer Gott! … aber wo ist die *Mütze*?«

Nachteil. Ein erfolgreicher New Yorker Rechtsanwalt zu einem alten Freund:
»Ich bin Jude, bin begabt und gebildet, besitze ein großes Vermögen, sehe gut aus und kleide mich geschmackvoll. Etwas davon *schadet* mir immer.«

Schlafender Offizier. Grün fährt mit dem Zug nach Lemberg. Ihm gegenüber sitzt ein Offizier, der tief schläft. Plötzlich wird dem Grün schlecht und er erbricht sich auf die Uniform des Offiziers. Es gelingt ihm, das Gröbste von der Uniform abzuwischen.
Als der Offizier aufwacht, fragt Grün ihn vorsichtig:
»Geht es Ihnen schon wieder etwas besser?«

Rezept. Bereits seit Jahrzehnten versuchte man der Großmutter das Rezept für eine bestimmte Süßspeise zu entlocken – ohne Erfolg. Und so geschah es, dass die Großmutter jedes Jahr zu allen wichtigen Feiertagen die ganze Familie zusammenbekam, nur weil keiner die begehrte Süßspeise versäumen wollte.
Als das Ende der Großmutter naht, und sich die ganze Familie an ihrem Sterbebett versammelt, tritt Esther, die jüngste Enkeltochter, ganz nahe an ihre Großmutter heran und fragt sie sehr vorsichtig:
»Großmutter, du willst doch nicht etwa das Rezept deiner Süßspeise mit ins Grab nehmen? Möchtest du es nicht wenigstens mir, deiner Lieblings-Enkeltochter, hinterlassen? Bitte verrate mir das Rezept!«
Da richtet sich die Großmutter mit letzter Kraft auf und flüsterte der Enkeltochter leise ins Ohr:
»Es ist ganz einfach: Du musst immer nur ein bisschen *zu wenig* machen …«

Karten spielen. Grün kommt schlechtgelaunt nach Hause. Er hat beim Kartenspiel wieder einmal viel Geld verloren.
Seine Frau macht ihm bittere Vorwürfe:
»Warum spielst du auch mit Leuten Karten, die bereit sind, mit *dir* Karten zu spielen?«

Unbestechlichkeit. Gespräch in einem Budapester Kaffeehaus.
Zwei Handelsreisende unterhalten sich über die Bestechlichkeit eines bestimmten Zollbeamten:
»Stell dir vor: Er nimmt nur so kleine Beträge, dass es praktisch an *Unbestechlichkeit* grenzt.«

Brille. Cohn will sich eine neue Brille kaufen.
Der Optiker:
»Ich empfehle Ihnen dieses Modell. Die Brille ist zwar etwas teurer, aber damit können Sie die Menschen so sehen, wie sie wirklich sind.«
Nach einer Woche ist Cohn wieder beim Optiker.
»Es tut mir sehr leid, aber ich will die Brille umtauschen: Es lohnt sich nicht.«

Seekrank. Auf einem Schiff mit Emigranten.
Während eines schweren Sturms muss ein Passagier sich übergeben. Der Kapitän sieht dies und versucht den Mann zu trösten:
»Seien Sie unbesorgt, mein Herr, aber an Seekrankheit ist bis jetzt noch keiner gestorben.«
Darauf der Mann:
»Sagen Sie bitte so etwas nicht, denn die Hoffnung, dass ich gleich sterben werde, ist im Augenblick das einzige, was mich noch am Leben erhält.«

Kopfschmerzen. Cohn läuft im Büro herum und jammert:
»Oh, mein Gott, was habe ich nur für Kopfschmerzen. Ich verliere noch meinen Verstand!«
Darauf der Direktor:
»Mein lieber Cohn, wenn Sie wirklich krank sind, dann

gehen Sie bitte nach Hause, aber hören Sie endlich auf, hier herumzurennen und anzugeben!«

Beurteilung. Fragt man einen Antisemiten, was er von den Juden hält, dann sagt der vermutlich etwa folgendes:
»Die Juden? Die Juden sind ein schreckliches Volk. Diese Leute sind nur auf ihren eigenen Vorteil bedacht und glauben, etwas Besseres zu sein. Mit denen will ich nichts zu tun haben!«
Fragt man denselben Mann dann jedoch nach einem ganz bestimmten Juden, zum Beispiel nach dem Chaim Zucker, dann sagt er wahrscheinlich:
»Der Chaim Zucker? Ja, der ist wirklich eine Ausnahme. Der Chaim Zucker ist ein Ehrenmann durch und durch.«
Fragt man dagegen einen Juden zu demselben Thema, sagt der mit großer Wahrscheinlichkeit:
»Die Juden sind das auserwählte Volk Gottes. Sie sind das Volk, das die meisten Nobelpreisträger hervorgebracht hat und der Menschheit mehr gegeben hat als irgendein anderes Volk.«
Fragt man aber denselben Mann nach einem ganz bestimmten Juden, zum Beispiel nach dem Chaim Zucker, dann kann es gut sein, dass er sagt:
»Der Chaim Zucker? Ja, der Chaim Zucker, der ist wirklich eine Ausnahme. Der ist ein unverschämter Egoist und dazu auch noch ein Ignorant, und zwar durch und durch.«

Jom Kippur. Ein jüdischer Handelsreisender fährt mit dem Zug von Lemberg nach Krakau.
Gerade hat er es sich in seinem Abteil bequem gemacht, seinen Mantel ausgezogen und seine Füße auf die gegenüberliegende Sitzbank gelegt, als ein vornehm gekleideter Herr

das Abteil betritt. Sofort nimmt der Handelsreisende seine Füße von der Sitzbank.
Nach einer Weile fragt der neue Mitreisende:
»Bitte entschuldigen Sie, mein Herr, aber können Sie mir vielleicht sagen, wann *wir* dieses Jahr ›Jom Kippur‹ haben?«
»Ach so«, sagt der Handelsreisende und legt seine Füße wieder auf die Sitzbank.

Fremdsprachen. Blau und Grün schlendern schlechtgelaunt durch ihre Heimatstadt Moskau.
An einer Straßenkreuzung werden sie von einem japanischen Touristen in fast akzentfreiem Russisch nach dem Weg zum Roten Platz gefragt.
Da sie keine Lust zum Antworten haben, schütteln sie missmutig den Kopf.
Der Japaner wiederholt die Frage in Englisch.
Wieder schütteln beide den Kopf.
Jetzt fragt er in Französisch.
Und wieder schütteln sie nur den Kopf.
Darauf wendet sich der Japaner enttäuscht ab.
Sagt Blau:
»Der konnte aber viele Fremdsprachen!«
Darauf Grün:
»Na und? Hat es ihm etwa genützt?«

Der Fremde. Vor der Haustür einer vornehmen Familie steht ein fremder Mann und klingelt.
Vorsichtig öffnet das Dienstmädchen die Tür.
Der Fremde:
»Ist die gnädige Frau zu Hause?«
Keine Antwort.
»Bitte, mein Fräulein: Ist die gnädige Frau zu Hause?«

Wieder keine Antwort.
Und nochmals fragt der Mann:
»Bitte entschuldigen Sie, aber können Sie mir nicht zumindest sagen, ob die gnädige Frau zu Hause ist?«
Da lässt sich das Dienstmädchen endlich zu einer Antwort herab:
»Je länger ich *Sie* anschaue, desto weniger ist *sie* zu Hause.«

Parole. Während des Kalten Krieges im Jahr 1958.
Ein russischer Geheimagent wird nach Israel geschickt, um in Tel Aviv mit einem Spion namens Cohn Kontakt aufzunehmen. Die Parole, mit der er sich zu erkennen geben soll, lautet: ›In Korea scheint die Sonne‹.
Nach langem Suchen findet der Agent das Haus, in dem der Mann wohnen soll, stellt aber fest, dass nicht weniger als vier Familien mit dem Namen Cohn darin wohnen. Zuerst versucht er sein Glück beim Cohn im Erdgeschoss.
Er klingelt, und ein Mann öffnet ihm die Tür:
»Was wünschen Sie?«
»In Korea scheint die Sonne.«
»Ach so, Sie suchen den Spion Cohn – der wohnt im dritten Stock rechts.«

Eisverkäufer. David, mit trauriger Stimme zu seinem Vater:
»Vater, draußen steht ein armer alter Mann. Bitte gib mir ein paar Kopeken, damit ich ihm eine kleine Freude machen kann.«
Der Vater holt 10 Kopeken aus seiner Brieftasche und gibt sie ihm.
Als David wieder zurückkommt, hat er ein Eis in der Hand.
Der Vater wundert sich.
Darauf David:

»Nu, wenn du mir 20 Kopeken gegeben hättest, dann hätte ich bei dem Mann auch für dich ein Eis kaufen können.«

Klimaanlage. In einem Restaurant in Tel Aviv.
Ein amerikanischer Tourist zum Kellner:
»He, Sie! Schalten Sie sofort die Klimaanlage ein, man erstickt ja hier!«
Der Kellner:
»Okay, Sir – wird sofort gemacht!«
Einige Minuten später ruft der Amerikaner wieder:
»He, Kellner, stellen Sie sofort die Klimaanlage ab, man erkältet sich ja hier!«
Der Kellner:
»Okay, Sir!«
Es dauert keine fünf Minuten, und der Amerikaner verlangt, dass die Klimaanlage wieder eingeschaltet werden soll.
Darauf ein anderer Gast, der Zeuge der Szene war, zum Kellner:
»Ich bewundere Ihre Geduld: Einschalten, ausschalten, einschalten – ich weiß auch nicht, was der Amerikaner eigentlich will.«
Darauf flüstert der Kellner dem Mann leise ins Ohr:
»Lassen Sie ihn ruhig meckern. Ihnen darf ich es ja verraten: Wir haben gar keine Klimaanlage.«

Gesprächsthema. Ein amerikanischer Jude ist zu Besuch in Israel. Am Tage der Rückreise wird er von seinem israelischen Verwandten zum Flughafen gefahren.
Auf der Fahrt fragt er den Amerikaner:
»Sei bitte ehrlich: Was denkst du über Israel?«
Der Amerikaner:
»Euer Land ist wirklich sehr schön. Eine Sache habe ich aber an euch Israelis auszusetzen: Ihr sprecht nur über das Essen,

die Arbeit und über die Wohnungen. Wir in Amerika dagegen sprechen über die Malerei, die Literatur und die klassische Musik.«
Darauf der Israeli:
»Nu, jeder spricht eben über das, was ihm *fehlt.*«

Schneiderkunst. Mandelbaum lässt sich von seinem Schneider einen neuen Anzug machen. Beim Abholen stellt er fest, dass der linke Ärmel viel zu kurz ist.
»Kein Problem«, sagt der Schneider, »Sie brauchen nur die linke Schulter etwas nach oben zu ziehen.«
Mandelbaum:
»Ja, aber dann sitzt die Jacke doch nicht mehr gerade.«
»Auch kein Problem«, antwortet der Schneider, »ziehen Sie doch auch die rechte Schulter etwas nach oben und beugen Sie den Rücken ein wenig nach vorne, dann sitzt die Jacke absolut perfekt – wie angegossen.«
Um den neuen Anzug auszuprobieren, lässt Mandelbaum ihn gleich angezogen. Auf dem Nachhauseweg kommen ihm zwei Männer auf der anderen Straßenseite entgegen.
Sagt der eine:
»Schau dir den armen *Buckligen* an!«
Der andere, voller Bewunderung:
»Aber was für ein *Schneider*!«

Giraffe. Grün ist das erste Mal in seinem Leben im Zoo.
Als er eine Giraffe sieht, betrachtet er sie sehr lange. Schließlich sagt er:
»Das *kann* nicht sein!«

Un verre d'eau. Ein neureicher Russe ist das erste Mal in seinem Leben in einem französischen Luxus-Restaurant.

Nachdem er seinen Platz eingenommen hat, bringt ihm der Kellner ein Glas Wasser.
»Was ist das?« fragt der ›Neue Russe‹, indem er – betont lässig – mit seiner Hand auf das Wasser zeigt.
»Un verre d'eau«, antwortet der Kellner.
Der Russe probiert vorsichtig und sagt:
»Wenn ich nicht genau wüsste, dass das ein ›verre d'eau‹ ist, würde ich wetten, dass es ein Glas Wasser ist.«

Installateur. In Tel Aviv im Jahre 1992.
Bei den Cohns ist ein Abflussrohr verstopft. Nach vielen Telefonaten gelingt es Frau Cohn endlich, mit einem Installateur einen Termin zu vereinbaren. Der Installateur kommt auch zum vereinbarten Zeitpunkt. Nach 15 Minuten ist die Reparatur erledigt. Die Rechnung beträgt 100 Schekel.
Frau Cohn gibt dem Installateur das Geld und sagt:
»Gestern morgen war der Arzt bei meinem kranken Sohn. Er hat ihn gründlich untersucht und anschließend noch eine halbe Stunde bei ihm verbracht. Dafür hat er nur 50 Schekel verlangt!«
Darauf der Installateur:
»Nu, als ich Arzt war, habe ich auch nur 50 Schekel für einen Hausbesuch genommen.«

Neue Uhr. Zwei neureiche Börsenspekulanten unterhalten sich:
»Sieh mal: Das ist meine neue Uhr: Ein ganz exklusives Modell! Die habe ich im vergangenen Monat in Monte Carlo für 5000 Dollar gekauft!«
Darauf der andere:
»Das ist doch gar nichts. Für genau die gleiche Uhr habe ich vor zwei Wochen in Paris sogar 7000 Dollar bezahlt!«

Georgier. Ein Georgier und ein Armenier treffen sich in einem Moskauer Luxus-Restaurant. Das Essen haben sie bestellt, jetzt sind die Getränke an der Reihe.
Der Georgier bestellt ein leeres Glas, einen armenischen Cognac und eine Flasche georgischen Wein. Nachdem der Kellner ihm alles gebracht hat, nimmt er den armenischen Cognac, spült damit sein Glas und füllt es anschließend mit dem georgischen Wein. Dann probiert er.
Der Armenier bestellt ebenfalls ein leeres Glas, aber einen georgischen Cognac und eine Flasche armenischen Wein. Nachdem der Kellner auch ihm alles gebracht hat, nimmt er zuerst den georgischen Cognac, spült damit sein Glas, füllt es mit dem armenischen Wein und probiert.
Nach dem Essen verlangt jeder seine Rechnung. Der Georgier legt mit großer Geste 10 Prozent Trinkgeld auf den Tisch – der Armenier 20 Prozent.
Gemeinsam gehen sie zur Garderobe. Der Georgier nimmt seinen Mantel und gibt der Garderobenfrau 10 Rubel Trinkgeld.
Der Armenier gibt ihr ebenfalls 10 Rubel Trinkgeld und sagt:
»Und meinen Mantel, den können Sie behalten!«

Technisch überlegen. Zwei jüdische Handelsvertreter sitzen im Speisewagen eines Zuges. Beide haben einen Gulasch bestellt. Bereits beim ersten Probieren merken sie, dass Salz fehlt. Sie greifen zum Salzstreuer, müssen aber feststellen, dass die Löcher verstopft sind. Also essen sie ein bisschen missmutig ihren ungesalzenen Gulasch.
Ein Goj betritt den Speisewagen und bestellt sich ebenfalls Gulasch. Etwas schadenfroh beobachten die beiden Handelsvertreter, wie der Goj ebenfalls zum verstopften Salzstreuer greift. Dann sehen die beiden aber, wie der Goj zu einem

Zahnstocher greift, die Löcher des Salzstreuers frei macht und seinen Gulasch nachwürzt.
Darauf der eine Handelsvertreter zu seinem Kollegen:
»Nu, ich kann die Goj zwar nicht leiden, aber rein *technisch* sind sie uns überlegen.«

Fahrkartenkontrolleur. Gespräch in einem Budapester Kaffeehaus:
»Neulich bin ich ohne Fahrkarte Straßenbahn gefahren. Da stand doch plötzlich der Fahrkartenkontrolleur vor mir und schaut mich an, als ob ich keine Fahrkarte hätte!«
»Und was hast du gemacht?«
»Nu, ich habe ihn angeschaut, als ob ich eine Fahrkarte hätte!«

Grabinschrift. Grün besucht zum ersten Mal das Grab seines verstorbenen Freundes Blau.
Auf dem Grabstein liest er:
›Hier ruht Itzik Blau, ein guter Mensch und ein ehrlicher Kaufmann.‹
Grün denkt:
»Armer Itzik! Mit zwei wildfremden Leut' haben sie dich ins Grab gelegt.«

Gestorben. Teitelbaum sitzt schlechtgelaunt in seinem Büro. Seine Sekretärin fragt ihn:
»Wissen Sie eigentlich schon, wer heute gestorben ist?«
»Nein, aber *heute* ist mir jeder recht.«

Beerdigung. Zwei alte Schulfreunde unterhalten sich:
»Gehst du auch zu der Beerdigung von Cohn?«
»Warum sollte ich? Wird *er* etwa zu meiner kommen?«

Trag mich ein Stück. Zwei während der Nazizeit nach New York emigrierte Juden unterhalten sich auf einem Spaziergang:
»Bitte, leih mir einen Dollar«, sagt der eine.
»Aber was redest du denn? Du weißt doch genau, dass ich noch nicht einmal einen Cent besitze«, antwortet der andere.
Nach einer halben Stunde:
»Bitte, gib mir eine Zigarette.«
»Schon wieder! Du weißt doch genau, wenn ich in meiner Tasche auch nur eine einzige Zigarette hätte, dann hätte ich diese schon längst mit dir geteilt.«
Und nach einer weiteren halben Stunde:
»Moische, bitte, *trag* mich ein kleines Stückchen.«

Chuzpe. David zu seinem Großvater:
»Großvater, was ist eigentlich ›Chuzpe‹?«
»Nu, das kann ich dir leicht erklären: Chuzpe ist, wenn jemand seinen Vater und seine Mutter erschlägt und später vor Gericht um mildernde Umstände bittet, weil er Vollwaise ist.«

Chuzpe. Im teuersten Nobel-Restaurant der Stadt.
Als der Kellner einem elegant gekleideten Gast, der nur die feinsten Speisen gegessen und den besten Wein getrunken hat, die Rechnung bringt, bittet dieser darum, mit dem Besitzer des Restaurants sprechen zu dürfen.
Als der Restaurantbesitzer kurze Zeit später freundlich lächelnd erscheint, sagt der Gast zu ihm:
»Maître, das Essen war wirklich ganz ausgezeichnet – und auch der Wein: hervorragend! Aber ich muss Ihnen leider sagen, dass ich die Rechnung nicht bezahlen kann. Ich besitze nicht eine einzige Kopeke! Bitte werden Sie jetzt nicht gleich wütend! Von Beruf bin ich nämlich Schnorrer – und

ich bin wirklich sehr talentiert! Wenn ich jetzt auf die Straße gehen würde, hätte ich den Betrag, den ich Ihnen schulde, mit Sicherheit in einer halben Stunde zusammen. Andererseits haben Sie aber bestimmt die Sorge, dass ich nicht mehr wiederkomme, wenn ich erst zur Tür raus bin, nicht wahr? Und deshalb würden Sie am liebsten mitkommen, um auf mich aufzupassen. Stimmt doch auch, oder? Aber glauben Sie wirklich, dass sich ein so angesehener Restaurantbesitzer, wie Sie es sind, auf der Straße mit einem Schnorrer sehen lassen sollte? Das wäre wirklich nicht gut für Sie! Deshalb mache ich Ihnen jetzt einen Vorschlag: Ich warte hier, esse noch ein kleines Dessert und *Sie* gehen raus und schnorren das Geld für mein Essen zusammen.«

Beerdigung. Bankier Rothschild wird zu Grabe getragen. Ein armer Jude in abgerissenen Kleidern geht im Leichenzug mit und weint bitterlich.
Sein Nebenmann fragt ihn leise:
»Sag mal, warst du etwa mit ihm verwandt?«
»Leider nein – darum bin ich ja auch so traurig.«

Gestohlen. In den 1960er Jahren in Moskau.
Frau Grün ruft aufgeregt ihren Mann im Büro an:
»O weh! Unsere neue Wolga-Limousine ist heute Vormittag vor unserer Haustüre gestohlen worden!«
Der Ehemann, ganz ruhig:
»Mach dir keine Sorgen – mit *dem* Auto kommen die sowieso nicht weit.«

Heringsköpfe. Ein jüdischer Handelsreisender sitzt im Zug und isst Heringe. Ein Mitreisender fragt ihn:
»Entschuldigen Sie bitte, mein Herr, darf ich Sie etwas fragen?«

»Bitteschön«, antwortet der Handelsreisende höflich.
»Woher kommt es eigentlich, dass die meisten Juden so klug sind?«
»Nu, das kommt vom Heringessen. Und besonders klug wird man von den Köpfen!«
»Ach ja? Könnten Sie mir denn vielleicht einige von Ihren Heringsköpfen verkaufen?«
»Gerne, aber die kosten 2 Rubel pro Stück.«
Der Mann gibt dem Handelsreisenden 20 Rubel und nimmt sich zehn Heringsköpfe.
Nachdem er die Heringsköpfe gegessen hat und eine Weile vergangen ist, sagt er plötzlich:
»Aber für 20 Rubel hätte ich doch am nächsten Bahnhof zehn ganze Heringe bekommen können!«
Der Handelsreisende:
»Sehen Sie, es wirkt schon.«

Pferdehändler. Ein Pferdehändler zum Kaufinteressenten:
»Wenn Sie dieses Pferd kaufen, dann sind Sie schon um acht Uhr morgens in Lemberg!«
Der Kaufinteressent:
»Aber was soll ich denn morgens um acht Uhr in Lemberg?«

Lebensversicherung. Der alte Teitelbaum geht zu einem Versicherungsagenten, um eine Lebensversicherung abzuschließen.
Der Versicherungsagent wundert sich:
»Sie sind aber schon ziemlich alt für eine Lebensversicherung. Wie alt sind Sie eigentlich genau?«
»80!«
»Oh! Da muss ich aber erst einmal nachfragen, ob das überhaupt noch möglich ist. Bitte kommen Sie morgen noch einmal wieder.«

»Das geht leider nicht: Morgen ist Sabbat.«
»Gut, dann kommen Sie eben am Montag.«
»Das geht auch nicht: Am Montag hat mein Vater Geburtstag.«
»Sie haben noch einen Vater?« fragt der Agent überrascht. »Wie alt ist der denn?«
»100!«
»Gut, dann kommen Sie eben am Dienstag.«
»Das geht auch nicht: Am Dienstag heiratet mein Großvater.«
»Was? Einen Großvater haben Sie auch noch? Und wie alt ist der?«
»120!«
»Und der will noch heiraten?«
»Was heißt: ›der will‹ – der *muss*!«

Weste. Mandelbaum kommt aus der Badeanstalt nach Hause.
Laut jammernd erzählt er seiner Frau:
»O weh! Habe ich doch tatsächlich in der Badeanstalt meine schöne Weste verloren!«
Zwei Monate später geht Mandelbaum wieder in die Badeanstalt.
Als er nach Hause kommt, erzählt er freudestrahlend seiner Frau:
»Stell dir vor: Ich habe meine Weste wieder! Ich hatte sie das letzte Mal nur versehentlich *unter* mein Hemd angezogen.«

Schlucht. Itzik fällt bei einer Gebirgswanderung in eine tiefe Schlucht. Sein Freund, der den Sturz bemerkt hat, ruft ihm hinterher:
»Itzik, kannst du mich hören?«

»Ja!«
»Ist alles in Ordnung?«
»Ja!«
»Sind deine Arme unverletzt?«
Leiser:
»Ja!«
»Und dein Kopf?«
Noch leiser:
»Ja!«
»Und deine Beine, sind die auch unverletzt?«
Ganz leise:
»Ja – aber ich bin auch noch nicht unten angekommen.«

Mitten durch die Leut'. Im Nachtzug von Kiew nach Odessa.
Cohn ist neu zugestiegen und öffnet die Tür eines Abteils. Sofort bemerkt er einen Kollegen, der sich gerade sehr intensiv mit einer jungen Dame beschäftigt.
Cohn:
»Was machen Sie denn hier?«
Der Kollege, etwas verlegen:
»Ich fahre nach Odessa.«
Cohn:
»Mitten durch die Leut'?«

Altersbeschwerden. Drei alte Freunde unterhalten sich über die Leiden des Alters.
Der erste:
»O weh! Langsam spüre ich wirklich mein Alter. Wenn ich meine Wohnung auf der zweiten Etage erreicht habe, bin ich völlig außer Atem. Tja, wenn man alt wird, bleibt einem doch ziemlich schnell die Puste weg.«
Der zweite:

»Ja, das stimmt. Das ist aber leider noch nicht alles. Stellt euch vor: Ich habe in der vergangenen Woche sogar meinen besten Freund nicht erkannt, als der mir zufällig auf der Straße entgegenkam. Tja, wenn man alt wird, werden auch die Augen ziemlich schlecht.«
Und der dritte:
»Ja, ja, wie recht ihr nur habt, aber leider ist es nicht nur das. Gestern Abend, zum Beispiel, habe ich mit meiner Frau Liebe gemacht – aber wie *oft*, das habe ich leider schon wieder vergessen. Oje, wenn man alt wird, wird eben auch das Gedächtnis sehr schlecht.«

Wiedersehen. Mandelbaum besucht seinen alten Schulfreund, der inzwischen ein weltberühmter Schriftsteller geworden ist. Die beiden haben sich seit Jahren nicht mehr gesehen. Der Freund hat ihm natürlich viel zu erzählen. Mandelbaum hört aufmerksam zu.
Nach über drei Stunden kommt sein Freund endlich zum Ende:
»Und jetzt zu dir, mein Freund Mandelbaum: Hast du schon *mein* neues Buch gelesen?«

Teilen. Blau und Grün gehen zusammen in ein Restaurant. Sie bestellen einen großen Fisch, den sie sich teilen wollen.
Blau teilt den Fisch in zwei Hälften und nimmt sich selbst das größere Stück.
Grün, vorwurfsvoll:
»Wenn ich geteilt hätte, dann hätte ich mir das kleinere Stück genommen!«
Darauf Blau:
»Aber was willst du denn überhaupt? Du hast ja auch das kleinere bekommen.«

Rätsel. Der siebenjährige David Zucker zum Lehrer:
»Herr Lehrer, bitte sagen Sie mir: Wer ist der Sohn meines Vaters, aber nicht mein Bruder?«
Der Lehrer:
»Keine Ahnung.«
David:
»Nu – das bin *ich*!«
Am nächsten Tag fragt der Lehrer den Schuldirektor:
»Herr Direktor, bitte raten Sie mal: Wer ist der Sohn meines Vaters, aber nicht mein Bruder?«
»Das sind Sie natürlich!« antwortet der Direktor.
»Falsch! Das ist der David Zucker!«

Teilungsregel. Zwei Brüder haben von ihren Eltern ein Grundstück geerbt. Da sie nicht wissen, wie sie das Grundstück gerecht aufteilen können, gehen sie zum Rabbi, um ihn um Rat zu fragen.
Der Rabbi, nach kurzem Nachdenken:
»Hier mein Rat: Einer von euch teilt das Grundstück in zwei Hälften, und der andere sucht sich *seine* Hälfte aus.«

Zu wenig. Der Kellner zum Gast:
»Und, mein Herr, waren Sie mit dem Essen zufrieden?«
Der Gast:
»Nein, überhaupt nicht! Erstens war das Essen völlig ungenießbar, und zweitens war es auch noch viel zu wenig!«

Streit. Zwei Konkurrenten begegnen sich kurze Zeit nach einem heftigen Streit zufällig auf der Straße. Der eine streckt freundlich die Hand aus und sagt:
»Lass uns endlich Frieden schließen und nie wieder streiten. Ich wünsche dir von ganzem Herzen all das, was du mir wünschst!«

Der andere, mit finsterem Gesichtsausdruck:
»Fängst du etwa schon wieder an?!«

Zirkusartist. In einer kleinen Kreisstadt in der Ukraine gastiert der berühmte russische Staatszirkus.
Frau Teitelbaum hat schon viel von den hervorragenden Artisten dieses Zirkus gehört und will unbedingt in eine Vorstellung.
Am Samstagabend ist es so weit: Das Ehepaar Teitelbaum sitzt auf den teuersten Plätzen im ersten Parkett.
Mit glänzenden Augen verfolgt Frau Teitelbaum den Auftritt eines besonders beeindruckenden und dazu auch noch sehr gutaussehenden Artisten. Der Artist türmt mehrere Tische und Stühle aufeinander, klettert auf den obersten Stuhl, stellt einen Besenstiel auf die Sitzfläche, balanciert darauf im Kopfstand und spielt dazu auf einer Geige.
Darauf Herr Teitelbaum, betont gelangweilt:
»Nu, aber wie Heifetz spielt er nicht!«

Vierhändig. Grün hatte beruflich in der Villa des Bankiers Rothschild zu tun. Abends erzählt er seiner Frau:
»Stell dir vor: Der Rothschild muss auch schon sparen: Im Salon habe ich *zwei* Personen auf *einem* Klavier spielen sehen.«

Zigarettenkauf. Grün will sich an einem Kiosk eine Packung Zigaretten kaufen. Der Verkäufer gibt ihm eine Schachtel.
Als Grün liest: ›Rauchen macht impotent‹, sagte er:
»Bitte geben Sie mir die Schachtel mit dem Krebs!«

Abonnement. Mandelbaum geht in die Badeanstalt.
Freundlich sagt die Kassiererin zu ihm:

»Wenn Sie ein Abonnement mit zwölf Karten kaufen, dann bekommen Sie einen Rabatt von 20 Prozent.«
Darauf Mandelbaum:
»Weiß ich denn überhaupt, ob ich noch zwölf Jahre lebe.«

Zugrichtung. Cohn fährt mit dem Zug von New York nach Chicago.
Mandelbaum fährt mit dem Gegenzug von Chicago nach New York. In Buffalo müssen beide umsteigen.
Auf dem Bahnsteig kommen sie ins Gespräch.
Schnell stellen sie fest, dass sie erst vor kurzem aus Russland nach Amerika eingewandert sind.
Sie reden auch noch ohne Unterbrechung weiter, als sie bereits wieder im Zug sitzen.
Plötzlich unterbricht Cohn das Gespräch und sagt:
»Sehen Sie selbst: Ist das nicht ein großartiges Land? Sie fahren von Chicago nach New York, und ich fahre von New York nach Chicago – und trotzdem sitzen wir im *selben* Zug!«

Ach, wie so ein Jahr vergeht. Der alte Cohn steigt langsam in die Badewanne und murmelt sinnierend vor sich hin:
»Ach, wie so ein Jahr vergeht.«

Bad genommen. Gespräch auf der Kurpromenade:
»Haben Sie heute schon ein Bad *genommen*?«
Darauf der Angesprochene, etwas verunsichert:
»Wieso? *Fehlt* eins?«

Schiffsuntergang. Im Jahre 1938. Ein Schiff mit Emigranten befindet sich auf dem Weg von Europa nach New York. Mitten auf dem Atlantik gerät das Schiff in Brand. Die Pas-

sagiere sind verzweifelt. Sie beten, weinen und jammern. Einer jammert besonders laut.
Fragt ein anderer:
»Warum jammerst du denn so laut? Ist es etwa *dein* Schiff?«

Autobus. Grün sitzt in einem Moskauer Autobus und sieht den Blau hinter dem Bus herlaufen.
Da öffnet Grün das Fenster und ruft dem Blau zu:
»Was machst du denn da? Steig doch schnell in den Bus ein!«
Darauf Blau:
»Ich laufe lieber, dann spare ich 3 Rubel.«
Grün:
»Bist du denn meschugge? Dann lauf doch lieber einem Taxi hinterher, da sparst du sogar 30 Rubel!«

Übertreibung. Zwei alte Freunde unterhalten sich:
»Stell dir vor: Kürzlich haben mich im Wald 99 Wölfe angefallen!«
»99 Wölfe? Bist du wirklich absolut sicher, dass es nicht 100 waren?«
»Nu, vielleicht waren es auch 100 – aber ich wollte nicht übertreiben.«

Fasten. Ein armer alter Kutscher versucht, das einzige Pferd, das er besitzt, ans Fasten zu gewöhnen.
Zuerst bekommt es nur einmal am Tag etwas zu fressen, dann nur jeden zweiten Tag, zuletzt sogar nur noch jeden dritten Tag. Schließlich stirbt das Pferd.
»Ach«, klagt der Kutscher, »nun war es schon so schön ans Fasten gewöhnt – und da legt es sich einfach hin und stirbt.«

Abenteurernatur. Zwei ehemalige Schulkameraden betrachten ein altes Klassenfoto:
»Das ist doch der Shlomo! Was macht der denn jetzt?«
»Der ist Buschflieger in Afrika.«
»Und das ist der Moische – was macht der denn?«
»Der arbeitet für eine Pharmafirma in Südamerika; da fängt er Giftschlangen, presst ihnen das Gift heraus und lässt sie wieder laufen. Das Gift wird für Heilmittel gebraucht.«
»Und hier der David, weißt du auch, was der jetzt macht?«
»Oh, der David, der ist nach Israel ausgewandert.«
»Ja, ja, der David war immer schon so eine Abenteurernatur.«

Lotteriegewinn. Zwei alte Freunde unterhalten sich:
»Ich habe gehört, dass du neulich in der Lotterie eine Million Rubel gewonnen hast. Was machst du jetzt?«
»Mir die größten Sorgen!«

Sterbealter. Cohn, ein vermögender Börsenspekulant, erkrankt kurz nach seinem 82. Geburtstag sehr schwer. Alle Verwandten sind bei ihm und bemühen sich, ihn zu trösten. Seine Cousine:
»Du wirst dich bestimmt wieder erholen und mindestens 90 Jahre alt werden!«
»Aber«, meint daraufhin der erfahrene Spekulant, »warum soll mich Gott denn mit 90 nehmen, wenn er mich schon mit 82 haben kann?«

Lotteriegewinn. Ein sehr armes Gemeindemitglied betet jeden Tag zu Gott, dass er wenigstens einmal in seinem Leben in der Lotterie gewinnt. Doch der Mann gewinnt und gewinnt nicht.
Schließlich ist er so deprimiert, dass er zu Gott sagt:

»Wenn ich bei der nächsten Lotterieziehung nichts gewinne, dann werde ich mich taufen lassen!«
Doch der Mann gewinnt wieder nichts. Kurz entschlossen macht er seine Drohung wahr – und lässt sich taufen. Das Unglaubliche geschieht: Bereits bei der nächsten Lotterieziehung gewinnt er den Hauptgewinn! Doch am folgenden Sabbat sitzt der Mann wieder in der Synagoge. Zu sich selbst sagt er:
»Was für ein dummer Christengott! Glaubt der wirklich, ich sei bestechlich?«

Lotteriegewinn. Ein armes Gemeindemitglied betet zu Gott:
»Herr, warum bist du so grausam und ungerecht? Ich war mein ganzes Leben ein gläubiger Mensch, habe jeden Tag gebetet, war regelmäßig in der Synagoge und habe auch immer alle Gebote befolgt. Außerdem habe ich eine große Familie. Aber warum muss ich nur so arm sein? Warum kannst du mich nicht wenigstens einmal im Leben in der Lotterie gewinnen lassen?«
Darauf Gott:
»Ich will sehen, was ich für dich tun kann.«
Nach einem Jahr beklagt sich der Mann wieder:
»Herr, ich habe doch noch strenger gelebt als früher und auch noch öfter gebetet – aber warum hast du mich immer noch nicht gewinnen lassen?«
Darauf Gott, ein wenig verärgert:
»Aber was redest du denn? Ich habe mir jetzt ein Jahr lang deine Klage anhören müssen! Dabei hatte ich für dich den Hauptgewinn in der Lotterie vorbereitet. Nur: Warum hast du denn nicht wenigstens einmal deine Hand ausgestreckt und ein Los gezogen, als ich dir jede Woche den Losverkäufer vorbeigeschickt habe?«

Diplomat. Der Großvater zu seinem Enkelsohn:
»Merke dir: Wenn ein Diplomat ›Ja‹ sagt, meint er ›Vielleicht‹; sagt er ›Vielleicht‹, meint er ›Nein‹; sagt er aber ›Nein‹, dann ist er *kein* Diplomat.
Wenn eine Dame ›Nein‹ sagt, meint sie ›Vielleicht‹; wenn sie ›Vielleicht‹ sagt, meint sie ›Ja‹; sagt sie aber ›Ja‹, dann ist sie keine Dame.«

Verheiratet. An der Rezeption eines Hotels. Die Empfangsdame, die auch die Anmeldeformalitäten der Gäste erledigt, fragt ein gerade angereistes Paar:
»Sind Sie verheiratet?«
Darauf die Dame:
»Ja, beide.«

Mein Mann. An einem festlich gedeckten Zweiertisch in einem Hotelrestaurant.
Der Ober zu der – alleine – am Tisch sitzenden, offensichtlich schlecht sehenden Dame:
»Gnädige Frau, Ihr Mann ist gerade vom Stuhl unter den Tisch gerutscht.«
Die Dame:
»Das sehen Sie falsch, *mein* Mann ist gerade zur Tür des Restaurants hereingekommen.«

Hier kennt mich jeder. Blau steht ungewaschen und in abgerissener Kleidung in seinem Heimatdorf am Bahnhof. Er will in die Stadt fahren.
Grün kommt zufällig vorbei, sieht den Blau und sagt:
»Schämst du dich eigentlich nicht, in deinem Zustand und in diesen schmutzigen Sachen in die Stadt zu fahren?«
»Nein, warum denn auch? *Da* kennt mich doch keiner.«
Am Abend treffen sich beide wieder.

Blau hat sich immer noch nicht gewaschen und trägt auch noch die gleichen schmutzigen Sachen.
Grün wundert sich wieder und fragt:
»Aber wieso läufst du denn auch hier, in deiner Kille, deiner Gemeinde, so ungepflegt und abgerissen herum?«
»Nu, *hier* kennt mich doch jeder.«

Schach. Grün spielt mit seinem Freund Blau Schach. Grün ist ein brillanter Schachspieler. Er gewinnt jedes Spiel. Nachdem Blau das vierte Mal hintereinander verloren hat, sagt er mit leisem Vorwurf:
»Und *so* spielst du Schach mit einem Freund?«

Beleidigung. Zwei jüdische Handelsreisende unterhalten sich:
»Ein schwerer Beruf! Ich gebe mir solche Mühe, bin so freundlich – und doch gibt es immer wieder Kunden, die mich beleidigen.«
Darauf der andere:
»Was für ein Pech! Das ist mir noch nie passiert. Man hat mich zwar schon aus dem Haus geworfen, mir die Türe vor der Nase zugeschlagen und mich die Treppe hinuntergeworfen – aber beleidigt? Beleidigt hat man mich noch nie.«

Dritter Klasse. Der steinreiche Samuel Goldberg fährt zur Hochzeit seines Enkels nach Berlin. Ein Freund begleitet ihn zum Bahnhof.
Auf dem Bahnsteig fragt ihn sein Freund:
»Eines ist mir nicht ganz klar. Ich verstehe zwar, warum du dir eine Fahrkarte für die dritte Klasse gekauft hast: Du willst mit jüdischen Handelsreisenden zusammen sein. Aber nach Berlin ist es doch eine weite Strecke. Warum also fährst du mit dem normalen Zug und nicht mit dem Schnellzug?«

Goldberg:
»Warum ist das so schwer zu verstehen? Erstens kostet es weniger, und zweitens darf man auch noch länger fahren.«

Streit. Zwei Kaffeehaus-Besucher geraten in Streit:
»Das nehmen Sie jetzt aber sofort zurück!«
»Ich denke gar nicht daran!«
»Nu – dann ist es auch gut.«

Vorgestern. Zwei Freunde unterhalten sich:
»Ich kann erraten, was du gestern mittag gegessen hast!«
»So etwas kann man nicht erraten.«
»Doch, ich kann es«, behauptet der erste selbstsicher und starrt dabei auf den Bart seines Gegenübers, »du hast gestern Nudeln und Sauerkraut gegessen!«
»Falsch! Das war nämlich schon vorgestern.«

Rache. Während des Zweiten Weltkrieges in New York. Zwei jüdische Emigranten aus Wien unterhalten sich darüber, was in zehn Jahren sein wird.
»Ich werde wieder in Wien sein und mit meiner Frau über die Kärtnerstraße gehen. Es wird uns ein alter Mann in schlechter Kleidung entgegenkommen. Ich werde stolz an ihm vorbeigehen und sagen: ›Schau, Sarah, da geht er – der Hitler!‹«
Darauf der andere:
»Ich habe gewusst, dass du ein Feigling bist! Ich werde auch wieder in Wien sein, im Kaffeehaus sitzen und eine Zeitung lesen. Dann werde ich die Zeitung gelesen haben und beiseite legen. Ich werde eine andere Zeitung nehmen. Da wird ein alter Mann kommen und fragen: ›Verzeihung, mein Herr, ist diese Zeitung frei?‹ Da werde ich kaum aufschauen und sagen: ›Für Sie nicht, Herr Hitler!‹«

Bellende Hunde. Blau zu Grün:
»Warum rennst du denn vor dem bellenden Hund davon? Du weißt doch: ›Hunde, die bellen, beißen nicht‹.«
Grün:
»Nu, das weiß ich zwar auch – aber woher soll ich denn wissen, ob der Hund das weiß?«

Einschränken. Eine Schulklasse besichtigt die Pariser Börse. Während des Rundgangs begegnen sie zufällig dem berühmten Bankier Rothschild. Die Lehrerin spricht Rothschild an und fragt ihn, ob die Kinder ihm ein paar Fragen stellen dürfen. Rothschild ist einverstanden.
Zuerst traut sich kein Kind. Schließlich fragt der Kleinste:
»Baron Rothschild, wenn Sie 30 Millionen Franc hätten, was würden Sie dann tun?«
Rothschild überlegt eine Weile, schließlich sagt er:
»Nu, dann müsste ich mich eben etwas *einschränken.*«

Lourdes. Moische will sich vor jeder Arbeit schützen und erklärt:
»Ich bin gelähmt!«
Sein Freund:
»Bist du meschugge? Wenn du nicht früher oder später als unehrlicher Mensch gelten willst, wirst du dein ganzes Leben lang gelähmt bleiben müssen!«
Darauf Moische:
»Unsinn! Wenn es mir nicht mehr gefällt, gelähmt zu sein, fahre ich nach Lourdes!«

Verlust von Indien. Während des Zweiten Weltkrieges. Grün hat lange gezögert, Deutschland zu verlassen. Schließlich ist er doch nach England emigriert. Völlig mittellos kommt er in London an.

Bei einem ersten Spaziergang sieht er einen eleganten Herrn aus einer großen Villa kommen. Vor dem Haus steht ein silberner Rolls Royce. Ein Chauffeur öffnet die Beifahrertür und ist dem eleganten Herrn beim Einstieg behilflich.
Jetzt erkennt Grün, dass der feine Herr sein alter Berliner Freund Blau ist. Sofort geht er auf ihn zu und fragt:
»Blau, du?«
»Jawohl, ich!«
»Und die Villa – gehört dic etwa dir?«
»Gewiss, die gehört mir.«
»Und der Rolls Royce? Der Chauffeur?«
»Jawohl, gehört alles mir!«
»Da bist du doch sicherlich sehr glücklich?«
Darauf Blau, tief seufzend:
»Glücklich? Kann denn ein *Engländer* glücklich sein, nach dem Verlust von Indien?«

Relativitätstheorie. Gespräch zwischen zwei jüdischen Handelsreisenden:
»Hast du schon gehört? Dem Albert Einstein ist der Nobelpreis verliehen worden!«
»Ach ja, weshalb denn?«
»Er hat die Relativitätstheorie erfunden.«
»Und was besagt die ›Relativitätstheorie‹?«
»Nu, die besagt, dass ein und dasselbe unter bestimmten Umständen eine völlig verschiedene Bedeutung haben kann. Wenn du zum Beispiel nur ein einziges Haar auf dem Kopf hättest, dann wäre das ziemlich wenig. Wenn du aber nur ein einziges Haar in der Suppe hast, dann ist das schon zu viel!«
Darauf der andere:
»Und mit diesen Sachen *reist* der?«

Relativitätstheorie. Gespräch in einem Budapester Kaffeehaus:
»Sag mal, du bist doch ein kluger Mensch. Kannst du mir vielleicht erklären, was man unter ›Relativitätstheorie‹ versteht?«
»Das ist wirklich nicht so einfach, aber ich kann es ja versuchen. Also, stell dir jetzt einmal vor, dass du dir einen neuen Hut kaufst.«
»Kann ich nicht!«
»Aber du sollst dir doch nur *vorstellen*, dass du dir einen neuen Hut kaufst.«
»Kann ich mir einfach nicht vorstellen – schließlich habe ich mir erst gestern einen neuen Hut gekauft.«
»Aber bitte, mach dich doch nicht lächerlich, es geht doch nur um die *Vorstellung*, dass du dir einen neuen Hut kaufst.«
»Tut mir wirklich leid, aber das kann ich mir einfach nicht vorstellen.«
»Dann kann ich dir leider auch nicht erklären, was man unter ›Relativitätstheorie‹ versteht.«

Liebesstellungen. Itzik unterhält sich mit seinem Freund Moische über die verschiedenen Positionen, die es beim Lieben gibt.
Itzik: »Es gibt 99 verschiedene Stellungen!«
Moische: »Nein, es sind 100!«
»Nein, es gibt nur 99 Stellungen!«
»Nein, 100!« widerspricht wiederum Moische.
Itzik: »Dann fang doch mal an zu zählen!«
Moische: »Erstens: normal.«
Darauf Itzik: »Halt, du hast gewonnen: *die* hatte ich ganz vergessen.«

Hotel Adlon. In Berlin in den 1920er Jahren. Cohn ist Besitzer eines koscheren Restaurants. Grün betritt das Restaurant des Cohn, setzt sich an einen Tisch, bestellt etwas – und isst wie ein Schwein.
Darauf Cohn:
»Wenn du so im Hotel Adlon essen würdest, was meinst du, was die zu dir sagen würden?«
»Nu, sie würden vermutlich sagen: Wenn du so essen willst wie ein Schwein – dann geh in das Restaurant vom Cohn!«

Clubs. Ein neureicher Börsenspekulant hat sich in einem weltbekannten Ferienort *drei* neue Häuser bauen lassen. Ein Freund fragt ihn, warum er denn dort gleich drei neue Häuser gebaut hat.
»Das kann ich dir leicht erklären«, antwortet der Mann, »in *einem* Haus wohne ich und die *beiden* anderen Häuser sind die Clubs.«
»Aber wozu denn *zwei* Clubs?«
»Nun, das ist ganz einfach: in den einen gehe ich – und den anderen *meide* ich.«

Minute. Ein armes, aber sehr gläubiges Gemeindemitglied fleht zu Gott:
»Großer Gott, ich bin doch mein ganzes Leben lang immer gläubig gewesen, habe alle Gebote befolgt und jeden Tag meine Gebete verrichtet. Du bist doch allmächtig; es gibt für dich nichts, was unmöglich ist. Du kennst keine Grenzen, keinen Raum und auch keine Zeit. 100 000 Rubel sind für dich wie 100 Rubel und hundert Jahre sind für dich wie eine Minute. Ich bitte dich, habe Mitleid mit mir und schenk mir doch 1000 Rubel.«
Darauf Gott:
»Warte bitte – nur *eine* Minute …«

Hühnerfarm. Ein amerikanischer Tourist ist zu Besuch in Israel. In einem Restaurant in Tel Aviv kommt er mit einem Israeli ins Gespräch.
Der Amerikaner:
»Was machen Sie denn beruflich?«
Der Israeli:
»Ich habe in der Nähe von Tel Aviv eine große Farm.«
Darauf der Amerikaner:
»Ach ja? Das ist aber interessant! Ich habe nämlich ebenfalls in Texas eine Farm. Die ist auch sehr groß: Wenn ich morgens nach dem Frühstück mit meinem Auto einmal um die ganze Farm herumfahre, bin ich erst am späten Abend wieder zu Hause.«
Darauf der Israeli:
»Ja, ja, so ein Auto hatte ich auch einmal.«

Verlobung. »Was hat denn eigentlich deine Mutter zu deiner Verlobung gesagt?« fragt Moische seinen Freund Itzik.
»Nu – bis jetzt hat sie sich noch jedes Mal gefreut.«

Zug verpasst. Dem Grün fährt der Zug vor der Nase weg. Verärgert sagt er zu sich selbst:
»Alles Antisemiten!«

Zug verpasst. Blau steht auf dem Bahnsteig und jammert laut:
»O weh! Um eine halbe Minute habe ich den Zug verpasst!«
Einer der dies hört:
»Na und? Sie jammern so, als ob Sie ihn um eine halbe Stunde verpasst hätten!«

Zug verpasst. Im Bahnhof. Ein Handelsreisender fragt einen Bahnbeamten:

»Bitte entschuldigen Sie, aber erreiche ich noch den Zug nach Krakau?«
Der Bahnbeamte:
»Das kommt darauf an, wie schnell Sie laufen können – abgefahren ist der Zug jedenfalls vor zwei Minuten.«

Zug verpasst. Silbermann stürzt mit seinem Koffer auf den Bahnsteig, sieht aber nur noch die Schlusslichter des Zuges. Jemand, der dies beobachtet hat, fragt:
»Haben Sie etwa Ihren Zug verpasst?«
Silbermann:
»Nu – *verscheucht* werd' ich ihn haben.«

Gute Köchin. »Jossele«, fragt der Rabbi einen seiner Schüler, »betest du denn auch immer vor dem Essen?«
»Nein, Rabbileben, das ist nicht nötig, meine Mutter ist eine sehr gute Köchin.«

Holocaust. Ein älteres Ehepaar sitzt zu Hause vor dem Fernsehapparat. Sie sehen eine Dokumentationssendung über den Holocaust.
Am Ende der Sendung sagt der Mann:
»Unter Hitler wäre das *nicht* passiert!«

Gefallen. Grün zum Kellner:
»Würden Sie mir bitte einen großen Gefallen tun und mir diesen Hunderter in elf Zehner wechseln?«
»Sie meinen wohl in zehn Zehner?«
»Nein: elf Zehner – sonst wäre es ja kein ›großer Gefallen‹.«

Vulkanausbruch. In einem Budapester Kaffeehaus.
Teitelbaum blättert langsam durch die aktuelle Tageszeitung.

Plötzlich hält er inne und liest aufmerksam einen Artikel. Dann sagt er zu seinem Tischnachbarn:
»Der Ätna ist ausgebrochen!«
Der Nachbar mit leiser Stimme:
»Und – ist das für uns Juden gut oder schlecht?«

Mengenlehre. Der Großvater gibt seinem Enkelsohn Nachhilfeunterricht in Mengenlehre.
Nach einer Weile sagt der Kleine:
»Großvater, wenn ich dich richtig verstanden habe, ist es ungefähr so: Wenn jemand aus einer Kasse, in der sich 200 Rubel befinden, 300 Rubel herausnimmt, muss er erst wieder 100 Rubel hineinlegen, damit nichts mehr drin ist.«

Hohes Niveau. Ein Student zum Professor:
»Herr Professor, Ihre letzte Vorlesung hat mich völlig verwirrt. Haben Sie nicht eine weiterführende Literaturempfehlung für mich?«
Der Professor denkt kurz nach, dann nennt er einige Bücher.
Einige Wochen später treffen sich beide wieder.
Der Professor:
»Nun, sind Sie immer noch so verwirrt?«
»Ehrlich gesagt: Ja – aber auf einem viel höheren Niveau.«

Vorsorge. Moische sitzt zu Hause auf dem Sofa. Außer einer Mütze, die er auf seinem Kopf trägt, hat er nichts an.
Sein Bruder betritt das Zimmer:
»Aber Moische, warum sitzt du denn hier völlig unbekleidet?«
»Mach dir keine Sorgen, es ist schon alles in Ordnung mit mir – aber heute wird mich garantiert keiner besuchen.«
»Ja, aber warum hast du denn dann die Mütze an?«
»Nu, vielleicht kommt ja doch noch jemand.«

Entenbraten. Der Restaurantkellner zum Koch:
»Vorne sitzt ein Gast, der will Entenbraten!«
Der Koch:
»Es ist kein Entenbraten mehr da! Gans ist noch da!«
Der Kellner:
»Der will aber keine Gans, der will Ente!«
Der Koch:
»Nu, dann schneid' ich ihm ab von der Gans ein Stück Ente!«

Safari. Ein Rabbiner macht zusammen mit einem katholischen Pfarrer in Afrika eine Safari. Plötzlich stehen die beiden vor einem ausgewachsenen Löwen. Da öffnet der Rabbiner seinen Rucksack und holt seine Laufschuhe heraus.
Der Pfarrer, spöttisch:
»Glauben Sie etwa ernsthaft, dass Sie mit diesen Schuhen schneller laufen können als der Löwe?«
»Natürlich nicht«, antwortet der Rabbiner, »aber schneller als Sie.«

Großväter. Unterhaltung in einem Wiener Kaffeehaus.
Der erste:
»Mein Großvater ist 84 Jahre alt – aber seinen Garten pflegt er immer noch selbst.«
Der zweite:
»Mein Großvater ist schon 87 und hat gerade wieder das goldene Sportabzeichen gemacht.«
Und der dritte:
»Das ist doch gar nichts. Mein Großvater ist bereits 92, und er läuft immer noch allen schönen Frauen hinterher. Nur, warum, das weiß er nicht mehr.«

Stotterer. Blau stottert von Geburt an.
Eines Tages geht er in eine Vogelhandlung, um sich einen sprechenden Papagei zu kaufen.
»Ich mmmöchte gggerne einen Pppapagei …«
Entsetzt unterbricht ihn der Ladenbesitzer:
»Mein Herr, ich flehe Sie an: Bitte verlassen Sie sofort mein Geschäft! Sie verderben mir ja die ganze Ware.«

Gewalt. Blau und Grün fahren mit der Kutsche in die Kreisstadt. Kurz vor der Stadtgrenze liegt ein umgefallener Baum auf der Straße und versperrt den Weg. Es ist ihnen unmöglich, an dem Baum vorbeizufahren. Die beiden beginnen darüber zu diskutieren, was sie machen sollen.
Da kommt ein Bauer vorbei, packt mit bloßen Händen den Baum – und schiebt ihn zur Seite.
Sagt Grün abfällig:
»Nu – mit *Gewalt*.«

Petroleum. Blau jammert:
»O weh! Mein Hund ist krank.«
Grün:
»So? Mein Hund war auch kürzlich krank.«
»Und was hast du gemacht?«
»Nu, ich habe ihm Petroleum ins Trinkwasser gegeben.«
Nach zwei Tagen treffen sich die beiden zufällig wieder.
Blau:
»Stell dir vor: Mein Hund ist nach dem Petroleumtrank gestorben!«
Grün:
»Tja, meiner damals auch.«

Wie geht es dir. In den 1930er Jahren in Berlin.
Zwei Juden treffen sich auf der Straße.

»Wie geht es dir?« fragt der eine.
Der andere:
»Danke – besser als morgen.«

Nichtschwimmer. Ein Mann zappelt hilflos im Fluss herum und schreit laut:
»Hilfe, Hilfe, ich kann nicht schwimmen!«
Ein Spaziergänger kommt vorbei und ruft zurück:
»Ich kann doch auch nicht schwimmen – aber mache ich deshalb so ein Geschrei?«

Ordentlicher Professor. David fragt seinen Vater:
»Vater, was ist eigentlich der Unterschied zwischen einem ordentlichen und einem außerordentlichen Professor?«
Der Vater:
»Nu, ein ordentlicher Professor leistet nichts Außerordentliches und ein außerordentlicher Professor leistet nichts Ordentliches.«

Belohnung. Während einer Parteiversammlung wird dem Cohn die Brieftasche mit 200 Rubel gestohlen.
Cohn geht zum Podium und ruft laut in die Menge:
»Mir ist soeben meine Brieftasche mit 200 Rubel abhandengekommen. Der Finder erhält 20 Rubel!«
Eine Stimme aus dem Hintergrund:
»Ich biete 40 Rubel!«

Leninfigur. Anfang der 1970er Jahre im sowjetischen Russland. Nach langer Wartezeit hat der alte Mandelbaum endlich seine Ausreisegenehmigung nach Israel bekommen. Der Abreisetag ist gekommen, und Mandelbaum wird von seinen Freunden am Moskauer Flughafen Scheremetjewo verabschiedet.

Vor dem Abflug wird er vom russischen Zoll genau kontrolliert. Er muss jeden Koffer öffnen. Der Zollbeamte durchsucht alles sehr sorgfältig. Plötzlich hält der Zöllner eine schwere Metallfigur in der Hand.
»*Was* ist das?« fragt er misstrauisch.
Darauf Mandelbaum:
»Das heißt nicht: *was* ist das, das heißt: *wer* ist das, denn das ist Lenin, der Befreier der Arbeiter und Bauern und Begründer der modernen Sowjetunion!«
Der Zöllner winkt gelangweilt und desinteressiert ab – und lässt Mandelbaum passieren.
Nach der Ankunft in Tel Aviv wird Mandelbaum auch vom israelischen Zoll sehr genau kontrolliert. Und natürlich findet der Zollbeamte ebenfalls die schwere Metallfigur.
»*Was* ist das?« fragt auch der israelische Zöllner.
Und Mandelbaum antwortet wieder:
»Das heißt nicht: *was* ist das, das heißt: *wer* ist das, denn das ist Lenin, der Befreier der Arbeiter und Bauern und Begründer der modernen Sowjetunion!«
Lächelnd winkt ihn der Beamte durch den Zoll.
Endlich trifft Mandelbaum zu Hause bei seiner Familie ein. Beim Auspacken hilft ihm sein neunjähriger Enkelsohn. Auch der findet sofort die schwere Metallfigur.
»Großvater, *wer* ist das?« fragt er neugierig.
»Mein lieber Enkelsohn, das heißt nicht: *wer* ist das, das heißt: *was* ist das, denn das sind 8 Kilogramm pures Gold!«

Falsch verbunden. Grün hat Konkurs angemeldet.
Völlig deprimiert sitzt er hinter seinem Schreibtisch, als das Telefon schellt. Bevor er dazu kommt, seinen Namen zu nennen, hört er, wie der Anrufer fragt:
»Ist da Rothschild?«

Darauf Grün:
»Mann! – Sie sind so was von falsch verbunden!«

Pferderennen. Blau und Grün wollen sich einen schönen Abend machen. Allerdings fehlt ihnen dazu das nötige Kleingeld. Sie besitzen zwar zusammen ungefähr 10 Rubel – das reicht ihnen aber bei weitem nicht.
Sie beschließen deshalb, auf die Pferderennbahn zu gehen, um dort mit Wetten Geld zu gewinnen.
Auf der Rennbahn beginnt sofort eine Diskussion darüber, auf welches Pferd sie setzen sollen.
»Lass uns auf das Pferd mit der Nr. 2 setzen!« schlägt Blau vor.
»O weh! Sieh nur: Die 2 hinkt doch schon im Stehen!« erwidert Grün.
»Dann lass uns eben auf die 4 setzen!«
»Um Gottes Willen. Das sieht doch ein Blinder, dass das Pferd lahm ist.«
»Nu, dann machen wir es anders: Ich mache mit meiner Frau jede Woche viermal Liebe, und du?«
»Ich mache mit meiner Frau jede Woche sogar fünfmal Liebe!«
»Gut, du 5 und ich 4, das macht zusammen 9. Setzen wir also auf die Nr. 9!«
Gesagt – getan: Die beiden setzen auf die 9.
Das Pferd wird letzter!
Mit großem Abstand wird das Pferd mit der Nr. 2 erster.
Darauf Blau vorwurfsvoll zu Grün:
»Siehst du, wenn wir ehrlich gewesen wären, hätten wir jetzt gewonnen.«

Frische Luft. Karlsbad war im 19. Jahrhundert der mondänste, eleganteste und teuerste Kurort Europas.

Ein Kenner von Karlsbad pflegte zu sagen:
»Karlsbad hat wirklich sehr gute Kaffeehäuser, in denen man alle wichtigen Zeitungen Europas lesen kann, einige ausgezeichnete Restaurants, auch das Theater ist gar nicht so schlecht, und interessante Leute trifft man ebenfalls – na ja, und das bisschen frische Luft, das muss man eben in Kauf nehmen.«

Größter Mensch. Im Religionsunterricht eines New Yorker Kindergartens fragt der katholische Pfarrer:
»Ich gebe demjenigen zwei Dollar, der mir sagt, wer der größte Mensch auf Erden war.«
»John F. Kennedy!« sagt ein aus Irland stammender Junge.
Der Pfarrer:
»Das war sicherlich ein großer Mann, aber den meine ich nicht.«
»Julius Cäsar!« meint daraufhin ein italienischer Junge.
»Auch das war ein großer Mann«, antwortet der Pfarrer, »aber den meine ich auch nicht.«
Daraufhin sagt der einzige jüdische Junge des Kindergartens:
»Jesus Christus!«
»Richtig! Aber sag mal – gerade von dir hätte ich diese Antwort nicht erwartet.«
Der Junge steckt die zwei Dollar ein und sagt:
»Na ja, eigentlich ist für mich auch Moses der Größte – aber Geschäft ist Geschäft!«

Heimweh. Teitelbaum war bereits kurze Zeit nach der Machtübernahme Hitlers nach New York emigriert.
Nach dem Krieg wird er von seinem Bruder Moische, der in der Schweiz überlebt hat, in New York besucht.
Das erste, was Moische im Wohnzimmer seines Bruders sieht, ist ein Foto von Adolf Hitler.

Überrascht fragt er:
»Aber warum hast du dir denn gerade ein Bild von Adolf Hitler an die Wand gehängt?«
»Ach, weißt du, das ist nur *gegen* das Heimweh.«

Eisberg. New York, im Dezember 1941. Einen Tag nach dem japanischen Überfall auf die amerikanische Kriegsmarine in Pearl Harbor geht Herr Goldberg zum Mittagessen in ein chinesisches Restaurant. Da er fast jeden Tag dort isst, kennen die Kellner selbstverständlich seinen Namen.
Goldberg setzt sich an einen freien Tisch, bestellt das Mittagsmenü und blättert in der Zeitung.
Plötzlich nimmt er seinen Teller und wirft ihn dem vorbeigehenden chinesischen Kellner an den Kopf:
»Das ist für Pearl Harbor!« ruft er dabei laut.
Der Kellner:
»Aber Herr Goldberg, das waren doch gar nicht die Chinesen, das waren die Japaner!«
»Ganz egal«, entgegnet Goldberg verärgert, »Chinesen oder Japaner – das ist doch alles dasselbe!«
Da nimmt sich der Kellner eine Suppentasse und wirft sie dem Goldberg an den Kopf:
»Und das ist für die Titanic!«
Darauf Goldberg, sichtlich überrascht:
»Aber das war doch ein Eisberg!«
Der Kellner:
»Eisberg oder Goldberg – ist doch alles auch dasselbe!«

Umrühren. Gespräch in einem Wiener Kaffeehaus:
»Hast du eigentlich einmal überlegt, wovon der Tee süß wird: vom Zucker oder vom Umrühren?«
»Vom Zucker natürlich.«
»So, bist du wirklich sicher? Hast du denn schon einmal Tee

getrunken, der nicht umgerührt worden ist? Und war der Tee süß? Na also!«
»Ja, aber wozu dann der Zucker, wenn es nur auf das Umrühren ankommt?«
»Nu, um zu wissen, wie lang.«

Eichhörnchen. Der neunjährige David besucht in New York eine katholische Grundschule.
Erste Stunde: Wirtschaftskunde.
Der Lehrer erklärt, dass der gesamte Welthandel nur möglich ist, weil Jesus Christus seine schützende Hand darüber hält.
Zweite Stunde: Religion.
Der Lehrer erzählt die Weihnachtsgeschichte.
Dritte Stunde: Geschichte.
Der Lehrer erklärt, welchen Einfluss Jesus auf die Geschichte der Welt hat.
Vierte Stunde: Biologie.
Der Lehrer fragt:
»David, was ist das: Es sitzt auf einem Baum, hat einen buschigen Schwanz und knackt Nüsse?«
David:
»Also, normalerweise würde ich sagen, dass das ein Eichhörnchen ist. Jetzt aber vermute ich, dass es sich schon wieder um Jesus Christus handelt.«

Taxi. In seiner Amtszeit als amerikanischer Außenminister stürzt Henry Kissinger in ein wartendes Taxi.
Zum Fahrer sagt er:
»Fahren Sie sofort los, aber bitte schnell!«
»Ja, aber wo wollen Sie denn überhaupt hin?«
»Ist ganz egal, ich werde überall gebraucht!«

Rundfunksprecher. Blau trifft Grün auf der Straße.
»Ich habe dich gestern vor dem Rundfunkgebäude gesehen. Was hast du denn da gemacht?«
»M-m-mich als A-a-ansager b-b-beworben.«
»Und, hat man dich genommen?«
»N-n-nein, s-s-sind a-a-alles A-a-antisssemiten!«

Temperaturausdehnung. David hat in der Schule gehört, dass sich Gegenstände bei Hitze ausdehnen. Da er Zweifel hat, geht er zum Rabbi, um sich die Sache bestätigen zu lassen.
Der Rabbi:
»Nu, das kannst du doch selbst beobachten: Im Sommer werden die Tage länger, und im Winter werden sie wieder kürzer.«

Optimist. David fragt seinen Großvater:
»Großvater, was ist eigentlich ein Optimist, und was ist ein Pessimist?«
»Das kann ich dir leicht erklären: Ein Optimist ist ein schlecht informierter Pessimist.«
»Und warum sagen die Leute, dass es einfacher ist, ein Pessimist zu sein?«
»Nu, weil man öfter recht behält.«

Löwenjagd. Blau kommt von einer zweiwöchigen Löwen-Safari aus Afrika zurück. Grün fragt ihn, wie viele Löwen er denn geschossen habe.
»Na ja, zugegeben: Leider habe ich keinen einzigen Löwen geschossen.«
Darauf Grün, tröstend:
»Nu, für Löwen ist *keiner* aber schon ganz schön viel.«

Witznumerierung. Zwei jüdische Handelsreisende sitzen im Zug und erzählen sich gegenseitig Witze. Doch bereits nach kurzer Zeit stellen sie fest, dass ihnen alle Witze bereits bekannt sind. Um die Zugfahrt trotzdem unterhaltsam zu gestalten, beschließen sie, die Witze auf eine Liste zu schreiben und zu numerieren. Jetzt rufen sie sich nur noch bestimmte Nummern zu – und können wieder lachen.
Ein neu in den Zug eingestiegener Handelsreisender betritt das Abteil und hört den beiden interessiert zu. Nach einer Weile fragt der Neue, ob er auch mitmachen dürfe. Die beiden anderen sind einverstanden.
Der Neue sieht kurz auf die Liste und ruft:
»Nummer 32!«
Aber keiner lacht.
Der Neue:
»Was ist denn los? Warum lacht denn keiner? Das ist doch ein wirklich guter Witz.«
»Nu«, sagt einer der beiden anderen, »das stimmt schon, aber man muss ihn auch *erzählen* können.«

Witznumerierung – Fortsetzung. Es geht noch weiter:
Nach einer Weile ruft einer:
»97!«
Brüllendes Gelächter.
Darauf der Neue:
»Versteh ich nicht – aber diese Nummer steht doch gar nicht mehr auf der Liste!?«
»Eben – den kannten wir auch noch nicht!«

Austern. Wiener Kaffeehausgespräch:
»Gestern abend habe ich zwölf Austern gegessen.«
»Und wie war's?«
»Nu, sieben haben gewirkt.«

Kellner. Der Vater zu seinem achtjährigen Sohn: »David, ich kann dich rufen, sooft ich will, du hörst einfach nicht! Was soll nur aus dir werden?«
David:
»Kellner!«

Ludwigsburg. Albert Einstein steigt in Basel in den Schnellzug nach Berlin. Durch das geöffnete Fenster fragt er einen auf dem Bahnsteig stehenden Bahnbeamten:
»Verzeihen Sie bitte, aber hält Ludwigsburg an diesem Zug?«

Gänseschmalz. Moische kommt von seiner Arbeit nach Hause.
Bereits an der Haustür läuft ihm seine Frau weinend entgegen:
»Lieber Moische, stell dir vor: Unsere Katze hat die drei Kilogramm Gänseschmalz gefressen, die ich für das Pessach-Fest vorbereitet hatte!«
»Unglaublich! Aber wieso bist du so sicher, dass es die Katze war?«
»Es war sonst keiner im Haus, und ich habe die Katze gewogen: Sie wiegt ganz genau drei Kilogramm!«
Moische:
»O weh! Hier haben wir es wirklich mit einem sehr mysteriösen Fall zu tun: Die drei Kilogramm Gänseschmalz haben wir zwar gefunden – aber, was glaubst du, wo ist die *Katze* geblieben?«

Klein anfangen. Der steinreiche Goldberg steht an Deck eines Kreuzfahrtschiffes und blickt verträumt auf die am Horizont untergehende Sonne. Da nähert sich unauffällig ein Schiffsjunge und zieht dem Goldberg geschickt sein teu-

res Seidentaschentuch aus der Hosentasche. Ein Matrose, der den Vorfall beobachtet hat, packt sich den Jungen und macht ihm schwere Vorwürfe.
Darauf Goldberg:
»Ach, lassen Sie ihn doch laufen – wir haben doch schließlich *alle* einmal klein angefangen.«

Sprachlos. David ist das einzige Kind einer sehr vermögenden Familie. Doch obwohl er bereits sechs Jahre alt ist, hat er bisher noch kein einziges Wort gesprochen. Selbstverständlich waren die besorgten Eltern mit dem Jungen bereits bei den berühmtesten Professoren – doch keiner konnte helfen.
Als die Mutter eines Tages eine Tasse Kakao zubereitet und der Kakao ein wenig zu heiß gerät, verbrennt sich David die Zunge. Zornig ruft er:
»Der Kakao ist ja viel zu heiß!«
Darauf die Mutter, völlig fassungslos:
»Aber David, du kannst ja sprechen! Warum hast du denn bis jetzt noch nie ein Wort gesagt?«
Darauf der Junge:
»Nu, bis jetzt war ja auch alles in Ordnung.«

Altmodisch. Auf dem Weg von New York nach Chicago sitzen in einem Eisenbahnabteil ein Chinese und ein Jude. Der Chinese, sehr elegant angezogen, modischer Anzug, teure Schuhe, geschmackvolle Krawatte. Der Jude dagegen mit Kaftan, schwarzem Hut, Schläfenlocken und langem Bart.
Nach kurzer Zeit kommen die beiden ins Gespräch. Nachdem sie sich eine Zeitlang angeregt und sehr gebildet unterhalten haben, sagt der Chinese:
»Gestatten Sie, dass ich mich vorstelle: Mein Name ist

Dr. Hu, ich bin Professor für Sinologie und lehre in Harvard.«
»Sehr angenehm, mein Name ist Dr. Goldstein, ich bin auch Universitätsprofessor.«
»Sehr interessant. Was unterrichten Sie denn: Judaistik oder Hebräisch?«
»Nein, nein, ich unterrichte Psychologie, moderne amerikanische Literatur sowie einige andere Fächer.«
»Wirklich sehr interessant, aber etwas verstehe ich nicht: Sie sind ein so kluger und gebildeter Mensch und haben so moderne Ansichten, nur, warum tragen Sie denn immer noch einen Kaftan sowie diesen eigenartigen Hut, und warum schneiden Sie sich nicht Ihre Schläfenlocken und Ihren langen Bart ab?«
»Nun, das ist ganz einfach: Mein Vater hatte auch einen Kaftan, Schläfenlocken und einen langen Bart, und mein Großvater auch und mein Urgroßvater selbstverständlich auch. Deshalb möchte ich diese Tradition ebenfalls bewahren.«
»Na ja«, meint der Chinese, »auch mein Großvater und mein Vater haben noch einen Zopf getragen, doch ich bin der Meinung, dass das nicht mehr in die heutige Zeit passt und habe deshalb diese Tradition nicht übernommen.«
Darauf Goldstein:
»Nu – ein Zopf ist aber auch wirklich etwas sehr Altmodisches.«

Analphabet. Krakau im Jahre 1930. Das neue Isaak-Zucker-Krankenhaus wird eingeweiht. Viele Ehrengäste und die gesamte Presse sind anwesend. Der 85jährige Stifter und Namensgeber des Krankenhauses, der steinreiche Isaak Zucker, ist ebenfalls dabei. Es werden große Reden gehalten, und Isaak Zucker muss den Presseleuten viele Interviews geben. Zum Schluss bittet ihn ein junger Reporter, auf die Rückseite eines Fotos von ihm eine kurze Widmung zu schreiben.

»Es tut mir wirklich sehr leid, junger Mann«, antwortet Zucker, »aber ich verstehe nicht zu lesen und verstehe nicht zu schreiben – ich kann Ihnen also leider diese Bitte nicht erfüllen.«

Der Reporter:

»Aber Herr Zucker – das ist doch nicht möglich! Sie sind ein so reicher Mann – und können wirklich weder lesen noch schreiben? Wieso? Was ist der Grund?«

»Ja, das ist wirklich wahr – ich kann weder lesen noch schreiben, denn ich habe es nicht gelernt! Aber ich kann Ihnen meine Geschichte erzählen:

Vor vielen Jahren, ich war gerade 20 Jahre alt, war ich Schammes, also Synagogendiener, in einer kleinen Kille, also in einer kleinen Gemeinde, in Jehupetz – ach ja, manchmal denke ich wirklich sehr wehmütig an diese schöne Zeit zurück ... nu, damals war ich also Schammes in Jehupetz, und eines Tages beauftragte mich der Rabbi, einen Brief zu überbringen. Als ich dem Rabbi daraufhin sagte, dass ich das nicht könnte, weil ich nicht wüsste, wem ich den Brief geben sollte, erwiderte er – sehr überrascht –, dass er das nicht verstehen könne, da die Adresse doch auf dem Brief stehen würde. Da musste ich dem Rebben gestehen, dass ich weder lesen noch schreiben konnte.

Und obwohl der Rabbi wirklich sehr gütig und verständnisvoll war, konnte er mich unter diesen Umständen nicht weiter als Schammes beschäftigen – selbst in Jehupetz muss ein Schammes lesen und schreiben können.

Doch der Rebbe und die Gemeinde waren sehr nett zu mir: Sie schenkten mir einen kleinen Handwagen und ein bisschen Geld. Und so fuhr ich mit dem Handwagen in der Um-

gebung herum – über die Wiesen und durch die Wälder. Und von dem bisschen Geld, das man mir gegeben hatte, kaufte ich von den Bauern in der Umgebung ein wenig Gemüse und Milch. Diese Sachen verkaufte ich wiederum auf dem Markt in Jehupetz – mit a bissele Gewinn. Und nach einem Jahr konnte ich mir kaufen einen Wagen und ein Pferd. Wiederum zwei Jahre später besaß ich schon drei Pferdewagen. Und nach weiteren zwei Jahren kaufte ich eine kleine Molkerei. Fünf Jahre später besaß ich bereits zehn eigene Molkereien. Und was soll ich Ihnen sagen: Nach zehn Jahren war ich der größte Molkereibesitzer im ganzen Land!
Und da sagte ich zu mir: Jetzt bist du ein so reicher Mann: Mach eine Stiftung für die Menschen, die nicht so viel Massel im Leben hatten, und für die, die arm und krank sind. Nu, da hab' ich die Stiftung für das Krankenhaus gemacht.«
Darauf der Reporter, der die ganze Zeit aufmerksam und sichtlich gerührt zugehört hatte:
»Aber Herr Zucker – was meinen Sie, was aus Ihnen erst einmal geworden wäre, wenn Sie lesen und schreiben gekonnt hätten?«
»Nu, das kann ich Ihnen leicht sagen: Dann wäre ich heute Schammes in Jehupetz.«

Heiligenstadt. Blau zu Grün:
»Was machst du eigentlich am nächsten Sonntag?«
»Am Sonntag? Nu, am Sonntag fahre ich zusammen mit unserem Kaiser Franz Josef mit der Linie 17 nach Heiligenstadt.«
»Glaub ich nicht!«
»Und warum glaubst du das nicht?«
»Die Linie 17 fährt doch gar nicht nach Heiligenstadt.«

Sprechender Frosch. Cohn, bereits weit über 80 Jahre alt und seit vielen Jahren als Witwer alleine lebend, wird während eines Spaziergangs von einem kleinen Frosch angesprochen:
»Ich bin eine verzauberte Prinzessin. Wenn du mich mit zu dir nach Hause nimmst und mich küsst, dann werde ich mich wieder in eine wunderschöne Prinzessin verwandeln. Und zur Belohnung werde ich eine rauschende Liebesnacht mit dir verbringen.«
Der alte Cohn denkt kurz nach, hebt den Frosch auf und nimmt ihn mit nach Hause.
Einige Stunden später beklagt sich der Frosch, weil Cohn ihn immer noch nicht geküsst hat.
Darauf Cohn:
»Bitte versteh doch: In meinem Alter ist ein sprechender Frosch viel interessanter als eine rauschende Liebesnacht mit einer schönen Prinzessin.«

Marsbewohner. Zwei Marsbewohner unterhalten sich auf einer Party:
»Wie heißen Sie?«
»4286 – und Sie?«
»3359!«
»Komisch, Sie sehen überhaupt nicht jüdisch aus.«

Aussehen. Im Zugabteil.
Ein elegant angezogener älterer Herr wird von einer Dame, die ihm gegenüber sitzt, angesprochen:
»Entschuldigen Sie bitte, mein Herr, aber kann das sein, das Sie jüdisch sind?«
Der Mann, sehr bestimmt:
»Nein, bin ich nicht!«
Ein paar Minuten später fragt die Dame erneut:

»Entschuldigen Sie bitte, dass ich Sie noch einmal anspreche, aber sind Sie völlig sicher, dass Sie nicht jüdisch sind?«
»Ja, meine Dame«, antwortet der Mann, »in diesem Punkt bin ich absolut sicher.«
Und wieder einige Minuten später fragt die Dame ein drittes Mal:
»Sorry, aber sind Sie wirklich absolut sicher, dass Sie nicht doch jüdisch sind?«
Einen Augenblick zögert der Mann, dann sagt er:
»Okay, okay, Sie haben gewonnen, ich bin tatsächlich Jude.«
Darauf die Dame:
»Oh, das ist aber lustig: Sie sehen nämlich überhaupt nicht jüdisch aus.«

Grabstein. Der mittellose Itzik betrachtet lange den aufwendigen Grabstein der Familie Rothschild und denkt:
»*Die* Leute verstehen zu *leben*.«

Fehler. Der verärgerte Ladenbesitzer zu seinem unfähigen Lehrling:
»Wie kann man an einem Tag nur so viele Fehler machen?!«
»Nu«, antwortet der Lehrling, »ich stehe schließlich auch immer sehr früh auf.«

Anständige Frauen. Moische, der bereits vor Jahren von Russland nach Israel ausgewandert ist, besucht seinen Vetter in Moskau.
Während eines Spaziergangs über eine Moskauer Einkaufsstraße sehen sie vor dem Schaufenster eines Modegeschäfts eine elegant gekleidete Frau.
Moische, sehr beeindruckt:
»Was für eine elegante Frau!«

Sein Vetter, leise:
»Kein Problem: 50 Rubel.«
Nach einigen Minuten sehen die beiden eine noch attraktivere Frau.
Der Vetter:
»Auch kein Problem: 75 Rubel.«
Und wiederum etwas später sehen sie eine weitere Dame, die alles Vorherige an Eleganz und Attraktivität bei weitem in den Schatten stellt.
»Wieder kein Problem: 100 Rubel,« erklärt der Vetter.
Darauf Moische:
»Gibt es denn bei euch überhaupt keine anständigen Frauen?«
»Selbstverständlich! Aber anständige Frauen kosten mindestens 200 Rubel.«

Glückspilz. Frau Blau zu einer Freundin:
»Mein Mann ist ein Glückspilz! Stell dir vor: Vor einer Woche hat er eine Unfallversicherung abgeschlossen, und gestern ist er von einem Lastwagen überfahren worden.«

Intelligenz des Hundes. Albert Einstein hat einen neuen Hund bekommen. Ein Student fragt Einstein:
»Und, Herr Professor, ist der Hund intelligent?«
»Sogar außerordentlich! Er weiß wirklich alles, was *er* zum Leben braucht!«

Wer hat schon so viel Massel. Gespräch in einem Wiener Kaffeehaus:
»Wenn man bedenkt, wie viel Unglück und Schmerzen einem das Leben so zufügt, ist der Tod eigentlich gar nicht so schlecht. Vielleicht wäre es sogar das beste, überhaupt nicht geboren zu werden.«

Der andere:
»Ja, das stimmt wirklich. Aber wer hat schon so viel Massel? Vielleicht einer unter tausend.«

Rettung. In Russland während der Zarenzeit. Moische fällt in einen Fluss und droht zu ertrinken. Verzweifelt ruft er um Hilfe. Ein Soldat kommt zufällig vorbei, sieht den ertrinkenden Moische, lacht spöttisch – und geht weiter.
Da ruft Moische mit letzter Kraft:
»Nieder mit dem Zaren!«
Sofort springt der Soldat ins Wasser, rettet Moische und übergibt ihn der Polizei.

Netteste. Itzik zur Schickse:
»Bin ich wirklich der erste Mann, den du in dein Bett lässt?«
»Aber natürlich! Und der netteste!«

Schafe zählen. Blau fragt den mit einer großen Herde vorbeiziehenden Schafhirten:
»Wissen Sie eigentlich, wie viele Schafe Ihre Herde hat?«
»Ja: genau 3254!«
Blau, etwas überrascht:
»Haben Sie einen Trick, um die Schafe zu zählen?«
»Aber ja: Ich zähle immer zuerst die Beine und dividiere danach durch vier.«

Selbstgespräche. Im Zug von Kiew nach Lemberg. Ein einfach gekleideter Mann, offensichtlich jüdischer Handelsreisender, macht seltsame Dinge: er brummt vor sich hin, lacht manchmal laut, und ab und zu wirft er beide Hände in die Luft.
Ein Mitreisender, der die Sache eine Zeitlang beobachtet hat, spricht den Mann an:

»Verzeihen Sie, mein Herr, aber ich bin sehr neugierig: Würden Sie mir bitte verraten, was Sie die ganze Zeit tun?«
Der Mann:
»Wissen Sie, ich langweile mich immer beim Zugfahren, deshalb erzähle ich mir Witze.«
»Sehr interessant. Und was hat das zu bedeuten, wenn Sie beide Hände in die Luft werfen?«
»Nu, wenn ich einen Witz schon kenne, dann unterbreche ich mich.«

Krankheitskosten. Zwei aus Russland stammende Juden unterhalten sich:
»Wie geht es Ihnen denn hier in New York?«
»Ehrlich gesagt, nicht so gut. Allein im letzten Monat habe ich über 100 Dollar für Ärzte und Medizin ausgegeben.«
Der andere:
»Über 100 Dollar?! O weh! Dafür hätten wir in unserer alten Heimat länger als zwei Jahre krank sein können.«

Bewerbung. Die sowjetische Fluggesellschaft Aeroflot sucht einen neuen Piloten. Drei Bewerber melden sich.
Der Personalchef fragt den ersten, einen Polen:
»Wie viele Flugstunden haben Sie?«
»5000.«
»Und was wollen Sie verdienen?«
»1000 Rubel.«
Danach fragt er den zweiten, einen Russen.
»Wie viele Flugstunden haben Sie?«
»2000.«
»Und was wollen Sie verdienen?«
»3000 Rubel.«
Zum Schluss fragt er den dritten, einen Juden:
»Wie viele Flugstunden haben Sie?«

»100.«
»Und was wollen Sie verdienen?«
»5000 Rubel.«
»Was? Nur 100 Flugstunden und 5000 Rubel? Wie stellen Sie sich das denn vor?«
»Nu, das ist doch ganz einfach: 2000 Rubel für dich und 2000 für mich – und für die restlichen 1000 Rubel lassen wir den Polen fliegen.«

Gift. Frau Grün zu einem verhassten Nachbarn:
»Wenn Sie mein Mann wären, dann würde ich Ihren Kaffee vergiften!«
Der Nachbar:
»Und wenn ich Ihr Mann wäre, dann würde ich ihn auch trinken!«

Sorgen. Als Nachrichten noch nicht per Telefon oder E-Mail, sondern durch den Telegraphen übermittelt wurden und jedes einzelne Wort teuer bezahlt werden musste, telegraphierte der sparsame Blau seinem Bruder folgende Nachricht:
»Mach dir schon mal Sorgen – Näheres per Brief.«

Examensfragen. Chaim Appelbaum, Professor für Wirtschaftswissenschaften an der berühmten Harvard University, zeigt seinem neuen Assistenten, einem ehemaligen Studenten von ihm, die Themen für die bevorstehende Abschlussprüfung.
Der Assistent, nachdem er sich die Fragen angesehen hat:
»Aber das sind ja genau dieselben Fragen, die mir bereits in *meinem* Examen gestellt wurden?!«
»Gewiss«, antwortet der Professor lächelnd, »die Fragen

sind jedesmal die gleichen – nur sind in *unserem* Fach in jedem Jahr *andere* Antworten richtig.«

Lügner. Ein Bauer fragt seinen Nachbarn, ob er ihm sein Pferd für eine Stunde ausleihen kann.
»Ich würde ja gerne, aber mein Knecht ist mit dem Pferd zum Tierarzt und kommt erst heute abend zurück.«
In diesem Moment hört man das Pferd im Stall laut wiehern.
Der Nachbar, sehr bestimmt:
»Also, wem glaubst du jetzt: Mir oder einem Pferd, das obendrein sogar als Lügner bekannt ist?«

Bon appétit. Mandelbaum fährt auf einem Auswandererschiff nach Amerika. Im Speisesaal sitzt er neben einem Franzosen. Leider können sich die beiden nicht unterhalten, da Mandelbaum kein Wort Französisch spricht und der Franzose kein Wort Englisch.
Am ersten Abend sagt der Franzose zu Mandelbaum:
»Bon appétit!«
Darauf Mandelbaum, etwas verunsichert:
»Mandelbaum!«
Die Szene wiederholt sich bei jeder Mahlzeit.
Am fünften Tag sagt ein anderer Passagier, der die Szene jeden Tag beobachtet hat, zu Mandelbaum:
»Lieber Herr Mandelbaum, Sie sollten wissen, dass Ihr französischer Tischnachbar Ihnen einen guten Appetit wünschen will, wenn er ›Bon appétit‹ sagt.«
Am nächsten Tag kommt Mandelbaum strahlend an den Tisch, verbeugt sich vor dem Franzosen und sagt:
»Bon appétit!«
Darauf der Franzose:
»Mandelbaum!«

Stotterer unter sich. Im Zug fragt ein blinder Fahrgast stotternd einen anderen Mitfahrenden:
»Ist d-d-das der B-B-Bahnhof von L-L-Lemberg?«
Der Gefragte antwortet nicht. Der Zug fährt weiter.
Ein dritter zu dem Gefragten:
»Wieso haben Sie denn nicht geantwortet, Sie haben doch gesehen, dass der Mann blind ist und dass das der Bahnhof von Lemberg war?«
»D-D-Denken Sie etwa, ich w-w-wollte von dem eins auf die N-N-Nase haben?«

Milch. Ein Blinder fragt seinen Freund:
»Was tust du gerade?«
»Ich trinke Milch.«
»Wie sieht Milch aus?«
»Milch ist weiß.«
»Wie ist ›weiß‹?«
»Nu, ein Schwan ist zum Beispiel weiß.«
»Wie sieht ein Schwan aus?«
»Ein Schwan ist ein Vogel mit einem krummen Hals.«
»Und was ist ›krumm‹?«
Der Freund nimmt die Hand des Blinden, führt sie über seinen gekrümmten Arm und sagt:
»Das ist krumm.«
Der Blinde überlegt kurz, dann sagt er:
»Nu, jetzt ist alles klar, jetzt weiß ich auch, wie Milch aussieht.«

Plötzlich sterben. Der zufriedene Chef zu seinem Angestellten:
»Toll, wie du das Geschäft gemacht hast! Ich wünsche, dass du 120 Jahre und drei Monate alt wirst!«
Der Angestellte:

»Aber wieso die drei Monate?«
»Nu, ich möchte nicht, dass du so *plötzlich* stirbst.«

Schreiben-Lernen. Nach dem ersten Schultag fragt die Mutter ihren Sohn:
»Na, David, was hast du denn heute gelernt?«
»Ich habe Schreiben gelernt!«
»Was? Erst einen Tag in der Schule, und schon hast du schreiben gelernt? Unglaublich! Und was hast du geschrieben?«
»Woher soll ich das denn wissen? Ich kann doch noch nicht lesen.«

Attraktiv. Gespräch in einem Wiener Kaffeehaus:
»Schauen Sie einmal schnell nach draußen! Haben Sie je einen Mann mit einer so großen Nase gesehen? Mit einem so schiefen Mund? Und mit einem so verschlagenen Blick?«
»Das war zufällig mein Sohn, der da vorbeigegangen ist«, entgegnet der andere.
Darauf der erste, etwas verlegen:
»Nu, bei *ihm* sieht das aber eigentlich alles sehr attraktiv aus.«

Rätsel. Ein Jude wird unmittelbar vor einer katholischen Kirche von einem Auto überfahren. Der Mann liegt schwer verletzt und halb bewusstlos auf der Straße, als der Pfarrer aus der Kirche gelaufen kommt, um ihm die Sterbesakramente zu spenden.
»Glaubst du an Gott, den Vater, den Sohn und den Heiligen Geist?« fragt der Pfarrer.
»Ich sterbe«, röchelt der Schwerverletzte mit letzter Kraft, »und der stellt mir Rätsel!«

Zeitungsanzeige. Im Jahre 1937 im Nazi-Deutschland. Der alte Teitelbaum steht im Hauptquartier der Berliner SS. In der Hand hält er eine Zeitungsanzeige, die er dem diensthabenden Offizier zeigt.

»Was?« schreit der ihn an. »Wegen dieser Anzeige bist du hier?«

»Ja, das ist richtig«, antwortet Teitelbaum.

»Aber da steht doch: Kräftige junge Männer gesucht, mindestens 1,80 m groß, Ariernachweis erforderlich. Du aber bist noch nicht einmal 1,60 m, bestimmt schon 70 Jahre alt, trägst eine Brille – und außerdem bist du Jude. Was willst du also hier?«

»Nu, ich wollte Ihnen auch nur sagen: Auf *mich* können Sie nicht zählen!«

Cohn. Im Zug von Czernowitz nach Lemberg.

Vier Handelsreisende stellen sich gegenseitig vor:

»Mein Name ist Kunowski.«

»Mein Name ist Kuhn.«

»Mein Name ist Kohlmann.«

Darauf der vierte:

»Ebenfalls Cohn.«

Ausweis. In Berlin während der Nazizeit. Blau und Grün gehen zusammen spazieren. Entgegen strengster Vorschriften hat Blau keinen Ausweis dabei. Prompt kommt ihnen ein SS-Offizier entgegen.

Blau zu Grün:

»Schnell! Du musst sofort wegrennen! Dann läuft der hinter dir her, und ich kann mich verdrücken.«

Grün rennt los, was das Zeug hält.

Schließlich kommt der SS-Mann an ihn heran, packt ihn und sagt:

»Zeig mir deine Papiere, Jude!«
Keuchend holt Grün seinen Ausweis heraus und gibt ihn dem SS-Offizier. Der nimmt sich den Ausweis und untersucht ihn genau.
Da alles in Ordnung ist, fragt er vorwurfsvoll:
»Warum bist du denn überhaupt weggelaufen?«
»Nu, mein Arzt hat mir gesagt, dass ich nach jeder Mahlzeit fünfhundert Meter laufen soll.«
»Aber du musst doch gesehen haben, dass ich hinter dir hergelaufen bin – warum hast du denn nicht angehalten?«
»Nu, ich dachte, Sie hätten vielleicht denselben Arzt wie ich.«

Sauberes Glas. Der Kellner fragt zwei Gäste:
»Tee oder Kaffee, die Herren?«
»Ich nehme Tee«, sagt der erste.
Der andere:
»Ich auch, aber achten Sie bitte darauf, dass ich ein sauberes Glas bekomme!«
Kurze Zeit später kommt der Kellner mit zwei Gläsern Tee zurück:
»Zweimal Tee, bitteschön! Und wer von Ihnen bekommt das *saubere* Glas?«

Schlechte Nachrichten. Gespräch in einem Wiener Kaffeehaus:
»O weh! Stellen Sie sich vor: Im Juli ist in meinem Geschäft wirklich alles schiefgegangen. Nur Verluste! Ich habe einfach unvorstellbares Pech gehabt. Ein totales Desaster! So schlecht ging es mir noch nie in meinem Leben. Und da dachte ich: Schlimmer kann es wirklich nicht mehr kommen. Bis der August kam. Was soll ich Ihnen sagen: Der August übertraf noch den Juli. Eine totale Katastrophe!«

Der andere:
»Aber das ist doch alles gar nichts. Stellen Sie sich folgendes vor: Vor vier Wochen habe ich erfahren, dass meine Frau schwer erkrankt ist. Unheilbar! Vor zwei Wochen teilte mir meine Tochter mit, dass sie sich von ihrem Mann scheiden lassen will, und gestern erklärt mir mein einziger Sohn, dass er nächsten Monat heiraten wird, und wissen Sie wen? Detlev! Einen Mann! Und dazu auch noch ein Goj! Nun frage ich Sie: Was kann noch schlimmer sein?«
Darauf der erste:
»Das kann ich Ihnen genau sagen: der September!«

Schneiderstolz. Ein Handelsreisender kommt in eine kleine galizische Stadt und bestellt bei einem Schneider eine neue Hose. Leider wird die Hose nicht bis zu seiner Abreise fertig, so dass er ohne sie weiterfahren muss. Nach sieben Jahren kommt der Handelsreisende wieder in diese Stadt. Der Schneider erfährt davon und bringt dem Handelsreisenden die Hose in sein Hotel.
Der Handelsreisende, sehr überrascht:
»Gott hat die Welt in sieben Tagen erschaffen, und du brauchst für eine Hose sieben Jahre!«
»Nu«, antwortet der Schneider, indem er stolz über die Hose streicht, »aber seht euch doch die Welt an – und dann betrachtet diese Hose.«

Hotelfrühstück. Mandelbaum wohnt ein paar Tage in einem New Yorker Hotel.
Wie an jedem Morgen bestellt er sich auch am letzten Tag seines Aufenthalts das Frühstück telefonisch auf sein Zimmer:
»Guten Morgen, hier ist Mandelbaum, Zimmer 505. Bitte bringen Sie mir ein Frühstück – aber bitte machen Sie das

Rührei so, dass es noch flüssig ist und auf dem Teller zerfließt, und den Toast bitte schwarz, am besten etwas verkohlt, der Orangensaft sollte warm sein, als ob er die ganze Nacht auf der Heizung gestanden hätte, und den Kaffee bitte ganz dünn, so dass er ungefähr so aussieht wie Tee.«
Die Concierge:
»Es tut mir wirklich sehr leid, Herr Mandelbaum, aber ein solches Frühstück haben wir nicht.«
Darauf Mandelbaum:
»Aber gestern und vorgestern habe ich es genau so von Ihnen bekommen!«

Hutkauf. Ein Deutschlehrer betritt zusammen mit seiner Frau ein Hutgeschäft.
Der Lehrer:
»Ich möchte gerne einen neuen Hut.«
Der Verkäufer:
»Für Ihnen?«
Der Lehrer, korrigierend:
»Für *Sie*!«
Der Verkäufer:
»Also für Ihre Frau?«
»Nein, nein – für mich natürlich!«
»Also doch für Ihnen!«
Der Lehrer, ungeduldig und leicht verärgert:
»Nein: Für *Sie*!«
Der Verkäufer, vorsichtig zur Frau des Lehrers:
»Bitte entschuldigen Sie: Ist der Herr meschugge?«

Apfelkuchen. In einem Budapester Kaffeehaus. Itzik bestellt ein Stück Apfelkuchen.
Als der Kellner den Kuchen bringt, überlegt Itzik kurz – und gibt den Kuchen dem Kellner wieder zurück:

»Bitte entschuldigen Sie, aber ich habe es mir anders überlegt, bringen Sie mir lieber einen Cognac.«
Der Kellner bringt den Cognac.
Itzik trinkt den Cognac aus, steht auf und will gehen.
Der Kellner bemerkt dies und spricht ihn höflich an:
»Mein Herr, bitte verzeihen Sie, aber Sie haben Ihren Cognac noch nicht bezahlt.«
Itzik:
»Aber ich habe doch statt dessen den Apfelkuchen zurückgegeben.«
Der Kellner:
»Den haben Sie aber auch nicht bezahlt.«
Itzik:
»Na und? Habe ich den etwa gegessen?«

Keine eigene Uhr. Im Zug auf der Fahrt nach Lemberg. In einem Abteil sitzen ein älterer und ein jüngerer Fahrgast, beide jüdische Handelsreisende. Der Jüngere bemüht sich erfolglos, ein Gespräch in Gang zu bringen.
Schließlich versucht er es mit einer ganz banalen Frage:
»Verzeihen Sie bitte, aber könnten Sie mir vielleicht sagen, wie spät es ist?«
Keine Antwort!
So fahren die beiden schweigend weiter. Schließlich nähert sich der Zug bereits den Vororten von Lemberg.
Da fasst sich der junge Mann nochmals ein Herz und fragt mit freundlicher Stimme:
»Verzeihung, mein Herr, ich habe Sie höflich gefragt, wie spät es ist. Warum geben Sie mir keine Antwort? Haben Sie etwas gegen mich?«
Darauf der Ältere:
»Junger Mann, ich kann Ihnen ganz genau sagen, was gewesen wäre, wenn ich Ihnen gesagt hätte, wie viel Uhr wir ha-

ben: Sie hätten mir gesagt, dass ich eine schöne Uhr trage. Ich hätte geantwortet, dass meine Uhr wirklich sehr schön ist. Sie hätten mir gesagt, dass man gute Geschäfte machen muss, wenn man eine solche Uhr besitzt. Ich hätte geantwortet, dass ich tatsächlich gute Geschäfte mache. Sie hätten mich gefragt, was ich für Geschäfte mache. Ich hätte geantwortet, dass ich in Kleber und Heu reise. Sie hätten mich gefragt, wo ich wohne. Ich hätte geantwortet, dass ich in Lemberg wohne. Sie hätten mich gefragt, ob ich ein schönes Haus besitze. Ich hätte geantwortet, dass ich tatsächlich ein schönes Haus besitze. Sie hätten mich gefragt, ob ich Kinder habe. Ich hätte geantwortet, dass ich eine Tochter habe. Sie hätten mich gefragt, ob meine Tochter schön ist. Ich hätte geantwortet, dass meine Tochter tatsächlich sehr schön ist. Sie hätten mich gefragt, ob Sie uns einmal besuchen kommen könnten. Ich hätte geantwortet, dass Sie uns gerne besuchen können. Dann hätten Sie uns besucht und bei mir um die Hand meiner Tochter angehalten.
Jetzt frage ich Sie: Wozu brauche ich einen Schwiegersohn, der noch nicht einmal eine eigene Uhr besitzt?«

Hübsch. Frau Grün, bereits etwas in die Jahre gekommen, bereitet sich auf ein großes Fest vor. Bereits in Abendgarderobe und mit fertigem Make-up betrachtet sie sich kokett im Spiegel.
Zu ihrem Mann sagt sie:
»Du musst doch zugeben: Hübsch bin ich noch immer, nicht?«
»Recht hast du: Hübsch bist du noch immer nicht.«

Grüner Hering. Großvater zum Enkelsohn:
»Was hängt an der Wand, ist grün und nass – und pfeift?«
»Keine Ahnung.«

Der Großvater:
»Ein Hering.«
Der Enkelsohn empört:
»Aber ein Hering hängt doch nicht an der Wand!«
»Dann musst du ihn eben hinhängen.«
»Und ein Hering ist auch nicht grün!«
»Dann musst du ihn grün anstreichen.«
»Und nass ist er auch nicht!«
»Nu, wenn er frisch gestrichen ist, schon.«
»Aber: Pfeifen tut ein Hering auf gar keine Fall!«
»Stimmt, aber das habe ich auch nur gesagt, damit das Rätsel nicht zu leicht ist.«

Gesundheit. Der neunjährige David ist in der Schule sitzengeblieben. Zu Hause übergibt er sein Zeugnis mit den Worten: »... wenn wir nur alle gesund sind!«

Happy, aber nicht glücklich. Ein nach New York emigrierter Jude wird von einem Amerikaner gefragt:
»Sind Sie eigentlich happy in New York?«
»Happy schon, aber nicht glücklich.«

Lehrer-Vorwurf. Der Deutschlehrer zum zwölfjährigen David:
»Als ich so alt war wie du, da kannte ich alle Gedichte von Goethe auswendig!«
David:
»Nu, und was sind Sie geworden? Nebbich ein Lehrer!«

Lehrer-Vorwurf. Der Geschichtslehrer zum zwölfjährigen David:
»Weißt du eigentlich, dass George Washington in deinem Alter der beste Schüler der Schule war?«

David:
»Natürlich weiß ich das! Und in Ihrem Alter war er bereits Präsident der Vereinigten Staaten!«

Nebbich. Zwei jüdische Handelsreisende unterhalten sich im Zug. Einer der beiden sagt öfters:
»Nebbich!«
Nach einer Weile fragt ein anderer Mitreisender, offenbar ein Goj:
»Bitte entschuldigen Sie, aber was heißt eigentlich ›nebbich‹?«
»Sie wissen nicht was ›nebbich‹ heißt? Nebbich!«

Aussprache. Zwei alte Freunde sitzen auf einer Parkbank.
Nachdem sie über eine Stunde schweigend nebeneinander gesessen haben, sagt der eine:
»Wie geht es dir?«
»Nebbich! Und wie geht es dir?«
»Nebbich!«
Worauf sich beide erheben und beim Weggehen gleichzeitig sagen:
»Ja, ja, es ist doch immer gut, wenn man sich mal richtig aussprechen kann.«

Treue. Der seit über zwanzig Jahren verheiratete Grün hat seit ein paar Wochen eine Affäre mit einer verheirateten Frau. Als der Rabbi davon erfährt, ruft er den Grün zu sich und macht ihm schwere Vorwürfe.
Darauf Grün:
»Aber Rabbi, ich bin absolut nicht davon überzeugt, dass ich das Gesetz übertreten habe. Wenn es mir, als einzigem Mann erlaubt ist, mit *meiner* Frau zu schlafen, dann muss es mir

doch erst recht erlaubt sein, mit einer Frau zu schlafen, mit der auch ein anderer Mann schlafen kann.«

Froschschenkel. Das Ehepaar Pollak ist das erste Mal in Paris. Bereits am ersten Abend gehen sie in das teuerste Restaurant der Stadt und bestellen Froschschenkel.
Als der Kellner die Froschschenkel serviert, fragt Herr Pollak verunsichert:
»Herr Ober, wozu dienen denn die kleinen Schüsselchen mit dem Wasser und den Zitronenscheiben?«
Der Kellner:
»Damit können Sie Ihre Finger abspülen.«
Darauf Frau Pollak zu ihrem Mann:
»Siehst du: Wer dumm fragt, bekommt auch dumme Antworten.«

Geburtsdatum. Ein aufdringlicher Journalist fragt die weltberühmte, aber schon etwas ältere Opernsängerin:
»Gnädige Frau, bitte entschuldigen Sie, und ganz unter uns: Aber *wann* sind Sie eigentlich geboren?«
Darauf die Operndiva, ohne zu zögern:
»In Wien!«

Mein Vater. Ein Fürst macht eine Reise durch sein Herrschaftsgebiet. In jedem Dorf stehen die Bewohner am Straßenrand und begrüßen ihn freudig.
In einem Dorf bemerkt der Fürst einen Mann, der ihm auffallend ähnlich sieht. Er winkt den Mann heran und fragt ihn:
»Kann es sein, dass deine Mutter einmal im Schloss gearbeitet hat?«
Darauf der Mann:
»Nein, meine Mutter zwar nicht, aber mein Vater.«

Entschuldigung. David kommt zu spät in die Schule. Selbstverständlich entschuldigt er sich sofort:
»Herr Lehrer, es tut mir wirklich sehr leid, aber es ist Glatteis draußen, und bei jedem Schritt nach vorne bin ich zwei Schritte zurückgerutscht.«
»Aber wie bist du denn dann überhaupt hier angekommen?«
»Nu, ich habe mich unterwegs umgedreht und bin wieder zurück nach Hause gegangen.«

Kein Grund zur Sorge. Blau zu Grün:
»Ich mache mir wegen der Kriegsgefahr große Sorgen. Wie denkst du darüber?«
»Ich finde, dass es keinen Grund zur Sorge gibt.
Die internationale Krise kann zu einem Krieg führen – oder auch nicht.
Im Falle eines Krieges gibt es zwei Möglichkeiten:
Entweder wird man zum Militärdienst einberufen – oder auch nicht.
Wird man nicht einberufen gibt es keinen Grund zur Sorge.
Wird man zum Militärdienst einberufen, gibt es zwei Möglichkeiten: Entweder wird man an die Front geschickt – oder auch nicht.
Wird man nicht an die Front geschickt, gibt es keinen Grund zur Sorge.
Wird man an die Front geschickt, gibt es zwei Möglichkeiten: Entweder wird man verletzt – oder auch nicht.
Wird man nicht verletzt, gibt es keinen Grund zur Sorge.
Wird man verletzt, gibt es zwei Möglichkeiten: Entweder wird man schwer verletzt – oder man wird leicht verletzt.
Wird man leicht verletzt, gibt es keinen Grund zur Sorge.
Wird man schwer verletzt, gibt es zwei Möglichkeiten: Entweder stirbt man – oder auch nicht.

Stirbt man nicht, gibt es keinen Grund zur Sorge.
Stirbt man, gibt es zwei Möglichkeiten: Entweder kommt man ins Paradies – oder in die Hölle.
Kommt man ins Paradies gibt es keinen Grund zur Sorge.
Kommt man in die Hölle, hat man immer noch eine Möglichkeit: Dass der Krieg überhaupt nicht ausbricht.
Du siehst: Es gibt also absolut keinen Grund zur Sorge!«

Kamingeschichte. Die ›klassische‹ Kamingeschichte.
David fragt seinen Großvater:
»Großvater, bitte erkläre mir, was ist der Talmud?«
»Nu, ich will dir dazu eine Geschichte erzählen: Zwei Männer fallen durch einen Kamin. Einer beschmutzt sich das Gesicht mit Ruß, der andere bleibt sauber. Wer wird sich waschen?«
»Der Schmutzige natürlich!«
»Falsch! Der Saubere wird sich waschen. Der Schmutzige sieht doch das Gesicht des Sauberen, also denkt er, dass er auch sauber ist. Der Saubere aber sieht das schmutzige Gesicht des Schmutzigen und denkt, dass er ebenfalls schmutzig ist, also wird *er* sich waschen.
Ich will dir eine weitere Aufgabe stellen: Beide Männer fallen ein zweites Mal durch den Kamin. Wer wird sich jetzt waschen?«
»Nu, jetzt weiß ich es doch«, antwortet David, »der Saubere natürlich!«
»Wieder falsch! Der Saubere hat doch beim Waschen bemerkt, dass sein Gesicht sauber war. Dagegen hat der Schmutzige begriffen, weshalb sich der Saubere gewaschen hat. Also wäscht sich jetzt der Richtige.
Ich stelle dir noch eine Aufgabe: Die beiden fallen ein drittes Mal durch denselben Kamin. Wer wird sich jetzt waschen?«
Darauf David:

»Nu, von jetzt an natürlich immer der Schmutzige!«
»Wieder falsch! Hast du jemals erlebt, dass zwei Männer gleichzeitig durch denselben Schornstein fallen und der eine ist sauber und der andere schmutzig? Siehst du: Das ist der Talmud!«

Esel. Gespräch zwischen zwei Freunden:
»Du bist wirklich ein Esel!«
»Bin ich denn dein Freund, weil ich ein Esel bin, oder bin ich ein Esel, weil ich dein Freund bin?«

Abgeschnitten. Goldberg und Rubinstein, zwei alte Freunde, treffen sich zufällig auf der Straße:
»Ich bin im Augenblick wirklich sehr deprimiert. Stell dir vor: Vor zwei Wochen habe ich 1 Million Rubel geerbt, und vor einer Woche habe ich sogar 2 Millionen Rubel in der Lotterie gewonnen – aber seit dieser Woche ist einfach alles wie *abgeschnitten*!«

Harte Arbeit. Zwei alte Freunde treffen sich zufällig wieder:
»Du siehst schlecht aus, was ist los mit dir?«
»O weh! Ich habe eine schreckliche Arbeit: Jeden Morgen um sechs Uhr aufstehen, Säcke schleppen, 50 Kilo schwer, bis in den achten Stock hinauf, ohne Pause bis sechs Uhr abends. Außerdem: furchtbares Arbeitsklima!«
»Du Armer! Wie lange machst du das denn schon?«
»Nu, *morgen* fange ich an.«

Statistische Wahrscheinlichkeit. In Tel Aviv während der Zeit der palästinensischen Raketenangriffe. Ein im ganzen Land bekannter Professor für Statistik erscheint das erste Mal im Luftschutzkeller seines Wohnbezirks.

Die Leute fragen ihn:
»Wieso kommen Sie denn heute in den Luftschutzkeller? Sie haben uns doch immer erklärt, dass in Tel Aviv ungefähr 400 000 Menschen leben und deshalb die Wahrscheinlichkeit sehr gering sei, dass ausgerechnet Sie von einer Bombe getroffen werden?«
»Nu, in Tel Aviv leben tatsächlich etwa 400 000 Menschen – und ein Elefant. Und letzte Nacht hat es den Elefanten getroffen.«

Höflicher Gast. Die Pensionswirtin, während sie dem Gast Kaffee einschenkt:
»Sieht nach Regen aus!«
Der höfliche Gast:
»Aber wenn man genau hinschaut, ist es doch Kaffee.«

Gegenfrage. Wiener Kaffeehausgespräch:
»Warum antwortet ein Jude auf eine Frage meistens mit einer Gegenfrage?«
»Nu, warum soll denn ein Jude auf eine Frage nicht mit einer Gegenfrage antworten?«

Berechnung. Ein Rabbi fährt mit dem Zug aus der Kreisstadt in seine Heimatgemeinde. Ihm gegenüber sitzt ein eleganter Mann.
Der Rabbi überlegt:
»Heute ist Freitag. Bis wir ankommen, ist es sieben Uhr, da kann er keine Geschäfte mehr machen, also kommt er aus Familiengründen. Ich kenne aber alle Leute in meiner Gemeinde, also muss er schon früher weggezogen sein.
Jetzt habe ich es: Da gab es einen Moische Pisser, der ist nach Berlin gegangen, dort hat er sich Moses Wasserstrahl ge-

nannt. Dann soll er nach Paris gegangen sein, und man hat nichts mehr von ihm gehört.«
Jetzt wendet sich der Rabbi an den Mann:
»Entschuldigen Sie, mein Herr, sind Sie Herr Lafontaine?«
»Ja, der bin ich. Aber wieso kennen Sie mich eigentlich?«
»Was heißt kennen? Ich habe Sie gerade *ausgerechnet.*«

Schmuggler. Grün will mit einem Fahrrad und einem großen Sack, den er auf seiner Schulter trägt, die Grenze passieren.
Der Zöllner:
»Was haben Sie denn da in Ihrem Sack?«
»Sand«, antwortet Grün.
Der misstrauische Zöllner lässt den Sack öffnen – und tatsächlich: Es ist Sand!
Wenige Tage später das gleiche: wieder kommt Grün mit einem großen Sack an die Grenze.
»Was haben Sie denn heute in Ihrem Sack?« fragt der Zöllner.
Und wieder lautet die Antwort:
»Sand!«
Doch diesmal will es der Zöllner genau wissen und lässt den Inhalt des Sacks vollständig durch ein Sieb schütten. Und tatsächlich: nur Sand!
Einige Tage später das gleiche Bild: Wieder radelt Grün mit einem großen Sack an die Zollschranke. Doch diesmal beschlagnahmt der nun extrem misstrauische Zöllner den Sack und veranlasst, dass der Inhalt in einem wissenschaftlichen Institut genau untersucht wird.
Nach einer Woche darf Grün den Sack wieder abholen; die Wissenschaftler hatten festgestellt, dass es vollkommen reiner Sand ist.
Als Grün dann aber wiederum einige Tage später erneut auf

seinem Fahrrad und mit einem großen Sack an der Grenze erscheint, reißt dem Zöllner der Geduldsfaden:
»Also, lieber Grün, ich bin sicher: Sie führen mich bereits die ganze Zeit an der Nase herum. Sagen Sie mir jetzt bitte, und ich verspreche Ihnen, es bleibt unter uns, und Sie bleiben auch garantiert straffrei, was schmuggeln Sie eigentlich: Diamanten, Kleingold oder etwa Kokain?«
Darauf Grün:
»Fahrräder!«

Eingebrochen. Grün geht im Januar am Seeufer spazieren. Da sieht er plötzlich seinen Freund Löwenthal in einem Eisloch zappeln.
»Löwenthal! Bist du etwa eingebrochen?«
»Nu, der Winter wird mich beim Baden überrascht haben.«

Prokura erloschen. Bankier Seligmann kommt überraschend nach Hause, öffnet die Tür zum Schlafzimmer – und sieht seine Frau in den Armen seines Prokuristen.
Entsetzt und mit letzter Kraft fährt es aus ihm heraus:
»Ihre Prokura ist erloschen!«

Drei Wochen Aufenthalt in Israel. Wenige Jahre nach der Gründung des Staates Israel organisiert die jüdische Gemeinde von Miami eine große Lotterie zur Unterstützung des jungen Staates. 1. Preis: Eine Woche Aufenthalt in Israel. 2. Preis: Zwei Wochen Aufenthalt in Israel. 3. Preis: Drei Wochen Aufenthalt in Israel.

Ohrfeige. Moische ist fernab der Heimat – und er ist absolut pleite. In einem einfachen Gasthaus isst er zu Mittag. Als es ans Zahlen geht, verlangt der Wirt von ihm einen Rubel.
Darauf Moische:

»Was muss man denn bei euch vor Gericht bezahlen, wenn man einem eine Ohrfeige gibt?«
Der Wirt:
»Fünf Rubel!«
Darauf Moische:
»Nu, dann geben Sie mir jetzt bitte eine Ohrfeige – und die restlichen vier Rubel können Sie mir in bar auszahlen.«

Fürst Thurn und Taxis. Bankier Rothschild ist sehr beschäftigt. Ein Besucher betritt sein Büro. Rothschild, ohne aufzublicken:
»Nehmen Sie sich einen Stuhl.«
Der Besucher, etwas verärgert:
»Ich bin der Fürst Thurn und Taxis!«
Darauf Rothschild, immer noch ohne aufzublicken:
»Gut, dann nehmen Sie sich bitte zwei Stühle!«

Tochter retourniert. Levy zu einem Freund:
»Stell dir vor: Mein Kassierer, der mit meiner Tochter und meiner Kasse durchgebrannt ist, scheint allmählich zu bereuen.«
Der Freund:
»Wieso, hat er das Geld etwa zurückgegeben?«
»Das noch nicht, aber meine Tochter hat er bereits *retourniert.*«

Anständiger Kerl. Grün und Blau sind geschäftliche Kompagnons. Grün ist schon seit langem in die Frau von Blau verliebt. Doch sie weist ihn immer wieder zurück. Schließlich versucht Grün es mit Geld. Er bietet ihr 100 Rubel – und tatsächlich willigt sie ein. Die Gelegenheit ist günstig, da Blau zwei Tage geschäftlich verreisen muss. Da Grün die 100

Rubel aber gerade nicht flüssig hat, leiht er sie sich von Blau und verspricht ihm, das Geld seiner Frau noch am selben Tag zurückzugeben.
Als Blau nach zwei Tagen von seiner Geschäftsreise zurückkommt, fragt er als erstes seine Frau:
»War der Grün da und hat dir 100 Rubel gegeben?«
Seine Frau, kreidebleich:
»Ja …«
Darauf Blau:
»Da siehst du, was der Grün für ein anständiger Kerl ist!«

Wein aus Trauben. Bermann, ein renommierter und erfolgreicher Weinhändler, liegt im Sterben. Seine Söhne stehen fassungslos an seinem Bett. Der Sterbende erteilt seinen Söhnen mühsam seine letzten Ratschläge. Und wie er schon ganz kraftlos ist, richtet er sich noch einmal auf und sagt mit gebrochener Stimme:
»Und was ich euch noch verraten wollte: Wein kann man auch aus Trauben machen!«

Jüdischer Dreh. In der Schule.
Michael:
»Ich weiß was Neues: zwei plus zwei sind vier.«
Darauf Moische:
»Ja, klar! Aber: zwei mal zwei sind auch vier!«
Michael, nach längerem Nachdenken:
»Da ist aber bestimmt ein jüdischer Dreh dabei.«

Portofrei. Frau Silbermann zu ihrem Sohn Moische, der in den Ferien seinen in einer anderen Stadt lebenden Onkel besuchen will:
»Hier ist ein an mich adressierter leerer Briefumschlag.

Wenn du bei deinem Onkel eingetroffen bist, wirf ihn bitte in einen Briefkasten. Schreiben musst du nichts. Eine Briefmarke brauchst du auch nicht auf den Umschlag zu kleben. Wenn der Briefumschlag dann bei mir eintrifft, weiß ich, dass du gut angekommen bist. Das Strafporto bezahle ich gerne.«
Darauf Moische:
»Ich habe einen noch besseren Vorschlag: Schreib doch auf den Umschlag als Empfänger meinen Namen und die Adresse des Onkels. Ich werde den Brief dann nicht annehmen. Der nicht frankierte Brief wird sodann an den Absender, also an dich, portofrei retourniert.«

Chuzpe. Blau verklagt den Grün wegen Beleidigung. Blau behauptet, Grün habe ihm ›Chuzpe‹ vorgeworfen.
Der Richter kennt das Wort ›Chuzpe‹ nicht und bittet Grün, es zu erklären.
Grün:
»Das Wort ›Chuzpe‹ ist eigentlich nicht übersetzbar. Am ehesten könnte man es noch mit Frechheit übersetzen. Allerdings ist es keine gewöhnliche Frechheit, sondern Frechheit mit Gewure.«
Der Richter:
»Was ist denn ›Gewure‹?«
Grün:
»Gewure ist Kraft.«
Der Richter:
»Dann ist Chuzpe also eine kräftige Frechheit?«
Grün:
»Nein, so kann man es auch wieder nicht sagen; besser wäre Kraft mit Sechel.«
Der Richter:
»Und was ist ›Sechel‹?«

Grün:
»Sechel ist Verstand.«
Der Richter:
»Also dann ist Chuzpe eine kräftige, intelligente Frechheit?«
Grün:
»Nicht ganz, Herr Richter, es ist nicht nur Verstand, sondern Verstand mit Taam.«
Der Richter:
»Schön – und was ist ›Taam‹?«
Grün:
»Tja, Herr Richter, Taam ist etwas, was man nicht erklären kann.«

Chopin. Eine Nachbarin zu Frau Pollak:
»Mein Sohn spielt heute abend Chopin.«
Frau Pollak:
»Interessant – und *gegen* wen spielt er?«

Porzellan. Wegen einer Familienfeier will sich Frau Pollak neues Tafelgeschirr kaufen. Nachdem sie sich im besten Haushaltswarengeschäft der Stadt alle Marken und Ausführungen angesehen hat, entscheidet sie sich schließlich für das teuerste Tischservice:
»Bitte schicken Sie mir alles nach Hause, und zwar komplett für 36 Personen. Aber, noch eine wichtige Sache: Ich möchte unbedingt eine Sonderanfertigung haben, und zwar soll auf jedem Teil mein Familienname, also Pollak, stehen.«
Die Verkäuferin:
»Gnädige Frau, ich befürchte, dass das nicht geht.«
»Warum soll das denn nicht gehen? Bei Familie Rosenthal ist es doch auch gegangen?«

Witzexperte. Ein Experte des jüdischen Witzes behauptete, alle jüdischen Witze zu kennen. Und jedesmal, wenn man ihm einen angeblich neuen jüdischen Witz erzählen wollte, rief er bereits nach drei Worten:
»Den kenne ich!«, und erzählte den Witz zu Ende.
Einmal sagte ein Mann zu ihm:
»Diesen Witz kennen Sie bestimmt noch nicht: Drei Juden gehen durch einen dunklen Wald ...«
»Halt«, rief der Experte, »das ist kein jüdischer Witz! Erstens gehen Juden nie durch einen dunklen Wald. Zweitens sind es niemals drei, sondern immer nur zwei Juden, und drittens sitzen die beiden immer in einem Zug oder in einem Kaffeehaus.«

Beim Kaufen oder beim Verkaufen. Der Lehrer:
»Moische, was ist das Ergebnis von zwei plus zwei?«
Moische:
»Beim *Kaufen* oder beim *Verkaufen*?«

Scheißspiel. Im Zweiten Weltkrieg, auf einem der letzten Auswandererschiffe, das von Europa in die Vereinigten Staaten unterwegs ist. Zwei Passagiere, Moische und Itzik, langweilen sich.
Moische zu Itzik: »Lass uns zur Abwechslung und gegen die Langeweile ein kleines Spiel spielen: Du machst deine Augen zu, zählst bis zehn ... und ich verstecke mich in dieser Zeit. Dann musst du mich finden.«
Itzik schließt seine Augen ... und zählt bis zehn.
Als er bei zehn angekommen ist, fährt das Schiff auf eine deutsche Mine und wird durch eine heftige Explosion zerrissen. Kurz darauf finden sich Moische und Itzik im Atlantik wieder, festgeklammert an eine Planke.
Darauf Itzik: »Scheißspiel!«

Straßenkehrer und Feuerwehrleute. New York um 1930. Moische Silbermann ist erst vor ein paar Tagen aus einem kleinen Dorf in der Ukraine in New York angekommen. Ein Mitglied seiner neuen New Yorker Gemeinde fragt ihn:
»Wie viele Juden gab es denn in deinem Dorf?«
»Nu, etwa 400.«
»Und wie viele Gojim?«
»Lass mich überlegen ... der Straßenkehrer war ein Christ, der Feuerwehrmann ... na ja, was man eben so braucht ... Und wie viele Juden gibt es in New York?«
»Über eine Million.«
»Und wie viele Gojim?«
»Etwa acht Millionen.«
»Großer Gott! Wieso braucht ihr so viele Straßenkehrer und Feuerwehrleute?«

Traditionalisten. Wie viele Traditionalisten braucht man, um eine Glühbirne auszutauschen?
Richtige Antwort:
Traditionalisten tauschen keine Glühbirnen aus, weil sie glauben, dass sie nie eine finden werden, die so gut ist wie die alte.

Zionisten. Wie viele Zionisten braucht man, um eine Glühbirne auszutauschen?
Richtige Antwort:
Vier – einen, der zu Hause bleibt und jemand anderen überredet, es zu tun, einen, der die Birne spendet, einen dritten, der sie in die Fassung schraubt, und einen vierten, der verkündet, dass das gesamte jüdische Volk hinter dieser Handlung steht.

Einzige Freude. Kaffeehausgespräch zwischen zwei alten Freunden.
Der erste:
»O weh! – Du glaubst gar nicht, wie mir die Füße weh tun! Meine Schuhe sind nämlich viel zu klein.«
Der andere:
»Warum ziehst du denn keine größeren Schuhe an?«
»Nu, das kann ich dir genau sagen: Mein Geschäftspartner hat sich mit unserem ganzen Kapital aus dem Staub gemacht, meine erste Tochter ist im Begriff, einen Goj zu heiraten, meine zweite Tochter ist so hässlich, dass sie vermutlich nie einen Mann finden wird, mein Sohn ist ein ausgemachter Trottel, meine Frau meckert und nörgelt den ganzen Tag an mir herum, und wenn ich nach Hause komme, finde ich in meinem Briefkasten nur Rechnungen und Mahnungen, die ich nicht bezahlen kann. Doch jeden Abend, wenn ich dann meine Schuhe ausziehe, fühle ich mich wie Gott in Frankreich.«

Zählen. Frau Pollak hat eine Nachbarin zu sich nach Hause zu Kaffee und Kuchen eingeladen.
Die Nachbarin, nach zwei Stunden:
»Liebe Frau Pollak, Ihr Kuchen schmeckt so gut, dass ich schon *drei* Stücke gegessen habe!«
Darauf Frau Pollak:
»Vier! Aber wer zählt denn schon mit.«

Der Zirkus kommt. Hershele Ostropoler rennt aufgeregt die Straße hinunter. An einer Straßenkreuzung hält ihn der Rabbi an der Schulter fest:
»Hershele, was ist los? Wo rennst du hin?«
»Ich renn, weil ich will packen mein Weib und mein Kind – ich will verlassen unsere Kille.«

Der Rebbe:
»Aber warum willst du denn unsere schöne Kille verlassen?«
»Der Zirkus kommt!«
Der Rebbe:
»Aber wenn der Zirkus kommt, ist das doch kein Grund, unsere Kille zu verlassen?!«
»Doch! Ich will es dir erklären: Es kommt ein Zirkus, es kommt ein Zelt, es kommen Seiltänzer, Akrobaten, Clowns, Pferde und ein Haufen wilder Tiere. Unter den wilden Tieren wird auch ein brauner Bär sein – und es ist möglich, dass der braune Bär aus seinem Käfig ausbricht, und er wird dann durch die Straßen streifen. Und da das Unglück nicht schläft, wird ein christliches Kind über die Straße laufen, und der Bär wird sich auf das christliche Kind stürzen und es töten! Und wie soll ich, als armer, kleiner Jude beweisen, dass ich nicht der braune Bär gewesen bin?!«

Mathematikunterricht. Der elfjährige David wandte sich an Albert Einstein und jammerte über seine Schwierigkeiten im Mathematikunterricht. Darauf Einstein:
»Mach dir keine Sorgen, glaube mir, in *diesem* Fach sind *meine* Schwierigkeiten sogar noch größer.«

Verehrung. Albert Einstein und Charlie Chaplin unterhalten sich.
Einstein zu Chaplin:
»Was ich an Ihrer Kunst am meisten bewundere, ist ihre Internationalität. Die ganze Welt versteht Sie!«
»Das stimmt«, erwidert Chaplin, »und trotzdem ist Ihr Ruhm noch außergewöhnlicher als der meine, denn die ganze Welt verehrt Sie, obwohl Sie keiner versteht!«

Ewigkeit. Während eines festlichen Dinners im Weißen Haus wurde Albert Einstein von seiner Tischnachbarin gebeten, ihr den Unterschied zwischen Zeit und Ewigkeit zu erklären.
»Gnädige Frau«, antwortete Einstein, »wenn ich das wirklich erklären sollte, dann brauchte ich eine Ewigkeit, bis Sie beginnen würden, eine Ahnung davon zu bekommen, was Zeit bedeutet.«

Fernrohr. Die Ehefrau von Albert Einstein besichtigte einmal das Mount Wilson Observatory in Kalifornien. Der Direktor zeigt ihr stolz das riesige Fernrohr.
Frau Einstein:
»Wozu brauchen Sie denn eine so große Apparatur?«
»Nun, die brauchen wir, um die Größe des Weltalls auszumessen.«
»Merkwürdig – mein Mann macht das auf der Rückseite eines gebrauchten Briefumschlages.«

Relativitätstheorie. Chaim Weizmann, der erste israelische Staatspräsident, begleitete einmal Albert Einstein auf einer Atlantiküberquerung nach Amerika. Die beiden unterhielten sich unter anderem über Einsteins Relativitätstheorie. Später erzählte Weizmann:
»Ich hatte absolut den Eindruck, dass Einstein seine Theorie verstanden hat.«

Einsteins Nationalität. Albert Einstein zu einem Politiker:
»Sollte sich meine Relativitätstheorie als richtig erweisen, wird Deutschland mich als Deutschen reklamieren, und Amerika wird erklären, ich sei Weltbürger. Sollte sich meine Theorie aber als falsch herausstellen, werden die Amerika-

ner behaupten, ich sei Deutscher, und die Deutschen werden sagen, dass ich Jude sei.«

Aufhängen. Als Mendel eines Abends einen kleinen Spaziergang macht, sieht er einen Mann, der im Begriff ist, in den Fluss zu springen.
»He Mann! Warten Sie! Was machen Sie denn da?«
Der Mann:
»Lassen Sie mich! Ich habe dieses Leben einfach satt und will nicht mehr weiterleben!«
Mendel:
»Das können Sie doch nicht machen! Wenn Sie in den Fluss springen, dann muss ich hinterherspringen und versuchen, Sie zu retten. Aber ich kann nicht schwimmen! Überlegen Sie doch bitte, was aus meiner Frau und meinen Kindern werden soll, wenn ich ertrinken würde! Wollen Sie etwa damit Ihr Gewissen belasten? Bestimmt nicht! Seien Sie also ein guter Jude, gehen Sie nach Hause und hängen Sie sich auf!«

Ludwig der Zwanzigste. Frau Pollak will ihr Schlafzimmer neu einrichten. Da sie gehört hat, dass im Augenblick französische Antiquitäten in Mode sind, geht sie in das exklusivste Antiquitätengeschäft der Stadt. Dort zeigt ihr der Verkäufer ein Bett aus der Zeit Ludwigs des Sechzehnten. Frau Pollak betrachtet das Bett von allen Seiten sehr genau, schließlich sagt sie:
»Das Bett erscheint mir etwas klein. Haben Sie nicht auch eins aus der Zeit Ludwigs des Achtzehnten oder noch besser aus der Zeit Ludwigs des Zwanzigsten?«

Familienfoto. Familie Pollak hat sich beim bekanntesten Fotografen der Stadt fotografieren lassen. Beim Abholen des Fotos stellt Frau Pollak jedoch fest, dass ihr jüngster Sohn

Moische nicht mit auf dem Bild ist. Verärgert sagt sie zum Fotografen:
»Das Foto ist zwar sehr schön, aber unser kleiner Moischele ist ja gar nicht auf dem Foto!«
»Doch, doch«, antwortet der Fotograf, »der Moische ist durchaus mit auf dem Foto, der steht hinter der Sarah, die verdeckt ihn nur.«
»Ach so, dann ist ja alles in Ordnung. Hauptsache ist, dass Moischele mit auf dem Foto ist.«

Trinken abgewöhnt. Silbermann sitzt in Berlin an der Bar der Hotels Adlon, bestellt zwei Whiskeys – und trinkt sie hintereinander aus. Kurze Zeit später bestellt er noch einmal zwei Whiskeys. Und danach bestellt er wieder zwei Whiskeys. Darauf fragt der Barkeeper:
»Bitte entschuldigen Sie, mein Herr, es geht mich ja eigentlich nichts an, aber warum bestellen Sie nicht gleich einen doppelten Whiskey!«
»Nein, nein, das verstehen Sie falsch: Jetzt, wo ich hier in Berlin meinen Whiskey trinke, sitzt mein bester Freund in Paris, im Hotel Ritz, trinkt ebenfalls zwei Whiskeys – und wir prosten uns zu!«
Der Barkeeper: »Das ist aber wirklich eine schöne Geschichte!«
Nach einer Weile zahlt Silbermann und geht.
Drei Wochen später kommt Silbermann wieder an die Bar des Hotels Adlon.
Der Barkeeper: »Darf ich Ihnen wieder zwei Whiskeys bringen?«
Silbermann: »Nein, nein, bitte nur *einen* Whiskey.«
Die Szene wiederholt sich: Noch zweimal bestellt Silbermann einen einfachen Whiskey. Beim Bezahlen fragt der Barkeeper höflich:

»Entschuldigung, mein Herr, es geht mich ja wiederum nichts an: Aber ist Ihrem Freund in Paris etwas passiert?«

»Nein, nein, keineswegs. Es geht ihm derzeit sogar besonders gut. Nur: *Ich* habe mir das Trinken abgewöhnt.«

Familiäres, Mama und der Schadchen

Gegenstand des jüdischen Witzes ist selbstverständlich auch die Familie, und hier insbesondere die starke, im innersten Familienkreis oft dominierende Ehefrau und Mutter, die sich mit besonderem Ehrgeiz um die Erziehung ihrer Kinder kümmert – manchmal auch um die ›Erziehung‹ ihres Mannes.

Aus diesem Grunde gibt es zahlreiche Witze, die sich auf solche ›typischen‹ Ehefrauen und Mütter beziehen. Durch ihre übertriebene Darstellung wirken diese Witze manchmal auf den ersten Blick frauenfeindlich – sie sind es aber tatsächlich nicht, sondern stellen oft lediglich die letzte ›Waffe‹ des ansonsten ›wehrlosen‹ Ehemannes dar.

Viele Witze kreisen auch um den Schadchen, den Heiratsvermittler. Der Schadchen hatte bis zur Zeit der bürgerlichen Emanzipation im jüdischen Gemeindeleben eine sehr große Bedeutung: Die Ehen wurden überwiegend arrangiert, und der Schadchen war derjenige, dem die Aufgabe des Vermittlers zufiel. Für seine Dienstleistung erhielt er im Erfolgsfall, das heißt beim Zustandekommen einer Ehe, eine Provision.

Der Schadchen beobachtete über viele Jahre die Familien seines Bezirks und konnte somit die Heiratskandidaten nach sozialen, finanziellen und bildungsmäßigen Kriterien aussuchen. Außerdem war er beim Zustandekommen der ersten persönlichen Kontakte sowie bei der Abstimmung der finanziellen (Mitgift-)Fragen behilflich, gelegentlich sogar unentbehrlich.

Der Schadchen wusste zwar genau, dass Liebe grundsätzlich nicht vermittelbar ist; gleichwohl bemühte er sich mit großem Engagement um sein Metier, in erster Linie selbstverständlich im eigenen wirtschaftlichen Interesse. Nicht immer waren seine Mittel redlich, manchmal verriet er sich dabei sogar unbeabsichtigt selbst.

Beruf. Drei New Yorker Mütter, alle jüdisch, reden über die beruflichen Erfolge ihrer Söhne.
Die erste:
»Mein Sohn ist Partner einer internationalen Anwaltskanzlei und verdient 500 000 Dollar im Jahr!«
Die zweite:
»Nicht schlecht, aber mein Sohn besitzt eine große Textilfabrik und verdient sogar 1 000 000 Dollar im Jahr!«
Darauf die dritte, bescheiden:
»Mein Sohn verdient nur 20 000 Dollar im Jahr.«
»Was ist er denn von Beruf?« fragt die erste ein wenig spöttisch.
»Rabbiner.«
Darauf die beiden anderen, wie aus einem Munde:
»Ist das denn ein Beruf für ein jüdisches Kind?«

Mutterwunsch. Eine jüdische Mutter sitzt mit ihren zwei kleinen Kindern in der New Yorker Metro.
Eine neben ihr sitzende Dame fragt:
»Bitte entschuldigen Sie, aber wie alt sind denn Ihre beiden hübschen Kinder?«
Die Mutter:
»Nun, der *Arzt* ist drei und der *Rechtsanwalt* zwei.«

Fotos. Eine jüdische Mutter fährt ihren kleinen Sohn im Kinderwagen durch den New Yorker Central Park spazieren.
Ein Passant bewundert den Kleinen und sagt:
»Was für ein ungewöhnlich hübsches Kind!«

Darauf die Mutter:
»Das ist doch gar nichts. Sie sollten den Jungen erst einmal auf Fotos sehen!«

Fremder Mann. Shlomo sitzt im Kaffeehaus und liest Zeitung.
Da kommt Itzik aufgeregt herein und ruft:
»Shlomo, deine Frau ist vorhin mit dem Moische in deine Wohnung gegangen – sie haben die Vorhänge zugezogen! Beten tun die bestimmt nicht!«
Sofort stürzt Shlomo aufgeregt davon.
Bereits nach wenigen Minuten kommt er zurück.
Ruhig erklärt er dem Itzik:
»Das war ja gar nicht der Moische – der Mann war mir völlig unbekannt.«

Söhne. Im New Yorker Central Park. Drei jüdische Mütter unterhalten sich über ihre Söhne.
Die erste:
»Mein Sohn ist unglaublich aufmerksam zu mir. Jeden Tag ruft er mich an, fragt mich, wie es mir geht und ob er irgendetwas für mich tun kann.«
Die zweite:
»Na ja, das ist zwar ganz nett, aber mein Sohn ruft mich sogar jeden Tag zweimal an, um sich nach mir zu erkundigen. Außerdem schickt er mir jede Woche einen riesigen Blumenstrauß.«
Und die dritte:
»Das ist doch alles gar nichts. Mein Sohn geht jede Woche zu einem berühmten Psychiater. Dafür bezahlt er jedesmal 200 Dollar. Und soll ich euch sagen, worüber er sich mit ihm unterhält? Nur über mich!«

Vater. Gespräch im Kaffeehaus:
»Stell dir vor: Ich bin heute Vater geworden!«
»Und – geht es deiner Frau gut?«
»Im Augenblick ja – sie weiß es aber auch noch nicht.«

Längeres Leben. Ein Medizinprofessor während einer Vorlesung:
»Es ist ein weitverbreiteter Irrtum, dass verheiratete Männer länger leben als unverheiratete. Eine neue Studie hat nämlich kürzlich ergeben, dass sie überhaupt nicht länger leben – es kommt ihnen nur so vor.«

Auskunft. Im zentralen Informationsbüro des New Yorker John F. Kennedy Airports läuten meistens über zwanzig Telefone gleichzeitig. Auf einer Leitung meldet sich eine ältere Dame:
»Guten Tag, hier ist Frau Mandelbaum, bitte sagen Sie mir: Ist mein Sohn David schon angekommen?«

Ungewissheit. Cohn hat den schlimmen Verdacht, dass seine Frau untreu ist. Deshalb beauftragt er einen Detektiv. Nach einer Woche erstattet der Detektiv seinen Bericht:
»Ihre Frau hat sich gestern mit einem Mann getroffen. Sie fuhren zusammen zum Hotel Astoria. Da nahmen sie sich ein Zimmer. Durch das Schlüsselloch konnte ich beobachten, wie der Mann zuerst Ihre Frau und dann sich selbst auszog. Dann gingen sie aufeinander zu – und genau in diesem Augenblick fiel etwas vor das Schlüsselloch, so dass ich nichts mehr sehen konnte.«
Darauf Cohn, nach einer kleinen Pause:
»Großer Gott! Immer noch diese Ungewissheit!«

Schönheitssalon. Frau Blau kommt nach Hause und erzählt:
»Stell dir vor: Ich habe heute drei Stunden im Schönheitssalon warten müssen!«
Ihr Mann:
»Und warum bist du nicht drangekommen?«

Umtausch. Finkelstein betritt ein teures Damenmodengeschäft:
»Ich möchte meiner Frau ein neues Kleid zum Geburtstag schenken.«
Die Verkäuferin:
»Was für eine Farbe soll das Kleid denn haben?«
»Ist egal!«
»Und was für einen Schnitt?«
»Ist auch egal!«
»Und die Größe?«
»Ebenfalls völlig egal! – Meine Frau tauscht sowieso immer alles um.«

Befruchtung. Das Ehepaar Grün, im zehnten Jahr verheiratet, verbringt die Ferien auf einem Bauernhof. An einem Nachmittag beobachten die beiden, wie der Zuchtbulle eine Kuh bespringt.
Fragt Frau Grün den Bauern:
»Wie oft macht der das denn am Tag?«
»So um die zwanzig Mal.«
»Hast du gehört, Moische?« sagt Frau Grün zu ihrem Mann.
Jetzt fragt Herr Grün den Bauern:
»Aber doch nicht immer dieselbe Kuh?«
»Nein, natürlich nicht, jedesmal eine andere.«
Darauf Grün zu seiner Frau:
»Hast du gehört, Rahel?«

Hochzeitsgeschenk. Blau und Grün unterhalten sich:
»Hast du schon ein Hochzeitsgeschenk für den Gelb?«
»Ja, ein Kaffeeservice für 6 Personen. Und du?«
»Nu, von mir bekommt er ein Teesieb für 48 Personen.«

Verdacht. Eine Frau will sich von ihrem Mann scheiden lassen und geht zum Rabbiner.
Der Rabbi:
»Warum wollen Sie sich denn scheiden lassen?«
»Ich habe den Verdacht«, sagt die Frau finster, »mein *letzter* Sohn ist nicht von ihm.«

Zustimmung. Der steinreiche Goldberg wird von einem Heiratsvermittler besucht:
»Herr Goldberg, ich habe für Ihre Tochter eine Glanzpartie!«
»Meine Tochter braucht nicht Ihre Vermittlung, um zu heiraten!«
»Aber wenn Sie erfahren, um wen es sich handelt, werden Sie Ihre Meinung bestimmt ändern.«
»Um wen geht es denn?«
»Um den Kronprinzen von Russland, den Sohn des Zaren!«
Goldberg ist sprachlos. Er weiß nicht, ob er die Sache ernst nehmen soll. Schließlich sagt er:
»Wenn Sie tatsächlich in der Lage sind, diese Verbindung zustande zu bringen, bin ich einverstanden.«
Auf dem Nachhauseweg sagt der Heiratsvermittler zu sich selbst:
»Nu, die eine Hälfte habe ich bereits geschafft. Jetzt bleibt mir nur noch die Aufgabe, die Zustimmung des Zaren einzuholen.«

Korrektur. Moische beklagt sich bei seiner Frau:
»Es ist schrecklich: Seit 17 Jahren korrigierst du mich, egal was ich sage.«
»Nein, Moische, das stimmt nicht: Seit 18 Jahren!«

Frauen. Itzik, ein alter Schwerenöter, zu Gott:
»Großer Gott, warum hast du die Frauen so schön gemacht?«
»Damit du sie magst.«
»Und warum hast du die Frauen so zart und warmherzig gemacht?«
»Damit du sie magst.«
»Großer Gott, aber warum hast du die Frauen nur so dumm gemacht?«
»Damit sie *dich* mögen.«

Schulden. Moische kann nicht einschlafen. Er ist sehr nervös. Schließlich fragt ihn seine Frau:
»Mein lieber Mann, was ist nur los mit dir? Warum kannst du nicht schlafen?«
»Ach, weißt du, ich habe mir kürzlich von unserem Nachbarn Itzik 100 Rubel geliehen und muss sie morgen wieder zurückzahlen. Aber ich weiß wirklich nicht wie. Ich habe das Geld einfach nicht!«
»Und deshalb kannst du nicht schlafen?« fragt ihn seine Frau, geht zum Fenster, öffnet es und ruft laut:
»He, Itzik, wach auf! Mein Mann kann dir morgen die 100 Rubel nicht zurückzahlen!«
»So, jetzt bist *du* deine Sorgen los und kannst ruhig schlafen – jetzt hat *er* die Sorgen und kann nicht mehr schlafen.«

Streit. Frau Blau zu ihrem Mann:
»Wie schmeckt dir denn mein Essen?«

Der Mann:
»Willst du etwa schon wieder Streit mit mir anfangen?«

Ratschläge. David zu seinem Großvater:
»Großvater, warum hat Gott eigentlich den Mann *vor* der Frau gemacht?«
»Nu, das ist doch ganz einfach: Er wollte keine Ratschläge hören, wie er den Mann machen soll.«

Liebe zum Geld. Zwei alte Freunde, beide frisch verheiratet, unterhalten sich:
»Ich habe aus Liebe geheiratet. Und du: Hast du aus Liebe oder wegen des Geldes geheiratet?«
»Nu, bei mir war es eine *Kombination.*«
»Was willst du denn damit sagen?«
»Ganz einfach: Aus Liebe zum Geld.«

Nachrichten. Bei Frau Cohn klingelt das Telefon. Ihr Sohn David, ein erfolgreicher New Yorker Rechtsanwalt, ist am Apparat:
»Hier ist dein Sohn David. Ich habe zwei Neuigkeiten für dich, eine gute und eine weniger gute. Welche möchtest du zuerst hören?«
»Bitte zuerst die schlechte.«
»Nun, ich habe vor kurzem festgestellt, dass ich homosexuell bin!«
Frau Cohn ist sprachlos.
»Und jetzt die gute Nachricht: Ich habe mich gestern mit einem jüdischen Arzt aus bester Familie verlobt!«

Verletzung. Grün wird verletzt ins Krankenhaus eingeliefert.
Der Aufnahmearzt fragt ihn:

»Sind Sie verheiratet?«
»Ja – aber die Verletzungen stammen von einem Autounfall.«

Testament. Der alte Cohn liegt im Sterben. Seine Frau Lea und seine beiden Kinder sind bei ihm. Dem ebenfalls anwesenden Rabbi diktiert Cohn sein Testament:
»Das Haus hinterlasse ich meinem Sohn Aaron ...«
Da unterbricht ihn seine Frau:
»Wie kannst du nur so einen Quatsch machen. Der Aaron hat doch schon zwei Häuser!«
Doch Cohn fährt ungestört fort:
»Das Geschäft vermache ich meinem jüngsten Sohn David ...«
Und wieder unterbricht ihn seine Frau:
»Warum das denn? Der David hat doch überhaupt keine Ahnung vom Geschäft!«
Cohn weiter:
»Und das Wochenendhaus vermache ich meinem Bruder Samuel ...«
Seine Frau:
»Aber das ist doch völliger Unsinn. Der hat uns doch noch nie geholfen!«
Da verliert Cohn die Geduld:
»Wer stirbt denn hier eigentlich, Lea, du oder ich?«

Schön und klug. Der Enkelsohn zu seinem Großvater:
»Großvater, warum kann eine Frau eigentlich nicht gleichzeitig schön *und* klug sein?«
»Nu, weil sie dann ein Mann wäre.«

Etui. Frau Cohn zu ihrem Mann:
»Ich habe es satt, mit einem Geizhals verheiratet zu sein.

Hier hast du deinen Ring zurück!«
Der Mann:
»Und wo ist das Etui?«

Kleiderschrank. Frau Blau hat einen neuen Schlafzimmerschrank bekommen. Doch bereits einen Tag nach der Lieferung bricht der Schrank zusammen, als die Straßenbahn etwas schneller als gewöhnlich am Haus vorbeifährt.
Sofort ruft Frau Blau im Möbelgeschäft an und reklamiert den Schrank. Noch am selben Tag kommt ein Monteur vorbei und baut den Schrank wieder auf. Zur Sicherheit will der Monteur so lange warten, bis die nächste Straßenbahn vorbeifährt. Vorsorglich klettert er sogar in den Schrank und schließt die Schranktüren, um die innenliegenden Befestigungen und Scharniere genau kontrollieren zu können.
In diesem Moment kommt der Ehemann von Frau Blau unerwartet nach Hause. Seine Frau begrüßt ihn etwas verlegen. Herr Blau, leicht beunruhigt, geht ins Schlafzimmer, sieht sich um, macht vorsichtig den Kleiderschrank auf – und steht dem Monteur gegenüber.
»Was machen Sie denn da?« brüllt er den Monteur an.
»Nun, Sie werden lachen, aber ich warte hier auf die Straßenbahn.«

Liebeserklärung. Frau Blau zu ihrem Mann:
»Moische, ich liebe dich! Du mich auch?«
Der Ehemann, nach kurzem Zögern:
»Ja, *dich* auch.«

Kleiderschrank. Grün kommt überraschend früher als sonst üblich von seiner Arbeit nach Hause. Sofort spürt er, dass seine Frau sehr verlegen ist. Er geht ins Schlafzim-

mer, öffnet den Kleiderschrank und entdeckt einen fremden Mann.
Doch bevor er etwas sagen kann, sagt seine Frau:
»Nun reg dich bloß nicht auf. Gestern Abend im Theater hast du über genau die gleiche Szene noch Tränen gelacht.«

Gott ist gerecht. Grün und Blau, beide auf der Suche nach einer Braut, sitzen zusammen im Kaffeehaus und beobachten die vorbeigehenden Passanten.
Da sieht Grün auf der anderen Straßenseite die Tochter des steinreichen Goldberg. Obwohl Grün weiß, dass sie sehr hässlich ist, sagt er zu Blau:
»Geh schnell raus – auf der anderen Straßenseite geht die Tochter des reichen Goldberg. Vielleicht gelingt es dir, sich mit ihr zu verabreden.«
Sofort rennt Blau nach draußen.
Doch nach zwei Minuten ist er bereits wieder zurück.
Leise sagt er:
»Gott ist gerecht.«

Kennenlernen. David zu seinem Großvater:
»Großvater, ist es wahr, dass in einigen Ländern Afrikas die Männer ihre Frauen erst *nach* der Hochzeit kennenlernen?«
»Nu, das ist eigentlich in allen Ländern so.«

Sofa. Grün kommt aus seinem Geschäft nach Hause und erwischt seine Frau mit seinem Prokuristen in flagranti auf dem Sofa.
Grün ist völlig verzweifelt. In seiner Not wendet er sich an den Rabbi und bittet ihn um Rat.
Der Rabbi denkt kurz nach, dann sagt er:
»Wirf den Prokuristen aus der Firma!«

Grün:
»Das geht nicht. Wenn ich meinen Prokuristen rauswerfe, nimmt er alle Geschäftsgeheimnisse mit, und dann bin ich pleite!«
»Dann wirf deine Frau raus!«
»Aber das geht erst recht nicht. Dann muss ich nämlich die Mitgift wieder rausgeben und bin ebenfalls völlig ruiniert!«
Darauf der Rabbi:
»In diesem Fall brauche ich etwas mehr Zeit zum Nachdenken. Bitte komm in einer Woche noch einmal wieder.«
Nach einer Woche erscheint Grün beim Rabbi, bestens gelaunt.
»Was ist passiert?« fragt der Rabbi neugierig. »Warum bist du so gut gelaunt?«
»Nu, ich habe rausgeworfen das *Sofa.*«

Ekel. Frau Goldberg betrachtet sich lange von allen Seiten im Spiegel.
Schließlich sagt sie leise zu sich selbst:
»Dieses Ekel gönne ich ihm!«

Nerzmantel. Blau zu Grün:
»Stell dir vor: Ich habe meiner Frau zum Geburtstag ein Fahrrad geschenkt!«
»Da war sie aber bestimmt sehr überrascht.«
»Das kann man wohl sagen – sie hatte sich nämlich einen Nerzmantel gewünscht.«

Geldforderung. Gespräch in einem Wiener Kaffeehaus:
»Dauernd will meine Frau Geld von mir!«
»Was macht sie denn mit dem ganzen Geld?«
»Keine Ahnung. Ich habe ihr schließlich noch nie etwas gegeben.«

Nachrichten. Mandelbaum ist schwer herzkrank und hält sich zur Kur in Karlsbad auf. Während der Kur stirbt ganz überraschend seine Lieblingsnichte Sarah. Die Familie meint, man müsse ihm diese Nachricht unbedingt sehr schonend beibringen. Die schwierige Aufgabe übernimmt die einfühlsame Gattin. Noch am selben Tag veranlasst sie folgendes Telegramm:
»Sarah ist leicht erkrankt.
Begräbnis am Donnerstag.«

Hochzeitsfeier. Familie Cohn, eine typische New Yorker Mittelstandsfamilie, will für ihre einzige Tochter die schönste und ausgefallenste Hochzeitsfeier des Jahres organisieren. Man legt sämtliche Ersparnisse zusammen und beauftragt die bekannteste Hochzeitsagentur der Stadt mit allen notwendigen Vorbereitungen.
Endlich ist der große Tag da.
Nach der Hochzeitszeremonie im Plaza-Hotel, einem der teuersten New Yorker Hotels, wird die gesamte Hochzeitsgesellschaft von livrierten Chauffeuren in langen Stretchlimousinen zum John F. Kennedy Airport gefahren. Dort wartet bereits ein Überschallflugzeug mit laufenden Motoren. Mit doppelter Schallgeschwindigkeit werden die Leute nach Kenia geflogen. Angekommen, steigen sie sofort in bereitstehende Hubschrauber um, die sie direkt zum Amboseli-Nationalpark am Fuße des weltberühmten Kilimandscharo bringen.
So ist die gesamte Gesellschaft bereits am frühen Abend, also nur wenige Stunden nach der Hochzeitszeremonie, mitten in Afrika und bewundert den malerischen Sonnenuntergang hinter dem schneebedeckten Kilimandscharo. Alle Hochzeitsgäste sind begeistert! So etwas Exklusives hätte keiner von ihnen erwartet.

Doch langsam bekommen die Leute Hunger. Aber das Abendessen kommt und kommt nicht. Verärgert beschwert sich der Brautvater bei der Reiseleitung. Da klettert der Reiseleiter auf das Dach seines Geländewagens und erklärt den Wartenden:
»Es tut mir wirklich sehr leid, aber Sie müssen sich noch etwas gedulden. Vor Ihnen sind nämlich noch drei andere Hochzeitsgesellschaften aus New York an der Reihe, die bereits etwas früher als Sie hier angekommen sind.«

Scheidung. Ein altes jüdisches Ehepaar will sich scheiden lassen. Sie gehen deshalb zum Rabbiner.
Der Rabbi fragt:
»Wie alt sind Sie denn?«
»Meine Frau ist 92, und ich bin 95.«
Darauf der Rabbi:
»Und wie lange sind Sie schon verheiratet?«
»Über 70 Jahre.«
»Aber warum wollen Sie sich denn in Ihrem Alter noch scheiden lassen?«
»Nu, wir wollten unbedingt damit warten, bis unsere Kinder tot sind.«

Vorteil. Ein Junggeselle, schon nicht mehr ganz taufrisch, will endlich heiraten. Vom Schadchen lässt er sich eine Braut vorstellen.
Nach dem Vorstellungstermin macht er dem Heiratsvermittler große Vorwürfe:
»Wie können Sie es nur wagen, mir diese Frau als Braut anzubieten? Die Frau ist doch völlig taub!«
Der Schadchen:
»Gewiss, aber das ist doch gerade ihr Vorteil: Sie können sie beschimpfen, soviel Sie wollen, sie hört es sowieso nicht!«

»Aber sie stottert doch auch!«
»Wieder ein Vorteil: Sie redet nicht viel!«
»Aber sie ist doch auch hässlich!«
»Noch ein Vorteil: Sie wird nicht fremdgehen!«
»Außerdem ist sie auch noch zehn Jahre älter als ich!«
»Nu – *einen* Nachteil müssen Sie schon in Kauf nehmen.«

Engel. Wiener Kaffeehausgespräch:
»Meine Frau ist ein Engel!«
»Hast du ein Glück! Meine lebt noch.«

Tratschweib. Sarah kommt ganz aufgeregt vom Markt und berichtet ihrem Mann empört:
»Stell dir vor: Eine Verkäuferin hat mich vor allen Leuten ›Tratschweib‹ genannt!«
Darauf der Mann:
»Geh doch auch nicht gerade da hin, wo dich jeder kennt.«

Pelzmantel. Frau Grün hat von ihrem Mann einen neuen Pelzmantel geschenkt bekommen.
Ihre Freundin fragt:
»Nimmst du den neuen Pelzmantel mit nach Wien?«
»Nach Wien? Um Gottes willen – da kennt mich doch keiner. Den heb ich mir für Karlsbad auf.«

Mein Kind. Frau Cohn liegt im Sterben.
»Mein lieber Mann, ich kann das Geheimnis nicht mit ins Grab nehmen, ich gestehe: Der Isaak ist nicht von dir.«
»Unsinn – von wem soll er denn sonst sein?«
»Von unserem Prokuristen.«
»Ich glaube kein Wort davon! Ein so schöner Mensch wie unser Prokurist und ein Ekel wie du?«

»Ich habe ihm 200 Rubel gegeben.«
»Wie ist das möglich? Woher hast du das Geld genommen?«
»Aus deiner Kasse.«
Darauf Cohn, erleichtert:
»Also doch mein Kind.«

Arsen. Blau betritt eine Apotheke und verlangt 100 Gramm Arsen.
»Haben Sie ein Rezept?« fragt der Apotheker.
»Nein, ein Rezept habe ich zwar nicht, aber ein Foto von meiner Frau.«

Heiratsschwindel. Der siebzigjährige steinreiche Teitelbaum hat eine bildschöne Zwanzigjährige geheiratet.
Sein Freund fragt ihn, wie er das geschafft hat:
»Nu, im Grunde ganz einfach: Ich habe ihr nur gesagt, dass ich bereits 85 bin.«

Eis. Familie Cohn verbringt die Sommerferien am Meer. Der siebenjährige David hat für seine Eltern und für sich jeweils ein Eis gekauft. Doch genau in dem Augenblick, als er mit den drei Eistüten bei seinen Eltern ankommt, rutscht ihm ein Eis aus der Hand und fällt in den Sand.
Zu seinem Vater sagt er:
»Wie schade, Papa, jetzt habe ich *dein* Eis fallengelassen.«

Schuldirektor. Eine jüdische Mutter zu ihrem Sohn:
»Moischele, wach endlich auf, du musst zur Schule!«
»Ich will nicht«, brummt der verschlafen zurück.
»Aber Moischele, du musst jetzt aufstehen, bitte, tue es doch wenigstens für mich.«
»Nein, ich will nicht, ich will wirklich nicht! Die Lehrer mö-

gen mich nicht, die Kinder ärgern mich, und der Hausmeister geht mir schrecklich auf die Nerven!«
»Aber Moische, du musst gehen! Schließlich bist du 52 Jahre alt und seit einem Jahr Direktor dieser Schule.«

Trauer. Ein Mann steht an einem Grab und jammert bitterlich:
»Warum musstest du nur so früh sterben?«
Ein zufällig Vorbeikommender fragt:
»Bitte entschuldigen Sie, mein Herr, aber trauern Sie um einen nahen Verwandten?«
»Nein, um den *ersten* Mann meiner Frau.«

Verdacht. Moische ist seit vielen Jahren verheiratet. Vier Töchter hat er – drei ungewöhnlich hübsche und eine ziemlich hässliche, die Fanny heißt.
Als sein Leben zu Ende geht und er auf seinem Sterbebett liegt, fragt er seine Frau:
»Meine liebe Sarah, bitte sag mir: Kann es sein, dass die Fanny nicht von mir ist?«
»Wie kannst du nur so etwas behaupten?« entrüstet sich seine Frau. »Gerade die Fanny ist von dir!«

Nase. Der Schadchen stellt einem Auftraggeber eine junge Braut aus bestem Hause vor. Der Mann ist interessiert, will aber auf keinen Fall eine Enttäuschung erleben. Er verlangt deshalb, die Braut vor der Hochzeit einmal nackt sehen zu dürfen.
Braut und Brauteltern sind entsetzt. Doch nach langem Hin und Her stimmen sie schließlich zu. Es wird ein Termin vereinbart, und die Braut wird im Beisein der Mutter und der Großmutter entkleidet.

Der Bräutigam in spe betrachtet sie sehr lange. Schließlich sagt er:
»Alles ganz hübsch – aber die *Nase* gefällt mir überhaupt nicht.«

Prokuristen. Zwei Freunde unterhalten sich:
»Warum willst du eigentlich den Gelb nicht als Prokuristen einstellen?«
»Weil er mit meiner Frau verlobt war und sie sitzengelassen hat. Und ich kann keinen gebrauchen, der klüger ist als ich.«

Karten spielen. Ein Gemeindemitglied bittet den Rabbi um Rat:
»Rabbileben, ich bin verzweifelt: Meine Tochter will sich scheiden lassen!«
»Warum?«
»Ihr Mann kann nicht Karten spielen.«
»Aber da können Sie doch froh sein, dass er das nicht kann.«
»Im Grunde haben Sie ja recht, aber das Problem ist: Er spielt trotzdem.«

Vergleich. Vater zum Schadchen:
»Der junge Mann, den Sie meiner Tochter vorgestellt haben, gefällt mir nicht: Er hat einen Buckel!«
Darauf der Heiratsvermittler:
»Ja, das stimmt zwar, aber der große Philosoph Moses Mendelssohn hatte doch auch einen Buckel.«
»Da haben Sie zwar recht, aber Sie wollen diesen Mann doch wohl nicht ernsthaft mit Moses Mendelssohn vergleichen? Was seine Philosophiekenntnisse anbetrifft – da ist Ihr Auftraggeber doch eine absolute Null und ein totaler Ignorant obendrein!«
»War Rothschild etwa ein Philosoph?«

»Aber wie können Sie denn den Mann mit Rothschild vergleichen: Ihr Auftraggeber ist doch so arm wie eine Kirchenmaus!«
»Nu, Albert Einstein war in seiner Jugend auch sehr arm ...«

Geiz. Der für seinen Geiz bekannte Grün erwischt seine Ehefrau mit einem Liebhaber in flagranti.
Sofort zieht er seine Pistole und ruft:
»Stellt euch hintereinander auf!«

Kredit. Der Schadchen besucht zusammen mit seinem Auftraggeber die elterliche Wohnung der Braut:
»Sehen Sie nur die teuren Teppiche«, flüstert der Schadchen dem Bräutigam zu.
»Na ja – aber vielleicht ist das alles auf Kredit gekauft?«
»Unsinn«, antwortet der Schadchen, »wer gibt *denen* denn Kredit?!«

Sprechrolle. David kommt aus der Schule nach Hause.
»Mutter, stell dir vor: Ich habe eine Rolle im nächsten Schultheaterstück bekommen!«
»Was ist das denn für eine Rolle?« fragt die Mutter misstrauisch.
»Ich spiele einen jüdischen Ehemann.«
Darauf die Mutter:
»Bitte geh sofort zurück und verlange eine *Sprechrolle*!«

Thema. Zwei Kaffeehaus-Besucher unterhalten sich:
»Meine Frau ist außerordentlich intelligent. Sie geht ständig zu Vorträgen, liest alle Zeitungen und kann über jedes beliebige Thema stundenlang reden.«
Der andere:
»Das ist doch gar nichts. Meine Frau ist sogar so intelligent,

dass sie überhaupt kein Thema braucht, um stundenlang reden zu können.«

Buckel. Der Auftraggeber zum Schadchen:
»Das Mädchen gefällt mir überhaupt nicht. Sie hat falsche Zähne, unechte Haare, einen Kunststoffbusen und dazu auch noch einen Buckel!«
»Nu, aber der ist echt«, antwortet der Schadchen.

Vernunftehe. Cohn hat in ein florierendes Unternehmen eingeheiratet. Sein Freund fragt ihn:
»Hast du eigentlich aus Liebe oder aus Vernunft geheiratet?«
»Nu, das Geschäft aus Liebe und die Frau aus Vernunft.«

Arbeiten. Der künftige Schwiegervater zum Schadchen:
»Der junge Mann gefällt mir eigentlich ganz gut, nur eine Bedingung muss er mir noch garantieren: Am Sabbat darf er nicht arbeiten.«
»Kein Problem! Ich gehe sogar davon aus, dass Sie ihn leicht dazu überreden können, auch an den übrigen Tagen nicht zu arbeiten.«

Fertige Sache. Der Bräutigam vorwurfsvoll zum Schadchen:
»Sie haben mir verschwiegen, dass die Braut, die Sie mir vorgestellt haben, hinkt!«
»Na und? Nehmen Sie einmal an, Sie würden eine Frau mit gesunden Gliedern heiraten. Was hätten Sie denn davon? Schließlich könnten Sie keinen Tag sicher sein, dass sie nicht hinfällt, sich ein Bein bricht – und dann für ihr ganzes Leben gelähmt ist. Diese Befürchtungen, diese Aufregungen und dann noch diese Arztrechnungen! Wenn Sie dagegen diese

Frau nehmen, kann Ihnen das alles nicht passieren; da haben Sie bereits eine *fertige* Sache.«

Fünf Hochzeiten. Der Heiratskandidat zum Schadchen: »Ich möchte eine Frau, die reich ist, die schön ist, die gebildet ist, aus guter Familie kommt und auch noch Jungfrau ist.« »Das ist unmöglich! Daraus mache ich fünf Hochzeiten.«

Liebesheirat. Ein Junggeselle zum Schadchen:
»Um mich müssen Sie sich wirklich nicht bemühen. Für mich kommt nur eine Liebesheirat in Frage.«
»Eine Liebesheirat?« wiederholt der Heiratsvermittler. »Eine *Liebesheirat* habe ich doch auch. So viele wie Sie wollen.«

Brille. Der Rabbi sitzt in seinem Zimmer und denkt nach. Da kommt eine Frau zu ihm, laut klagend und jammernd:
»O weh! Was für ein Unglück: Mein Mann ist mir untreu! Bitte, Rabbi, helfen Sie mir!«
Der Rabbi bittet die Frau, Ruhe zu bewahren und sich hinzusetzen. Dann nimmt er einen dicken Folianten aus seinem Bücherschrank und blättert ihn langsam durch. Nach einer Weile nimmt er einen zweiten Folianten, dann einen dritten.
Plötzlich ruft er laut:
»Da hab ich sie ja endlich!« Dabei zeigt er der überraschten Frau seine zwischen den Blättern des Folianten wiedergefundene Brille.
Jetzt setzt der Rabbi seine Brille auf und sieht die Frau sehr aufmerksam an. Schließlich sagt er:
»Dein Mann ist dir untreu? Recht hat er!«

Wahrheit. Der Bräutigam zum Schadchen:
»Sie haben mich betrogen! Sie haben mir gesagt, dass die

Braut hinkt, hässlich und dumm ist, dafür aber über zwei Millionen Rubel besitzt.«
Schadchen:
»Und warum regen Sie sich so auf? Zugegeben, sie besitzt keine zwei Millionen Rubel, aber im übrigen habe ich Ihnen doch die Wahrheit gesagt.«

Heiratswunsch. Der Heiratsvermittler zu einem schon nicht mehr ganz taufrischen Junggesellen:
»Herr Doktor, Sie sollten endlich heiraten!«
»Nein, das ist mir zu riskant. Wenn ich eine Jungfrau heirate – wer weiß, was für ein Biest in ihr steckt. Wenn ich eine Geschiedene nehme – nun, mit der hat es doch schon ein anderer nicht ausgehalten. Und wenn ich eine Witwe nehme – vielleicht hat die sogar ihren Mann unter die Erde gebracht.
Aber wissen Sie was: Eine *Verheiratete,* die ihrem Mann gefällt – so eine könnten Sie mir vermitteln.«

Hässliche Tochter. Die einzige Tochter eines steinreichen jüdischen Bankiers ist zum Leidwesen der ganzen Familie außerordentlich hässlich und deshalb auch noch nicht verheiratet.
Doch eines Tages meldet sich ein Heiratsvermittler:
»Ich habe einen Bräutigam für Ihre Tochter.«
Der Vater, misstrauisch:
»Der Mann missfällt mir!«
»Aber Sie kennen ihn doch noch gar nicht.«
»Muss ich auch nicht. Mir genügt schon zu wissen, dass er meine Tochter heiraten will.«

Kennenlernen. Zwei Kaffeehaus-Besucher unterhalten sich:
»Hast du eigentlich schon meine Frau kennengelernt?«

»Ja, ich hatte bereits das Vergnügen.«
»Dann kann es aber nicht *meine* Frau gewesen sein.«

Mitgift. Zwei Kaffeehaus-Besucher unterhalten sich:
»Hast du schon gehört: Der Moische hat sich mit der Rahel Silbermann verlobt!«
»Nu, verlobt sind sie noch nicht, aber sie sind auch nur noch 5000 Rubel auseinander.«

Mitgift. »Eine üble Geschichte«, sagt der alte Cohn tiefbesorgt zu seinem Freund, »ich habe meine Tochter verlobt und 10 000 Rubel Mitgift versprochen – morgen ist Hochzeit, und es fehlt mir von der Mitgift noch die Hälfte.«
»Na und? Man gibt doch ohnehin immer nur die Hälfte.«
»Das ist es ja: Genau diese Hälfte fehlt mir.«

Mitgift. Gespräch zwischen Vater und Sohn:
»Tate, stell dir vor: Ich habe mich gestern verlobt! Die Braut wird dir bestimmt gut gefallen, denn sie ist sehr hübsch. Leider hat sie aber kein Geld.«
Der Vater:
»Na gut, in Gottes Namen, aber wie viel Geld hat sie denn nun wirklich?«
»Du hast doch gehört: Sie hat gar nichts.«
»Also das geht zu weit! Kein Geld – na ja … aber gar kein Geld?!«

Gefängnis. Der Bräutigam zum Schadchen:
»Sie haben mir gesagt, der Vater des Mädchens ist nicht mehr am Leben, und nun höre ich, dass er im Gefängnis sitzt!«
Schadchen:
»Jetzt frage ich Sie: Ist das etwa ein *Leben*?«

Schönheit. Der Großvater zu seinem Enkelsohn:
»Merke dir: Eine Braut muss so schön sein, dass man sie auch ohne Mitgift heiraten würde – zugleich aber auch so reich, dass man sie sogar ohne ihre Schönheit nähme.«

Angehörige. 1938 in New York. Zwei aus Deutschland emigrierte Juden unterhalten sich:
»Warum bist du so traurig? Hast du vielleicht noch Familienangehörige in Deutschland?«
»Nein, nein, das ist es ja: Ich habe sie schon alle hier.«

Heirat. Sarah Teitelbaum und Moische Mandelbaum leben bereits seit über 20 Jahren als unverheiratetes Paar zusammen.
Eines Tages fragt Frau Teitelbaum:
»Lieber Moische, meinst du nicht auch, dass wir einmal über Heirat nachdenken sollten?«
Darauf er:
»Und meinst du wirklich, liebe Sarah, *uns* würde noch jemand nehmen?«

Taub. Nachdem der Schadchen die von ihm vorgestellte Braut ausgiebig angepriesen hat, fragt der Bräutigam mit leiser Stimme:
»Wozu haben Sie diese Dame überhaupt mitgebracht? Die Frau ist doch alt und hässlich! Außerdem ist sie schief gewachsen und hat auch noch schlechte Zähne.«
Der Schadchen:
»Sie können ruhig lauter sprechen, taub ist sie nämlich auch.«

Ballerina. Moische Teitelbaum zu seiner Frau:
»Liebste Sarah, wie du weißt, liebe ich dich sehr. Auch war

ich dir über 40 Jahre treu. Es fällt mir deshalb wirklich sehr schwer, dir etwas zu gestehen – aber vor sieben Wochen habe ich mich verliebt!«
Darauf Frau Teitelbaum, nachdem sie sich zunächst ihre Tränen weggewischt hat:
»Lieber Moische, das macht mich zwar sehr, sehr traurig, aber da es nun einmal geschehen ist, bitte verrate mir: Wer ist sie?«
»Nu, ich kann sie dir gerne zeigen. Am nächsten Samstag können wir zusammen ins Ballett gehen – sie ist nämlich eine Ballerina.«
Am nächsten Samstagabend sitzt das Ehepaar Teitelbaum im Opernhaus in der ersten Reihe.
Die Vorstellung ist zu Ende, und alle Tänzerinnen stehen zum Schlussapplaus auf der Bühne.
Frau Teitelbaum zu ihrem Mann:
»Moische, jetzt sag mir bitte: Wer ist sie?«
»Nu, die Geliebte unseres Nachbarn Cohn ist die kleine Blonde, die zweite von rechts. Meine ist die große Dunkle, die vierte von links.«
Darauf Frau Teitelbaum:
»*Unsere* ist die Schönste!«

Vorstellung. »Itzik, hier stell' ich dir meine Frau vor!«
»Lieber Shlomo, bitte tu mir einen Gefallen: Stell sie wieder weg.«

Regenschirm. Blau und Grün unterhalten sich:
»O weh, es regnet! Meine Frau ist in der Stadt und hat keinen Regenschirm mitgenommen!«
»Na und? Sie kann doch in ein Geschäft gehen.«
»Siehst du – und genau davor habe ich Angst.«

Bismarckhering. Mandelbaum hat große Sorgen: Seine heiratsfähige Tochter ist leider so hässlich, dass man für sie trotz größter Anstrengungen noch keinen Ehemann finden konnte.
In seiner Not wendet er sich an einen für seine Klugheit berühmten Rabbi:
»Rabbileben, mein Herz ist sehr schwer. Gott hat mir eine Tochter gegeben, die aber leider sehr hässlich ist. Deshalb hat sie auch noch keinen Ehemann. Was soll ich tun?«
Der Rabbi fragt vorsichtig:
»Wie hässlich ist sie denn?«
»O weh! Wenn man meine Tochter zusammen mit einem Hering auf einen Teller legen würde, könnte man sie nicht auseinanderhalten!«
Da wird der Rabbi sehr nachdenklich.
Schließlich fragt er:
»Welche Art Hering meinst du denn?«
Darauf der Vater, von der Frage etwas überrascht:
»Äh – Bismarck!«
Der Rabbi:
»O weh! – wirklich schade, wenn es Matjes gewesen wäre, dann hätte sie bessere Chancen gehabt.«

Journal. Gespräch in einem Kaffeehaus:
»Ihre Frau ist immer so elegant gekleidet – und Sie laufen so schäbig herum. Warum?«
»Nu, meine Frau kleidet sich nach dem Pariser-Journal und ich nach dem Journal meines Geschäftes.«

Hochzeitsreise. Zwei alte Freunde begegnen sich zufällig in Venedig.
»Was machst du denn hier?« fragt der eine.
»Ich bin auf meiner Hochzeitsreise.«

»Gratuliere! Aber wo ist denn deine Frau?«
»Nu, die ist zu Hause – einer muss doch im Geschäft sein.«

Treue. Im Kaffeehaus.
Ein erfahrener Börsenspekulant prahlt mit der Schönheit seiner Frau.
Darauf jemand, der die ganze Zeit geduldig zugehört hat:
»Weißt du denn wirklich nicht, dass deine Frau dich mit vier Liebhabern betrügt?«
»Na und? Ich bin doch lieber an einer guten Sache mit 20 Prozent beteiligt als mit 100 Prozent an einer schlechten.«

Aberglaube. Blau kommt unerwartet nach Hause. Seine Frau hat gerade ihren Liebhaber bei sich.
Sie hört den Schlüssel in der Haustür, ahnt Schlimmes und sagt zu ihrem Liebhaber:
»Los, schnell, spring aus dem Fenster!«
»Bist du verrückt«, antwortet der, »soll ich etwa aus dem 13. Stock springen?«
Die Frau:
»Du Idiot, spring! Jetzt ist keine Zeit mehr für Aberglauben.«

Hinken. Einem jungen Mann aus gutem Hause wird durch den Schadchen eine Heiratskandidatin vorgestellt. Selbstverständlich ist der Heiratsvermittler voll des Lobes über die Dame.
Als er mit seiner Hymne fertig ist, fragt der Bräutigam in spe:
»Das war ja alles gut und schön, aber Sie haben etwas vergessen: Das Mädchen hinkt!«
Darauf der Schadchen:
»Nu, das stimmt zwar, aber doch nur beim Gehen.«

Schuh. Ein Gemeindemitglied kommt zum Rabbiner und sagt:
»Rabbi: Ich will mich scheiden lassen!«
Der Rabbi:
»Warum willst du dich denn scheiden lassen?«
Der Mann:
»Ich habe meine Gründe!«
Der Rabbi:
»Aber ich verstehe dich nicht: Deine Frau ist doch hübsch, sie ist sehr nett, sie kocht gut und treu ist sie auch. Sag mir also bitte: Warum willst du dich scheiden lassen?«
Da zieht der Mann einen Schuh aus und sagt:
»Rabbileben, sieh dir doch einmal diesen Schuh an: Er sieht gut aus, das Leder ist sehr weich und er ist ganz ausgezeichnet verarbeitet – also ein wirklich gutes Stück.«
»Aha«, sagt der Rabbi, »eine Parabel.«
»In gewissem Sinne schon«, antwortet der Mann, »denn ich bin der einzige, der weiß, dass er drückt.«

Freundin. Zwei Schüler der ersten Klasse unterhalten sich:
»Hast du schon eine Freundin?«
»Ja, seit drei Monaten.«
»Und wie alt ist sie?«
»Sieben Jahre – sieht aber deutlich jünger aus!«

Pech. Der alte Cohn liegt im Sterben.
Seine Frau ist Tag und Nacht bei ihm.
Mit letzter Kraft sagt er:
»Meine liebe Sarah, – in all den schlechten Zeiten warst du immer bei mir: Als mein Geschäft pleiteging, warst du da, als das Haus abbrannte, warst du da, und als es mit meiner Gesundheit bergab ging, warst du auch in meiner Nähe.«
Darauf seine Frau, sehr gerührt:

»Was meinst du denn damit, mein lieber Mann?«
»Sarah – ich glaube, du bringst mir Pech.«

Verwechslung. In Lemberg, mitten auf einer belebten Straße.
Ohne erkennbaren Grund fängt eine Frau plötzlich an, einen vorbeigehenden Rabbiner zu verprügeln. Ebenso plötzlich hört die Frau wieder auf und bricht völlig verzweifelt in Tränen aus:
»O weh – wie schrecklich! Eine Verwechslung! Es tut mir so leid – aber von weitem dachte ich wirklich, Sie seien mein Mann, der mich kürzlich verlassen hat. Bitte Rabbi, verzeihen Sie mir!«
Darauf der Rabbi:
»Beruhigen Sie sich doch, liebe Frau, schließlich haben Sie nicht mich, sondern Ihren Mann verprügelt.«

Weltbankvizepräsident. Ein neureicher Börsenspekulant will seinen einzigen Sohn möglichst gut verheiraten. Gerne ist er bereit, dem Schadchen ein hohes Honorar zu zahlen, wenn er nur eine Braut aus einer berühmten und vermögenden Familie vermitteln kann.
Da der Schadchen weiß, dass der steinreiche und hochangesehene Bankier Rothschild eine Tochter im heiratsfähigen Alter hat, besucht er ihn in seinem Büro:
»Baron Rothschild, im Vertrauen: Ich hätte einen ausgezeichneten Ehemann für Ihre Tochter.«
Rothschild, barsch:
»Da brauchen Sie sich aber überhaupt keine Hoffnungen machen. Um meine Tochter werben nämlich schon viele Kandidaten.«
»Aber«, antwortet der Schadchen, »was halten Sie denn von einem Vizepräsidenten der Weltbank als Schwiegersohn?«

Rothschild, plötzlich sehr aufmerksam:
»Tatsächlich? Nun, einen solchen Bewerber würde ich vielleicht bevorzugen.«
Bereits am nächsten Tag fliegt der Schadchen zum Sitz der Weltbank nach Washington. Ihm gelingt es, beim Präsidenten der Weltbank einen Gesprächstermin zu bekommen. Ohne lange Vorrede legt er los:
»Herr Präsident, ich hätte einen ganz ausgezeichneten Vizepräsidenten für Sie!«
Der Präsident, abweisend:
»Für diese Position bewerben sich viele gute Leute, da müssen Sie sich wirklich nicht bemühen.«
Der Schadchen:
»Und wenn es der Schwiegersohn von Baron Rothschild wäre?«
Der Präsident, sichtlich überrascht:
»Nun, den würde ich selbstverständlich favorisieren.«

Philosoph. »Großvater, was meinst du, soll ich später einmal heiraten oder besser ledig bleiben?«
»Heirate – entweder wirst du glücklich oder ein Philosoph.«

Engel. »Unser Rabbi ist ein so heiliger Mann, dass ihn jede Nacht fünf Engel in das Schlafzimmer seiner Frau hineintragen, und ein Engel trägt ihn wieder hinaus.«
»Wenn einer genügt, ihn hinauszutragen, warum dann fünf, um ihn hineinzutragen?« fragt jemand.
»Nu, *will* er denn?«

Eheleben. »Ist es eigentlich wahr, dass das Eheleben die Persönlichkeit verändert?« fragt Itzik seinen Freund.
»Nu, sieh mich doch an: Als ich verlobt war, habe ich gesprochen, und meine Frau hat zugehört. Einige Wochen nach der

Hochzeit hat meine Frau gesprochen, und ich habe zugehört. Und jetzt reden wir beide gleichzeitig, und die Nachbarn hören zu.«

Vollkommenheit. Die einzige Tochter einer sehr vermögenden Familie macht ihren Eltern große Sorgen – sie ist bereits 30 Jahre alt und immer noch nicht verheiratet! Zwar wurde sie schon vielen glänzenden Heiratskandidaten vorgestellt, doch keiner war ihr gut genug.
Eines Tages gehen ihre Eltern mit ihr zu einem für seine Weisheit berühmten Rabbiner.
»Niemals«, erklärt sie dem Rabbi, »niemals würde ich einen Mann heiraten, der nicht *vollkommen* ist!«
Der Rabbi überlegt kurz, dann sagt er:
»Mein Fräulein, sollten Sie wirklich einen Mann finden, der *vollkommen* ist, wird er sich wahrscheinlich weigern, Sie zu heiraten, denn sobald er Sie geheiratet hätte, wäre *er* nicht mehr vollkommen.«

Picasso. Ein Kunde zum Schadchen:
»Die Braut, die Sie mir vermitteln wollen, sieht ja furchtbar aus!«
Der Schadchen:
»Nu, entweder liebt man Picasso – oder man liebt ihn nicht.«

Graf als Schwiegersohn. Die jüdische Bankierstochter hat einen mittellosen Grafen geheiratet. Die stolze Mutter:
»Ihr könnt euch gar nicht vorstellen, wie sehr der Graf unsere Esther liebt! Was *er* ihr von den Augen abliest, dürfen *wir* ihr kaufen.«

Nach rechts. Frau Grün fährt mit dem Zug von Sankt Petersburg nach Kiew. In Moskau muss sie umsteigen. Bevor

sie in Moskau aus dem Zug steigt, fragt sie einen Zugbegleiter, wie sie am besten zu dem Bahnsteig kommt, an dem der Zug nach Kiew abfährt.
Der Zugbegleiter:
»Das ist ganz einfach: Nachdem Sie ausgestiegen sind, müssen Sie nur bis an den Anfang dieses Zuges gehen und dann nach rechts über die kleine Brücke. Dann kommen Sie direkt auf den richtigen Bahnsteig. Aber beachten Sie bitte: Das wichtigste ist, dass Sie am Anfang dieses Zuges nach rechts gehen. Bitte merken Sie sich: Nach *rechts* müssen Sie gehen!«
Die Frau steigt aus dem Zug. Der Zugbegleiter schaut ihr hinterher. Da sieht er, wie die Frau am Anfang des Zuges nach *links* geht!
Darauf sagt er zu einem neben ihm stehenden Fahrgast, der die Sache mitbekommen hat:
»Sehen Sie: Genau das ist der Grund, weshalb ich nicht geheiratet habe.«

Meschugge. Ein Schadchen hat einen Kunden, der kaum zu vermitteln ist. Der Mann ist nicht nur alt und hässlich, sondern auch vollkommen mittellos und dazu noch vorbestraft. Doch eines Tages sagt der Schadchen zu dem Mann:
»Ich glaube, ich habe eine Braut für dich. Sie ist jung, sieht gut aus, ist gebildet, kommt aus guter Familie und hat sogar ein kleines Vermögen. Nur einen ganz kleinen Fehler hat sie: Manchmal ist sie für eine Weile ein wenig meschugge.«
Der Kunde:
»Einverstanden! Warum besuchen wir sie nicht sofort?«
Darauf der Schadchen:
»Nu, wir müssen schon warten – bis sie wieder ein wenig meschugge ist.«

Schwiegersöhne. Zwei jüdische Mütter unterhalten sich während eines Spaziergangs im New Yorker Central Park.
»Ich habe gehört, dass deine Tochter nächsten Monat im Plaza-Hotel heiratet. Gratuliere! Wer ist denn der glückliche Ehemann?«
»Oh – das ist Dr. Cohn. Er ist Chefarzt im Sinai Hospital.«
»Tatsächlich? Ganz toll! Aber sag mal – jemand hat mir erzählt, er sei sogar Professor?«
»O nein, das war der vorherige Ehemann, der war Professor in Yale.«
»Ach ja, stimmt, jetzt erinnere ich mich, war der nicht Psychiater?«
»Nein, nein, das war der erste Mann, der war ein erfolgreicher Psychiater mit eigener Praxis auf der Fifth Avenue.«
»Also, ich muss wirklich sagen, dass du unglaublich viel Glück als Mutter hast: Nur *eine* Tochter und so viele berühmte Schwiegersöhne.«

Ehepflichten. Grün erwischt seinen besten Freund in flagranti mit seiner Frau:
»O weh! Warum gerade du? Ich muss ja schließlich meinen Ehepflichten nachkommen, aber du?«

Sonnenbrand. Gespräch in einem Kaffeehaus:
»Stellen Sie sich vor: Meine Frau redet so viel, dass sie mit einem Sonnenbrand auf der Zunge nach Hause kommt, wenn sie in Miami Urlaub macht.«

Winterzeit. In einer Senioren-Wohnanlage in Miami. Es ist zwar Februar, aber da die Sonne bereits seit mehreren Tagen vom unbewölkten Himmel scheint, ist es sommerlich warm.
Zwei Rentner unterhalten sich:

»Mein lieber Sam, sei einmal ganz ehrlich: Kommst du eigentlich immer noch deinen Ehepflichten nach?«
»Selbstverständlich!«
»Sam – sei bitte einmal ganz ehrlich: Jede Woche?«
»Nein.«
»Jeden Monat?«
»Nein.«
»Also, wie oft denn nun?«
»Na gut: Einmal im Winter.«
»Sam, bitte sei jetzt ganz ehrlich: Bist du in diesem Winter schon deinen Ehepflichten nachgekommen?«
»Mein lieber Allen, sieh dich doch einmal um: Die Sonne scheint, es ist warm, einige Leute baden sogar im Meer. Nennst du das etwa Winter?«

Mitgift. Unter einem Vorwand gelang es Itzik Grünbaum, vom Bankier Rothschild empfangen zu werden:
»Baron Rothschild, ich bin zu Ihnen gekommen, um Ihnen ein Geschäft vorzuschlagen, mit dem Sie ohne jegliche Mühe und ohne irgendein Risiko 50 000 Rubel verdienen können.«
Rothschild:
»Ach ja? Interessant! Dann erzählen Sie mal!«
Grünbaum:
»Ich habe erfahren, dass Sie Ihrer Tochter bei einer Heirat eine Mitgift von 100 000 Rubel mitgeben wollen.«
»Na und?«
»Nu, ich möchte Ihnen sagen, dass ich bereit bin, Ihre Tochter sogar für die Hälfte zu heiraten!«

Befohlen. Im Himmel gibt es zwei Eingänge. Über dem ersten Eingang steht: ›Für alle Männer, die immer auf ihre Frau gehört haben‹. Davor steht eine lange Reihe Männer. Über dem zweiten Eingang steht: ›Für alle Männer, die nie

auf ihre Frau gehört haben‹. Vor diesem Eingang steht nur ein kleiner schwächlicher Mann.
Da kommt Moses, wundert sich und fragt den kleinen Mann:
»Wieso stehst du hier? Alle anderen Männer haben im Leben unter dem Pantoffel ihrer Frauen gestanden und sind zum ersten Eingang gegangen.«
Der Mann zögert kurz, dann sagt er, sehr vorsichtig und leise:
»Weil meine Frau es mir befohlen hat.«

Adam und Eva. Adam und Eva sind noch im Paradies.
Eva:
»Liebst du mich?«
Adam:
»Habe ich eine Wahl?«

Kreditkarte. Gespräch in einem Wiener Kaffeehaus:
»Stellen Sie sich vor: Vor ein paar Tagen hat man doch tatsächlich meiner Frau die Kreditkarte gestohlen!«
»Ach, das ist aber ärgerlich!«
»Nein, überhaupt nicht – der Dieb gibt viel weniger aus als sie.«

Annäherungsversuch. Grün sitzt im Bus neben einer schönen Frau.
Er will sich mit ihr verabreden und spricht sie an:
»Bitte entschuldigen Sie, dass ich Sie anspreche, aber was machen Sie am Samstag?«
»Da werde ich mir das Leben nehmen.«
»Und was machen Sie am Tag davor?«

Verhütungsmittel. Cohn, Vater von fünf Kindern, bittet den Rabbiner um Rat:

»Rabbi, meine Familie ist bereits sehr groß, ich habe schließlich schon fünf Kinder, bitte sage mir deshalb: Gibt es ein religiös erlaubtes, aber trotzdem völlig sicheres Verhütungsmittel?«
Der Rabbiner denkt kurz nach, dann sagt er:
»Trink Limonade!«
»Muss ich die Limonade denn vorher oder nachher trinken?«
Der Rabbi:
»Anstatt!«

Geschenk. David bekommt von seiner Mutter zum Geburtstag zwei neue Hemden geschenkt. Sofort zieht er ein Hemd an.
Die Mutter, besorgt:
»David, magst du etwa das andere Hemd nicht?«

Untermieter. Die Frau von Grün ist plötzlich gestorben. Während der Beerdigung weint Grün am Grab seiner Frau bitterlich. Blau, der Untermieter, weint noch mehr.
Schließlich ist es dem Grün zu viel:
»Blau«, sagt er, »nehmen Sie es doch nicht so schwer! Ich werde bestimmt bald wieder heiraten.«

Unsympathisch. Eine Frau kommt zum Rabbiner. Die Frau ist zwar noch jung, hat aber bereits drei Kinder, obwohl sie nicht verheiratet ist, und das vierte Kind ist bereits ›unterwegs‹.
Der Rabbi fragt die Frau:
»Wer ist denn der Vater des Kindes, mit dem Sie schwanger sind?«
»Das ist der Sohn des Gemischtwarenhändlers.«
Der Rabbi:

»Und wer ist der Vater der anderen Kinder?«
»Auch der Sohn des Gemischtwarenhändlers.«
»Ja, aber weshalb heiraten Sie den Mann denn nicht?«
»Nu – er ist mir nicht sympathisch.«

Kinder. Kaffeehausgespräch:
»Wie viele Kinder haben Sie?«
»Ich habe keine Kinder.«
»Und was machen Sie, um sich zu ärgern?«

Erbschaftsbedingung. Levy zu einem Freund:
»Ich vermache mein ganzes Vermögen nach meinem Tod meiner Frau, und zwar unter der *Bedingung*, dass sie wieder heiratet.«
Der Freund:
»Was soll das denn für einen Sinn haben?«
»Nu, ich wünsche mir, dass wenigstens ein Mensch auf der Welt meinen Tod bedauert.«

Eheglück. Frau Blau und Frau Grün haben sich bereits seit Jahren nicht mehr gesehen.
»Wie geht es denn Ihrem Sohn, Frau Grün?«
»O weh! Welch ein Unglück! Er hat eine Frau geheiratet, die absolut nichts im Haushalt tut. Sie kocht nicht, sie näht ihm keinen Knopf ans Hemd und schläft bis zum Mittag. Mein armer Junge muss ihr sogar jeden Tag das Frühstück ans Bett bringen! Nachmittags liegt sie dann auf der Couch und liest ihre Illustrierten oder fährt in die Stadt zum Einkaufen. Aber sagen Sie: Wie geht es denn Ihrer Tochter?«
»Nu, meine Tochter hat wirklich großes Glück gehabt. Sie hat einen Engel geheiratet! Ihr Mann würde es ihr nicht erlauben, dass sie auch nur einen Fuß in die Küche setzt. Sie kann bis mittags schlafen, und dann bringt er ihr sogar das

Frühstück ans Bett! Ihr Mann wünscht, dass sie sich den ganzen Tag ausruht und nur an ihre Schönheit denkt ...«

Pech mit Frauen. Kaffeehausgespräch:
»Ich bin seit über 40 Jahren glücklich verheiratet. Und Sie?«
»Oh, ich hatte Pech mit zwei Frauen: die erste ist mir weggelaufen – und die zweite ist geblieben.«

Alter. Der fünfzehnjährige Chaim Leibowitz fragt den neu hinzugezogenen Nachbarjungen:
»Wie alt bist du denn?«
»Acht«, antwortet der Junge.
»Was, erst acht? In deinem Alter war ich schon zehn.«

Begabter Sohn. Nach einem Klavierkonzert in der New Yorker Carnegie Hall besucht eine jüdische Mutter den berühmten Pianisten in der Künstlergarderobe:
»Maestro, mein Sohn ist außerordentlich begabt! Er spielt ganz ausgezeichnet Klavier. Sie müssen ihn unbedingt fördern!«
»Es tut mir wirklich sehr leid, aber so etwas mache ich grundsätzlich nicht.«
Doch die Mutter lässt nicht locker. Schließlich gelingt es ihr, dass er sich zumindest ein Tonband anhört.
Und bereits nach wenigen Takten ist der Maestro außerordentlich beeindruckt:
»Das ist ja fantastisch! Ihr Sohn spielt ja wie Horowitz!«
Die Mutter:
»Nu, das ist auch Horowitz – aber mein Sohn, der spielt genauso.«

Eherezept. Nach vielen Jahren begegnen sich zwei alte Freunde zufällig:

»Was – du bist bereits seit über 30 Jahren glücklich verheiratet?! Bitte verrate mir: Hast du ein bestimmtes Eherezept?«
»Nu, das ist eigentlich ganz einfach: Meine Frau und ich pflegen ein kleines Ritual. Wir gehen jede Woche zweimal zum Abendessen in ein schickes Restaurant – meine Frau dienstags und ich freitags.«

Bissiger Hund. Grün beobachtet eine merkwürdige Beerdigungsgesellschaft: Vorne werden zwei Särge getragen, hinter den Särgen geht ein Mann mit einem Hund, und dahinter gehen etwa 500 Personen, aber alles nur Männer.
Neugierig geht Grün auf den Mann mit dem Hund zu und fragt ihn:
»Bitte entschuldigen Sie, aber gestatten Sie mir bitte eine Frage: Was ist geschehen? Warum *zwei* Särge?«
»Nun«, antwortet der Mann, »im linken Sarg liegt meine Frau.«
»Oh, das tut mir leid. Woran ist sie denn gestorben?«
»Nun, mein Hund, der hier neben mir geht, ist eine abscheuliche Bestie, er hat meine Frau angefallen und totgebissen.«
»Und wer liegt in dem anderen Sarg?«
»Meine Schwiegermutter.«
»Und was ist mit ihr geschehen?«
»Sie wurde ebenfalls von meinem Hund, dieser Bestie, angefallen und totgebissen.«
»Bitte entschuldigen Sie, mein Herr, aber kann ich mir Ihren Hund vielleicht einmal ausleihen?«
»Im Prinzip ja – aber Sie müssen sich schon hinten anstellen!«

Braune Augen. Frau Weizmann ist mit ihrer Tochter beim Kinderarzt. Der Arzt zur Mutter:
»Ihre Tochter hat aber wunderschöne braune Augen!«
Die Mutter, sehr besorgt:
»Oh! – muss ich etwas dagegen unternehmen?«

Geburtstagsgeschenk. Sarah Teitelbaum hat drei Söhne. Jeder von ihnen möchte der Mutter zu ihrem 70. Geburtstag ein besonders schönes und großzügiges Geschenk machen.
Der erste:
»Ich kaufe ihr ein schönes und bequemes Haus, in dem sie auch noch in zwanzig Jahren leben kann.«
Der zweite:
»Ich schenke ihr einen Mercedes mit Chauffeur. Dann kann sie sich den ganzen Tag spazieren fahren lassen.«
Und der dritte:
»Ich habe ein ganz besonderes Geschenk für sie: Von mir bekommt sie einen Papagei, der die gesamte Bibel auswendig zitieren kann. Mutter braucht nur ein Kapitel oder ein Stichwort zu nennen, und schon legt er los.«
Unmittelbar nach ihrem Geburtstag schreibt die Mutter an ihre Söhne Dankesbriefe.
Dem ersten schreibt sie:
»Herzlichen Dank für deine Großzügigkeit, aber das Haus ist doch etwas groß für mich, ich bewohne nur ein Zimmer, muss aber das ganze Haus sauber machen …«
Dem zweiten schreibt sie:
»Vielen Dank für dein Geschenk, aber ich bin doch etwas zu alt, um mich noch in der Welt herumfahren zu lassen. Außerdem ist der Chauffeur ziemlich frech.«
Und dem dritten:
»Dir danke ich ganz besonders: Das *Hähnchen* war köstlich!«

Du liebst mich nicht mehr. Frau Goldberg zu ihrem Ehemann:
»Du lobst mich nicht mehr, du gehst nicht mehr mit mir aus und du kaufst mir auch keine Geschenke mehr – kurz: Du liebst mich nicht mehr!«
Der Ehemann:
»Aber glaubst du wirklich, man könnte es mit dir aushalten, ohne dich zu lieben?!«

Glücklich. Moische will heiraten und bespricht seine Pläne mit seinem Vater. Er erklärt dem Vater, dass seine Braut zwar nicht besonders hübsch sei, kein Vermögen habe und auch keine Mitgift erhalte, dass er aber ganz sicher sei, mit ihr glücklich zu werden.
Der Vater:
»Aber Moische: Bist du verrückt? *Glücklich* sein? – Und was hast du davon?«

Ich mag sie nicht. Shlomo erzählt seiner Mutter voller Freude, dass er eine Braut gefunden hat und demnächst heiraten wird:
»Mama, ich werde dir am nächsten Wochenende drei Frauen vorstellen, und ich bin gespannt, ob du herausfinden wirst, *welche* ich heiraten werde.
Und tatsächlich stellt Shlomo am nächsten Wochenende seiner Mutter drei Damen vor. Alle drei sehen gut aus und unterhalten sich auch sehr angeregt mit der Mutter.
Als die drei gegangen sind, fragt Shlomo:
»Nun rate, Mama: Wen werde ich heiraten?«
Die Mutter, sehr sicher:
»Die mit den langen dunklen Haaren!«
»Unglaublich! Das stimmt! Aber woher hast du das gewusst?«

Die Mutter:
»Ich mag sie nicht!«

Sinn für Humor. Frau Goldberg zu ihrem Ehemann:
»Liebster, was gefällt dir eigentlich am besten an mir: mein Verstand oder mein Aussehen?«
Der Ehemann: »Dein Sinn für Humor.«

Anständiger Ehemann. Bankier Seligmann zum Schadchen:
»Jetzt hör mal gut zu, Schadchen: Ich brauche für meine Tochter einen Ehemann. Reich muss er nicht sein, reich ist sie selber. Schön muss er auch nicht sein, schön ist sie ebenfalls selber. Und klug muss er auch nicht sein, auch klug ist sie selber – aber *anständig* muss er sein!«

Kuh aus Minsk. Ein Bauer in einer kleinen polnischen Stadt musste eine neue Kuh kaufen. Ein Viehhändler bot ihm eine Kuh aus Moskau für 200 Rubel und eine – gleichaltrige – Kuh aus Minsk für 100 Rubel an. Sparsam wie der Bauer war, nahm er die Kuh aus Minsk. Die Kuh gab auch jeden Tag viel Milch, und der Bauer war so zufrieden, dass er beschloss, sich auch einen Bullen zu kaufen, um eine kleine Zucht aufzubauen. Doch alle Versuche schlugen fehl: Jedesmal, wenn der Bulle mit der Kuh alleine im Stall war, wich die Kuh zurück und ließ den Bullen nicht in ihre Nähe kommen.
Da wandte sich der Bauer ratsuchend an den Rabbiner und erzählte ihm die Geschichte. Der Rabbi dachte eine Minute nach, dann fragte er den Mann:
»Kommt die Kuh aus Minsk?«
»Ja, das stimmt, Sie sind wirklich sehr weise, hochverehr-

ter Rabbi. Aber sagen Sie bitte: Woher haben Sie das gewusst?«
»Nu, meine Frau kommt auch aus Minsk.«

Ehefrau. Itzik ist seit vier Wochen verheiratet. Auf der Straße trifft er einen alten Freund:
»Hallo, Itzik! Ich habe gehört, dass du vor kurzem geheiratet hast. Erzähl mal: Wie ist denn deine Frau?«
»Nu – die einen sagen *so*, die anderen *so*.«

Mund voll. Shlomo lässt sich nach Wochen mal wieder bei seiner armen alten Mutter blicken:
»O Gott, Mama! Du bist ja völlig abgemagert!«
»Ja, das stimmt – ich habe auch schon seit längerer Zeit so gut wie nichts mehr gegessen.«
»Aber warum? Du hast doch eine gute Rente.«
»Nu, ich wollte nicht zufällig den Mund voll haben, falls du mich angerufen hättest.«

Meschugge darf sie sein. Der Heiratsaspirant hat enorme Ansprüche, was seine zukünftige Frau betrifft. Der Schadchen:
»Wenn ein Mädchen so reich und so schön ist und dazu auch noch aus so guter Familie kommt, wie Sie das erwarten, dann müsste sie ja meschugge sein, wenn sie Sie nimmt!«
Der Aspirant:
»Nu, ein bisschen meschugge darf sie schon sein.«

Testament. Der Notar verliest vor der versammelten Verwandtschaft das Testament des Verstorbenen:
»Meiner Frau Sarah hinterlasse ich die Hälfte meines Vermögens. Meinem Sohn Bernie hinterlasse ich ein Drittel

des Verbleibenden, ebenso meinem Sohn Sam und meiner Tochter Rachel. Und meinem Schwager Moische, dem ich versprochen habe, ihn in meinem Testament zu erwähnen: Hi Moische – grüß dich!«

Hubschrauberflug. Moische und seine Frau Esther sind bereits viele Jahren verheiratet. Jedes Jahr gehen sie auf den Jahrmarkt, um die neuesten Attraktionen zu bestaunen.
In diesem Jahr gibt es die Möglichkeit, mit einem Hubschrauber einen Rundflug über die Stadt zu machen. Interessiert erkundigen sich die beiden beim Piloten nach den Konditionen.
Der Pilot:
»Nun, normalerweise kostet das für zwei Personen 50 Dollar, aber wissen Sie was: Ich habe heute Geburtstag und lade Sie deshalb ein. Ich habe aber eine Bedingung: Sie dürfen während des Fluges kein Wort sagen. Wenn Sie nur ein einziges Wort sagen, müssen Sie die 50 Dollar bezahlen.«
Moische und Esther sind einverstanden.
Der Pilot fliegt los.
Während des Fluges macht er aus Trainingsgründen einige ziemlich waghalsige Flugmanöver. Er will Erfahrungen gewinnen, was er bei einem Rundflug Passagieren zumuten kann und was nicht.
Nach der Landung sagt der Pilot zu Moische:
»Donnerwetter! Ich bin wirklich einige sehr gefährliche Flugmanöver geflogen. Aber sie haben tatsächlich kein einziges Wort gesagt!«
Darauf Moische:
»Nu, um ehrlich zu sein: Ich hätte beinahe etwas gesagt, und zwar kurz bevor meine Esther aus dem Hubschrauber gefallen ist, aber: 50 Dollar sind 50 Dollar!«

Wie zu Hause. David zu seinem Vater:
»Tate, bitte sag mir: Warum soll man eigentlich, wenn man verheiratet ist, seiner Frau treu sein?«
Der Vater:
»Ich will dir eine Geschichte erzählen.
Zwei alte Freunde unterhalten sich: ›Hör zu Itzik, ich muss dir etwas beichten: Als ich kürzlich in Paris war, bin ich das erste Mal meiner Rachel untreu geworden – und das bereue ich sehr!‹
Darauf Itzik: ›Sehr interessant, erzähl!‹
›Nun, ich hatte erfahren, dass es in Paris eine ganz besondere Prostituierte gibt, sehr gebildet, sehr vermögend, sehr elegant und sehr schön.‹
Itzik, ungeduldig: ›Nun erzähl doch schon – Einzelheiten, bitte!‹
›Na ja, also ich klingelte an der Tür einer sehr großen Villa, repräsentative Eingangstür. Ein livrierter Diener öffnete mir. Großzügige Eingangshalle, Fußboden aus Marmor. Ein junges, hübsches Dienstmädchen nahm mir den Mantel ab und begleitete mich über eine Freitreppe zum Obergeschoss des Hauses. Dort empfing mich die Dame des Hauses in einem wunderschönen Abendkleid, alles sehr anmutig und verführerisch. Dann nahm sie meine Hand und führte mich in ihr romantisch eingerichtetes Schlafzimmer und legte mich auf ihr großes Bett. Sie zog ihr Kleid aus, ich bemerkte ihr exotisches Parfüm, sah ihre wunderschönen Augen über mir und spürte ihre Lippen …‹
Itzik, jetzt sehr ungeduldig:
›Ja, und dann – was passierte dann?‹
›Oh, dann war alles genau *wie zu Hause*!‹«

Reiz. Im Kaffehaus.
Der eine: »Was reizt dich eigentlich noch an deiner Frau?«
Der andere: »Jedes Wort!«

Aufgrund der im orthodoxen Judentum, insbesondere im früheren dörflich geprägten Ostjudentum üblichen, das ganze Leben durchdringenden und überziehenden engmaschigen gesetzlichen Verhaltensreglementierung (Halacha) und durch das daraus entstehende Bedürfnis, sich durch Ironie und Witz ein wenig Freiraum zu verschaffen, entstanden zahlreiche Witze und Anekdoten.

Insgesamt 613 Gebote und Verbote sind es, die das Leben der gläubigen Juden bestimmen. Außerdem gibt es 1560 Tätigkeiten, die die Tora für den Sabbat verbietet.

Aber auch der Frommste unter den Frommen weiß, dass kein Mensch tatsächlich ständig alle Regeln einhalten kann. Deswegen besteht der Alltag vieler Juden zur einen Hälfte darin, die halachischen Vorschriften zu befolgen, und zur anderen Hälfte, diese möglichst geschickt zu umgehen. Aus diesem Grunde gibt es in Jerusalem sogar ein ›Institut für Wissenschaft und Halacha‹, dessen Mitarbeiter, alles seriöse Naturwissenschaftler, vor allem damit beschäftigt sind, Gott ›hinters Licht‹ zu führen: Sie entwickeln beispielsweise Aufzüge, Klimaanlagen und Telefone, die ein gläubiger Jude auch am Sabbat benutzen darf. Dazu gehören auch Kühlschränke, bei denen sich an Samstagen die Innenbeleuchtung nicht einschaltet, schließlich darf am Sabbat kein Licht ›angezündet‹ werden. Andernfalls müsste samstags der Kühlschrank geschlossen bleiben.

Manchen der folgenden Texte gelingt es, durch eine dialektische ›innere Infragestellung‹ selbst sogenannte ›heilige Fragen‹ auf verblüffende Weise zu erhellen oder sogar ad absurdum zu führen.

Hund als Kantor. In einer kleinen jüdischen Gemeinde ist der Kantor in den wohlverdienten Ruhestand getreten. Leider hat man noch keinen Nachfolger gefunden. Doch die Hohen Feiertage rücken langsam näher, und die Gemeinde ist deshalb sehr besorgt. Selbst der Rabbiner ist beunruhigt. Da meldet sich ein Gemeindemitglied beim Rabbi:

»Rabbi, bitte verzeihen Sie mir, aber ich besitze einen sehr braven Hund, und was ich jetzt sage, werden Sie mir vermutlich kaum glauben: aber der Hund kann wirklich perfekt singen und kennt auch alle Gebete auswendig. Vielleicht kann er zumindest für die Feiertage den Kantor vertreten. Was meinen Sie?«

Natürlich ist der Rabbi sehr überrascht und hat große Zweifel. Aber da er auch keine andere Lösung weiß, sagt er dem Mann, dass er den Hund zur nächsten Gemeindeversammlung einmal mitbringen soll.

So geschieht es dann auch: Zusammen mit seinem Hund erscheint der Mann auf der Versammlung, und zum großen Erstaunen der Gemeindemitglieder singt der Hund wirklich ganz ausgezeichnet. Außerdem kann er tatsächlich alle Gebete auswendig!

Nach dem Gottesdienst laufen die Leute sofort aufgeregt zu dem Besitzer des Hundes und gratulieren ihm.

»Wirklich unglaublich«, sagt der Rabbi, »aber warum lassen Sie den Hund eigentlich nicht Kantor werden?«

Darauf der Hundebesitzer, ein wenig wehmütig:

»Nu, das sage ich ihm ja auch jeden Tag. Aber er will unbedingt seinen Doktor machen und Arzt werden.«

Hausbau. Cohn will zusammen mit ein paar Freunden für sich und seine Familie ein neues Haus bauen.

Bevor er mit den Bauarbeiten beginnt, geht er zum Rabbi, um ihn um Ratschläge zu bitten.

Lange sucht der Rabbiner nach einem sehr alten Folianten. Endlich hat er ihn gefunden. Langsam liest er dem Cohn alles genau vor. Zum Schluss erinnert der Rabbi daran, nach der Fertigstellung des Hauses auf keinen Fall zu vergessen, die Mesusa, ein Etui mit Bibelsprüchen, an den Türpfosten zu schlagen.
Bereits am nächsten Tag fängt Cohn mit den Bauarbeiten an. Doch als er nach der Fertigstellung des Hauses die Mesusa an den Türpfosten nageln will, fällt das Haus bereits beim ersten Hammerschlag zusammen. Entsetzt läuft Cohn zum Rabbi und erzählt ihm alles.
»Aber das ist doch kein Grund zum Verzweifeln«, antwortet der Rabbi, »bestimmt hast du irgendetwas übersehen. Fang also noch einmal an, beachte aber jede Kleinigkeit und vergiss nicht, zum Schluss die Mesusa an den Türpfosten zu nageln.«
Voller Zuversicht geht Cohn nach Hause. Diesmal achtet er besonders sorgfältig darauf, alle Empfehlungen des Rabbis genau zu befolgen. Doch als er zum Schluss die Mesusa an den Türpfosten nageln will, fällt das Haus schon wieder zusammen!
Völlig verzweifelt erscheint Cohn beim Rabbi:
»Rabbi, wie kann das sein? Ich habe diesmal alle Vorschriften ganz genau befolgt, und trotzdem ist das Haus wieder beim Annageln der Mesusa eingestürzt?«
Da nimmt der Rabbi noch einmal den alten Folianten zur Hand und blättert lange darin herum.
Plötzlich kratzt sich er sich am Kopf und sagt:
»Hier habe ich noch etwas entdeckt: Der Autor dieses Berichtes erwähnt ganz zum Schluss in einer kleinen Fußnote, dass ihm genau dasselbe passiert ist.«

Taufe. Blau zu Grün:
»Stell dir vor: Gelb hat sich taufen lassen!«
Grün:
»Echt jüdisch!«

Taufe. Cohn liegt im Sterben. Zur großen Überraschung seiner Familie lässt er sich auf seinem Sterbebett von einem katholischen Priester taufen.
Nachdem der Priester die Taufe vorgenommen hat, flüstert Cohn ihm leise ins Ohr:
»Lachen tät' ich, wenn ich jetzt in die Hölle käm'.«

Taufe. Professor Kunowski, ein getaufter Jude, wird gefragt, warum er sich taufen ließ.
»Aus Überzeugung!«
»Aus Überzeugung?«
»Ja, aus der Überzeugung, dass es besser ist, Professor an der Moskauer Universität zu sein als Aushilfslehrer in Wladiwostok.«

Taufe. Cohn wohnt in einer Stadt mit überwiegend evangelischer Bevölkerung. Um sich besser assimilieren zu können, will er sich evangelisch taufen lassen. Er lässt sich jedoch zuerst *katholisch* taufen und erst danach evangelisch. Sein Freund fragt ihn, warum er das denn so kompliziert mache.
»Nu, wenn ich später einmal gefragt werde, was ich *vorher* war, kann ich wahrheitsgemäß antworten: katholisch!«

Taufe. Cohn, der langjährige Assistent von Samuel Goldberg, lässt sich taufen. Am Tag nach der Taufe legt Cohn wie üblich seinem Chef die Korrespondenz zur Unterschrift vor.

Goldberg sieht die Briefe flüchtig durch und entdeckt sofort einige grobe Fehler. Im Stillen denkt er:
»Jetzt ist der Cohn gerade mal 24 Stunden ein Goj – und schon sieht man die Folgen.«

Kopfbedeckung. Schon seit längerer Zeit ärgert sich der Rabbi darüber, dass viele Gemeindemitglieder die Synagoge ohne Kopfbedeckung betreten. Eines Tages heftet er folgenden Anschlag an den Eingang der Synagoge:
›Das Betreten der Synagoge ohne Kopfbedeckung ist strengstens verboten und kommt einem Ehebruch gleich!‹
Ein paar Tage später steht darunter:
»Habe beides ausprobiert – kein Vergleich.«

Taufe. Der einzige Sohn eines sehr frommen Rabbis lässt sich taufen und wird Christ. Der Rabbi ist verzweifelt. In seiner Not wendet er sich an Gott:
»Großer Gott, was soll ich nur tun? Ich war doch immer sehr gläubig und habe auch stets alle Gebote befolgt. Warum musste ausgerechnet mir das passieren?«
Darauf Gott, sehr verständnisvoll:
»Mir ist doch dasselbe mit meinem eigenen Sohn passiert!«
»Und was hast du gemacht?« fragt der Rabbi neugierig.
»Nu, ich habe gemacht ein neues Testament.«

Lecha Dodi. In einer jüdischen Gemeinde gibt es bereits seit Jahren einen heftigen Streit darüber, ob man beim ›Lecha Dodi‹, mit dem der Sabbat begrüßt wird, sitzen bleiben kann oder aufstehen muss.
Die eine Gruppe ist der Auffassung, man könne dabei sitzen bleiben, da es sich nur um ein einfaches Begrüßungslied und nicht etwa um ein Gebet handeln würde.

Die andere Gruppe vertritt dagegen die Meinung, dass man unbedingt aufstehen muss, da das Lecha Dodi zweifellos ein Gebet sei.
Überflüssig zu erwähnen, dass die Sitzenden jedesmal von den Stehenden lautstark aufgefordert werden aufzustehen und die Stehenden wiederum von den Sitzenden genauso laut darum gebeten werden, sich hinzusetzen.
Eines Tages ist es der Rabbi leid. Er beschließt, die Sache nun endgültig zu klären. Da er weiß, dass der ehemalige Kantor der Gemeinde noch lebt und in einem nahegelegenen Altersheim wohnt, hat er eine glänzende Idee: Er will den alten Mann besuchen und ihn fragen, wie die Gemeinde das früher praktiziert hat.
Bereits wenige Tage später begibt sich der Rabbi zu dem mittlerweile 96jährigen früheren Kantor. Zur Sicherheit nimmt er jeweils einen Vertreter der beiden streitenden Parteien mit.
Nach der freudigen Begrüßung wendet sich zuerst der Vertreter der Sitzenden an den alten Mann:
»Verehrter Kantor, ist es nicht Tradition, dass die Gemeinde beim Lecha Dodi sitzen bleibt?«
Der Alte denkt kurz nach, dann sagt er mit ruhiger Stimme:
»Nein, das ist nicht Tradition.«
Triumphierend wendet sich jetzt der Vertreter der Stehenden an den früheren Kantor:
»Also ist es Tradition, dass man beim Lecha Dodi aufzustehen hat?«
Wieder denkt der Alte kurz nach, dann sagt er:
»Nein, das ist auch nicht Tradition.«
Da verliert der Rabbi seine Geduld:
»Hochverehrter Kantor, bitte entscheiden Sie sich! Sie können sich gar nicht vorstellen, was an jedem Sabbat beim

Lecha Dodi in unserer Synagoge los ist: Die Stehenden beschimpfen die Sitzenden – und die Sitzenden beschimpfen die Stehenden!«
Da hellt sich das Gesicht des alten Kantors plötzlich auf und mit freudiger Stimme erklärt er:
»Ja, genau das ist Tradition: Die Stehenden beschimpfen die Sitzenden, und die Sitzenden beschimpfen die Stehenden!«

Stolz. Dem Rabbi wird mitgeteilt, dass in seiner Gemeinde ein frommer Mann sehr jung gestorben ist.
In der nächsten Gemeindeversammlung fragt der Rabbi einen Freund des Verstorbenen:
»Woran ist der Mann denn gestorben?«
Der Freund:
»Er ist verhungert.«
Der Rabbi, erbost:
»Kein Jude aus meiner Gemeinde kann verhungern! Wäre er zu mir gekommen, dann hätte ich ihn selbstverständlich unterstützen lassen.«
Darauf der Freund:
»Aber er hat sich wegen seiner Armut sehr geschämt.«
Der Rabbi:
»Also ist er an seinem Stolz gestorben und nicht an Hunger.«

Verkehrsunfall. In einem überwiegend von Juden bewohnten New Yorker Stadtteil fährt ein Rabbi mit seinem Auto auf den vor ihm fahrenden Wagen auf. Ein jüdisch aussehender Polizist kommt herbeigelaufen und fragt den Rabbi besorgt:
»Rabbileben, bitte sagen Sie mir, mit welcher Geschwindigkeit fuhr der vor Ihnen fahrende Wagen *rückwärts* auf Ihren Wagen auf?«

Gemeinde. Während des Gottesdienstes in der Synagoge. Mandelbaum wird plötzlich ganz weiß im Gesicht.
Der Rabbi fragt besorgt:
»Mandelbaum, was ist los mit dir?«
»O weh! Mir ist gerade eingefallen, dass ich vergessen habe, die Haustür und die Kasse abzuschließen!«
Darauf wirft der Rabbi einen kurzen Blick über seine Gemeinde und sagt beruhigend:
»Mach dir keine Sorgen, sie sind alle hier.«

Referenz. Ein Rabbiner soll für einen Studenten eine Referenz schreiben. Er nimmt ein Blatt Papier und schreibt seine Empfehlung an den oberen Rand des Blattes, seine Unterschrift setzt er aber ganz unten hin.
Neugierig fragt ihn der Student:
»Rabbileben, bitte sagen Sie mir, was soll das bedeuten? Warum dieser große Abstand?«
Der Rabbi:
»Es steht geschrieben: Von der Lüge soll man sich fernhalten.«

Oberrabbiner als Chauffeur. Der berühmte Oberrabbiner – wirklich jedes Kind kennt ihn – wird von seinem Chauffeur zu einem Landesrabbinertreffen gefahren.
Während der Fahrt sagt der Rabbi zu seinem Fahrer:
»Ich bin schon so lange nicht mehr selbst Auto gefahren – bitte lassen Sie mich mal ein kleines Stückchen fahren!«
Der Chauffeur hat zwar Bedenken, wagt es aber nicht, dem Rabbi zu widersprechen. Er hält den Wagen an, und man tauscht die Plätze: Der Oberrabbiner setzt sich hinters Lenkrad und der Chauffeur auf den Rücksitz.
Ein so tolles Auto ist der Rabbi noch nie gefahren – und natürlich fährt er viel zu schnell!

So kommt es, wie es kommen muss: Eine Polizeistreife hält den Wagen an.
Doch als sich der Polizist dem Auto nähert und den berühmten Oberrabbiner hinter dem Lenkrad sitzen sieht, dreht er sich sofort um und nimmt über Funk Kontakt mit seinem Vorgesetzten auf:
»Chef, ich habe gerade eine sehr bedeutende Person wegen einer erheblichen Geschwindigkeitsüberschreitung angehalten. Was soll ich jetzt tun?«
»Schreib eine Anzeige!«
»Aber es ist eine wirklich sehr bedeutende Persönlichkeit?!«
»Ist doch ganz egal, zu schnell ist zu schnell. Aber wer ist es denn, ist es etwa der Bürgermeister?«
»Nein, bedeutender!«
»Der Polizeipräsident?«
»Nein, bedeutender!«
»Doch nicht der Staatspräsident?«
»Nein, noch bedeutender! Ich kenne ihn zwar nicht, aber er muss eine außerordentlich bedeutende Persönlichkeit sein. Stellen Sie sich vor: Sein Chauffeur – das ist unser berühmter Oberrabbiner!«

Krieg. Ein Gemeindemitglied zum Rabbi:
»Rabbi, was meinen Sie, wird es bald Krieg geben?«
Der Rabbi, nach kurzem Nachdenken:
»Nein, es wird keinen Krieg geben. Aber es wird einen solchen Kampf um den Frieden geben, dass kein Stein auf dem anderen bleibt!«

Atheismus. David ist von seinem Vater streng atheistisch erzogen worden. Trotzdem muss auch er einige Monate am katholischen Religionsunterricht teilnehmen.

Eines Tages kommt er aus der Schule nach Hause und erzählt seinem Vater, dass er heute etwas von einem Gottvater, einem Heiligen Geist und einem Sohn Gottes erfahren hat.
Darauf der Vater, ziemlich verärgert:
»Alles Unsinn! Es gibt nur einen einzigen Gott – und an den glauben wir nicht!«

Diener. Auf einem Landesrabbinertreffen unterhalten sich zwei Oberrabbiner:
»Wie viele Diener hast du eigentlich?«
»Ich habe fünf Diener. Der erste ist verantwortlich für die Überwachung des Hauspersonals, der zweite ist mein Chauffeur, der dritte kümmert sich um die Unterbringung meiner Gäste, der vierte erledigt die Einkäufe und der fünfte, der ist ausschließlich für meine Reisevorbereitungen zuständig. Und wie viele Diener hast du?«
»Nu, ich habe sechs Diener. Fünf von ihnen haben die gleichen Aufgaben wie deine. Aber der sechste, der ist der wichtigste, der steht den ganzen Tag hinter mir, und jedesmal, wenn ich etwas gesagt habe, flüstert er mir leise ins Ohr: ›Wunderbar, einfach ganz wunderbar!‹«

Schach. Ein Talmudstudent:
»Rabbi, ist es eigentlich eine Sünde, wenn man am Sabbat Schach spielt?«
Der Rabbi:
»So wie du spielst, ist es jeden Tag eine Sünde, Schach zu spielen.«

Gänseleber. Der Rabbi erwartet einen Studenten als Mittagsgast. Da seine Frau, die Rebbezen, herrliche Gänseleber gebraten hat und der Rabbi den übermäßigen Appe-

tit des Studenten kennt, will er unbedingt verhindern, dass der Student den größten Teil der Gänseleber alleine isst. Der Rabbi zu seiner Frau:
»Am besten gibst du ihm zuerst so viel Suppe, Kartoffeln und Bohnen, bis er vollkommen satt ist – und erst dann stellst du die Gänseleber auf den Tisch.«
Genauso wird es auch gemacht.
Als der Student endlich so viel gegessen hat, dass er sich nichts mehr auf seinen Teller legt, holt die Rebbezen die Gänseleber aus der Küche. Ihrer Sache sicher, bietet sie dem Studenten großzügig davon an. Aber zu ihrer Überraschung legt der sich sofort ein großes Stück Gänseleber auf seinen Teller.
Auch der Rabbi ist erstaunt:
»Aber du hast doch eben gesagt, dass du keinen Bissen mehr runterbringen kannst?«
»Rebbelchen«, erwidert der Student, »ich gebe dir ein Gleichnis, wie ich es von dir gelernt habe. Stell dir vor: Es ist Sabbat und die ganze Gemeinde ist in der Synagoge. Die Synagoge ist so voll, dass keine Nadel mehr auf den Boden fallen kann. Da kommst du herein … und auf einmal tut sich eine Gasse auf. Und genau so geht es mir mit der Gänseleber.«

Broche. Silbermann ist sehr reich geworden und hat sich einen Ferrari gekauft. Seine Frau will unbedingt, dass ein so teures Auto auch einen Segen vom Rebben erhält.
Bereits am nächsten Tag fährt Silbermann zum Gemeinderabbiner und bittet ihn, über seinen Ferrari eine Broche, also eine Segnung, zu sprechen.
Der Rabbi:
»Ein Broche kann ich zwar sprechen – aber was ist ein Ferrari? So etwas kenne ich nicht. Es tut mir sehr leid, aber für

etwas, das ich nicht kenne, kann ich dir auch keine Broche geben.«

Zu Hause meint seine Frau:

»Macht nichts, wir haben in dieser Stadt doch mehrere Rabbiner. Geh zu einem anderen!«

Und noch am selben Tag fährt Silbermann zu einem anderen Rabbi. Aber auch der fragt als erstes:

»Was ist denn ein Ferrari?«

»Nu, ein Ferrari ist ein Auto mit roten Lederpolstern und zwölf Zylindern.«

Darauf der Rabbi, sichtlich verärgert:

»Zwölf Zylinder? Bist du meschugge? Wozu brauchst du ein Auto mit zwölf Kopfbedeckungen? Für so einen Unsinn bekommst du von mir keine Broche!«

Wieder zu Hause schlägt seine Frau vor, zu einem sogenannten Reformrabbiner zu gehen.

Am nächsten Tag fährt Silbermann zu einem jungen Reformrabbiner, der ihn auch überaus freundlich empfängt:

»Super! Ist das etwa das neue Modell mit zwölf Zylindern und roten Lederpolstern? Darf ich einmal mit dem Auto fahren?«

»Ja klar, aber vorher bitte ich Sie, eine Broche auszusprechen.«

Darauf der Reformrabbiner, ganz erstaunt:

»Eine Broche? Was ist das?«

Atheist. Blau und Grün treffen sich zufällig in der Synagoge:

»Wieso bist du denn überhaupt in die Synagoge gekommen – du hast mir doch gestern erst gesagt, dass du gar nicht an Gott glaubst?«

»Das stimmt auch. Aber weiß ich denn, ob ich recht habe?«

Schinkenbrot. Ein gläubiger Jude sieht einen Rabbi ein Schinkenbrot essen. Da es Juden verboten ist, Schweinefleisch zu essen, blickt er den Rabbiner entrüstet an.
Darauf fragt ihn der Rabbi:
»Du wunderst dich sicherlich, dass ich ein Schinkenbrot esse?«
Der Mann:
»Nein, Rabbi, ich wundere mich nur, dass Sie Rabbiner geworden sind.«

Reformrabbiner. Drei Reformrabbiner prahlen mit ihrer Fortschrittlichkeit.
Der erste:
»Stellt euch vor: In unserer Synagoge gibt es seit kurzem an jedem Sitzplatz einen Aschenbecher!«
Darauf der zweite:
»Nicht schlecht, aber in unserer Synagoge gibt es an jedem Sabbat sogar kostenlos Schinkenbrote!«
Und der dritte:
»Das ist doch alles gar nichts. Bei uns hängt an den Hohen Feiertagen über dem Eingang der Synagoge ein Schild mit der Aufschrift: ›Während der Feiertage geschlossen‹.«

Diener des Herrn. Ein evangelischer Pastor, ein katholischer Pfarrer und ein Rabbiner streiten sich über Glaubensfragen.
Schließlich sagt der Rabbiner:
»Hören wir doch endlich auf zu streiten, schließlich dienen wir alle demselben Herrn – ihr auf *eure* Weise und ich auf *seine* Weise.«

Kalb. Eine Gemeinde muss die Rabbiner-Stelle neu besetzen. Es bewirbt sich ein Kandidat, der an zwei berühmten

Talmud-Hochschulen studiert hat. Die Berufungskommission der Gemeinde lehnt den Bewerber ab.
Verärgert beklagt sich der Kandidat:
»Aber ich habe doch sogar an *zwei* berühmten Talmud-Schulen studiert!«
Darauf der Vorsitzende der Kommission:
»Ja, und? Es gab einmal ein Kalb, das wurde von zwei Kühen ernährt. Und weißt du, was daraus geworden ist: Ein doppelt so großes Kalb!«

Nichts. Während der Andacht betet der Rabbi laut:
»O Herr, ich bin ein Nichts, nur ein Staubkorn, das um Gnade fleht. Bitte hilf mir!«
Und der Kantor stimmt ebenfalls ein:
»O Herr, ich bin auch ein Nichts, nur ein Staubkorn, das um Gnade fleht. Bitte hilf mir!«
Während die gesamte Gemeinde keinen Laut von sich gibt, ruft aus der letzten Reihe der stadtbekannte Schnorrer:
»O Herr, auch ich bin ein Nichts, nur ein Staubkorn, das um Gnade fleht. Bitte hilf auch mir!«
Darauf sagt der Rabbi verärgert zum Kantor:
»So eine Frechheit! Heutzutage bildet sich wirklich jeder ein, ein *Nichts* zu sein.«

Fasten. Einem frommen Juden ist es gestattet, sich als strenge geistige Übung einen Fastentag aufzuerlegen. Die Vorschrift besagt jedoch, dass man dabei barfuß bleiben muss. Ein Talmudstudent beklagt sich beim Rabbi, dass die Studenten eines anderen Rabbis ihre Schuhe beim Fasten anbehalten dürfen.
Darauf der Rabbi, leicht verärgert:
»Vielleicht *essen* die sogar beim Fasten.«

Wiedererkennen. Ein katholischer Pfarrer, ein evangelischer Pastor und ein Rabbiner unternehmen zusammen eine Wanderung. Es ist sommerlich heiß, und nachdem sie bereits einen großen Teil des Weges zurückgelegt haben, verspüren sie den Wunsch, sich in einem nahegelegenen See zu erfrischen. Zwar haben sie keine Badesachen dabei, aber da sie sich unbeobachtet fühlen, glauben sie, darauf verzichten zu können.

Nach einem kurzen erfrischenden Bad schwimmen die drei ans Ufer zurück. Auf dem Weg zu ihren abgelegten Kleidern kommen ihnen überraschend zwei Frauen aus ihrem Heimatort entgegen.

Der katholische Pfarrer bedeckt sofort mit den Händen sein Geschlechtsteil, der evangelische Pastor macht das gleiche, nur der Rabbi, der hält sich die Hände vor sein Gesicht.

Nachdem die beiden Damen vorbeigegangen sind, wird der Rabbi von seinen beiden Kollegen gefragt, warum er denn sein Gesicht und nicht sein Geschlechtsteil verborgen hätte.

»Nu«, antwortet der Rabbi, »in meiner Gemeinde erkennt man mich an meinem Gesicht.«

Verwandtschaft. Ein evangelischer Pastor kommt nach seinem Tod in den Himmel. Bereits am Eingang wird er von Petrus überaus freundlich empfangen:

»Hier hast du einen Opel, damit du dich im Paradies auch frei bewegen kannst. Das ist die Belohnung für dein frommes Leben auf Erden.«

Gleich am ersten Tag schaut sich der Pastor mit seinem neuen Auto im Paradies um.

Zu seiner großen Überraschung wird er unterwegs von einem katholischen Pfarrer in einem dicken Mercedes überholt.

Enttäuscht und verärgert über diese vermeintliche Ungleichbehandlung geht er zu Petrus, um sich zu beschweren:
»Warum hat denn mein katholischer Amtsbruder einen Mercedes bekommen und ich nur einen Opel? Ist das etwa eure ›Himmlische Gerechtigkeit‹?«
Darauf Petrus:
»Bitte versteh doch: Der Mann musste schließlich im Zölibat leben. Er hat deshalb auf so viele irdische Freuden verzichten müssen, dass wir ihm im Paradies einen kleinen Ausgleich geben wollten.«
Der Pastor hat ein Einsehen.
Am nächsten Tag macht der Pastor wieder einen Ausflug. Doch als er an einer roten Ampel neben ihm einen schwarzen Rolls Royce mit Chauffeur sieht und auf dem Rücksitz den Rabbiner seines Heimatortes erkennt, fährt er sofort entrüstet zurück zu Petrus:
»Also, Petrus, mit dem katholischen Amtsbruder, das habe ich ja noch verstehen können. Aber jetzt der Rabbi? Ich kenne diesen Mann, der war sogar dreimal verheiratet! Warum also diese Ungleichbehandlung?«
Darauf Petrus:
»Nu, bitte versteh doch – die Verwandtschaft.«

Beten. Der arme Itzik sitzt in der Synagoge und jammert laut, weil er kein Geld hat. Sein Nachbar, ein reiches Gemeindemitglied, gibt ihm 10 Rubel und sagt:
»Aber sei jetzt auch sofort still und lenk *ihn* mir bitte nicht mehr ab!«

Mendelssohn. Während der Zeit des Antisemitismus im 18. Jahrhundert in Berlin.
Ein Antisemit versucht den Philosophen Moses Mendels-

sohn, Großvater des Komponisten Felix Mendelssohn, zu beleidigen, indem er ihn mitten auf der Straße laut anbrüllt:
»Sie Schwein!«
Darauf Mendelssohn:
»*Sie Mendelssohn*!«

Mendelssohn. Zwei Gemeindemitglieder unterhalten sich über ihre Einstellung zu den Geboten und über die damit zusammenhängenden religiösen Fragen.
Der erste:
»Also wissen Sie, meine Familie hat sich in den letzten Jahren völlig assimiliert. Wir gehen überhaupt nicht mehr in die Synagoge – noch nicht einmal an den hohen Feiertagen. Und die Speisegebote haben wir sowieso schon immer ignoriert.«
Darauf der andere:
»Bei uns ist es ganz ähnlich, nur wenn unser städtisches Orchester eine Komposition von Mendelssohn spielt, dann gehen wir alle zusammen in die Philharmonie.«

Versicherung. Ein Kantor prahlt vor seiner Gemeinde:
»Vor einem Jahr habe ich meine Stimme für 100 000 Dollar versichern lassen!«
Da fragt jemand aus der hinteren Reihe:
»Und was hast du mit dem ganzen Geld gemacht?«

Glauben. Ein Gemeindemitglied geht zusammen mit einem auswärtigen Glaubensbruder zum Beten in die Synagoge. Der Rabbi ist schon sehr alt. Wenn er spricht, nuschelt und lispelt er ganz schrecklich, so dass man ihn kaum verstehen kann.
Fragt der Fremde seinen Gastgeber:

»Verstehst du ihn etwa?«
»Nein, verstehen kann man ihn wirklich nicht – *glauben* muss man ihm.«

Sturmflut. Die Bewohner einer kleinen Insel werden darüber informiert, dass eine Sturmflut innerhalb von 24 Stunden die gesamte Insel überfluten wird.
Ein Entkommen ist nicht mehr möglich, da aufgrund der Wetterbedingungen weder ein Schiff noch ein Hubschrauber die Insel erreichen kann.
Der katholische Pfarrer fordert seine Gemeinde sofort auf, alle Sünden zu beichten, um mit reinem Gewissen den Weg ins Jenseits antreten zu können.
Der evangelische Pfarrer vertröstet seine Gemeinde auf ein besseres Leben in einer anderen Welt.
Der Rabbi erklärt seiner Gemeinde kurz und bündig:
»Herrschaften! Wir haben jetzt ziemlich genau noch 24 Stunden Zeit, um zu lernen, wie man auch *unter* Wasser leben kann.«

Selbstgespräche. Ein Rabbi führt beim Spazierengehen immer laute Selbstgespräche. Als ein Gemeindemitglied den Rabbi wieder einmal mit sich selbst reden hört, fragt er ihn:
»Rabbi, mit wem reden Sie eigentlich?«
»Seien Sie bitte still!« antwortet der Rabbi barsch. »Da unterhält man sich mit einem halbwegs intelligenten Menschen – und dann kommen Sie und unterbrechen mich.«

Gottesbeweis. In Russland während der Zeit des Sowjet-Kommunismus. Selbstverständlich werden die Kinder in der Schule atheistisch unterrichtet.

Ein Lehrer zu seinen Schülern:
»Wer mir einen Gegenstand zeigen kann, in dem Gott steckt, der bekommt von mir zwei Rubel!«
Da meldet sich der neunjährige David:
»Und wenn Sie mir einen Gegenstand zeigen können, in dem Gott *nicht* steckt, dann bekommen Sie von mir sogar vier Rubel!«

Beginn des Lebens. Ein katholischer Pfarrer, ein evangelischer Pastor und ein Rabbiner unterhalten sich über die Frage, wann genau das Leben beginnt.
»Das Leben beginnt selbstverständlich mit der Zeugung«, erklärt der katholische Pfarrer apodiktisch.
»Na ja«, meint der evangelische Pastor, »wir sind da etwas toleranter, wir meinen, dass das Leben erst mit der Geburt beginnt.«
Der Rabbiner:
»Nu, nach meinen persönlichen Erfahrungen und nach allem, was ich so aus meiner Gemeinde weiß, beginnt das Leben erst dann, wenn die Kinder aus dem Haus sind und der Hund tot ist.«

Busfahrer. Am Himmelstor treffen sich ein Rabbi und ein Busfahrer. Zur großen Enttäuschung des Rabbis kommt der Busfahrer in einen viel schöneren Teil des Himmels. Der Rabbi beschwert sich:
»Das kann nicht sein, hier muss ein Irrtum vorliegen!«
Darauf der Erzengel Gabriel:
»Es tut mir wirklich sehr leid, aber es liegt kein Irrtum vor. Wenn du deine Predigten gehalten hast, sind die meisten Gemeindemitglieder eingeschlafen. Wenn aber dieser Mann seinen Bus gefahren hat, dann haben alle gebetet.«

Lebensstellung. Am Rand eines chassidischen Dorfes hat man auf einem eigens dafür gebauten Turm einen Wachmann postiert, dessen einzige Aufgabe es ist, den Rabbi sofort zu benachrichtigen, sobald der Messias eintrifft.
Es ist Winter. Ein Reisender kommt an dem Turm vorbei, sieht den vor Kälte zitternden Mann und fragt ihn:
»Was machst du denn da oben?«
»Ich warte auf den Messias«, antwortet der Wächter.
»Das ist wirklich eine sehr wichtige Aufgabe – aber mitten im Winter, bei dieser Kälte? Bestimmt wirst du für deine Arbeit gut bezahlt, nicht wahr?«
»Überhaupt nicht! Ich bekomme nicht einen Rubel! Nur Essen bringt man mir zweimal täglich vorbei.«
»Aber dafür ist deine Tätigkeit bestimmt hochgeachtet, und du wirst sicherlich mit Ehrungen überhäuft?«
»Nein, auch das nicht. Die Leute sagen sogar, dass ich verrückt sei.«
»Also das verstehe ich wirklich nicht. Was soll das nur für ein Beruf sein? Du stehst hier jeden Tag in dieser Kälte, bekommst keinen Lohn, und man bringt dir noch nicht einmal Anerkennung und Ehre entgegen. Außerdem wirst du mit deiner Aufgabe, den Messias zu entdecken, kaum Erfolg haben.«
»Nu, dafür habe ich aber eine sichere Lebensstellung.«

Hochwasser. An der Wolga gibt es ein furchtbares Hochwasser. Ein Fremder kommt zum Haus eines alten Mannes, warnt den Mann vor dem Hochwasser und fordert ihn auf, sein Haus schnell zu verlassen.
Doch der Alte antwortet:
»Ich bleibe in meinem Haus, denn ich war immer ein gläubiger Jude, habe jeden Tag gebetet und alle Gebote befolgt. Gott wird mir schon helfen.«

Da das Hochwasser sehr schnell weiter steigt, muss der alte Mann schon nach kurzer Zeit in den ersten Stock seines Hauses flüchten. Es kommt ein Rettungsboot. Der Bootsmann fordert den Mann auf, sofort in das Rettungsboot zu steigen.
Doch der Alte antwortet wieder:
»Ich bleibe in meinem Haus, denn ich war immer ein gläubiger Jude, habe jeden Tag gebetet und alle Gebote befolgt. Gott wird mir schon helfen.«
Doch das Hochwasser steigt immer weiter. Der Alte muss jetzt schon auf das Dach seines Hauses klettern. Da kommt ein Rettungshubschrauber. Der Pilot fordert den Mann über Lautsprecher auf, sofort in den Hubschrauber zu steigen, da es ansonsten keine Rettung mehr für ihn geben würde.
Doch der Alte antwortet wieder:
»Ich bleibe in meinem Haus, denn ich war immer ein gläubiger Jude, habe jeden Tag gebetet und alle Gebote befolgt. Gott wird mir schon helfen.«
Das Hochwasser steigt tatsächlich noch weiter, und der alte Mann ertrinkt.
Im Himmel angekommen, macht er Gott große Vorwürfe:
»Großer Gott, warum hast du mir nicht geholfen? Ich war doch immer sehr gläubig, war regelmäßig in der Synagoge und habe auch alle Gebote befolgt!«
Darauf Gott:
»Was willst du denn überhaupt? Warum machst du mir Vorwürfe? Zuerst habe ich dir doch einen Mann geschickt, der dich gewarnt und dich aufgefordert hat, dein Haus sofort zu verlassen, dann habe ich dir ein Rettungsboot geschickt, das dich abholen sollte, und zum Schluss sogar noch einen Hubschrauber …«

Gebote. Moses kommt erschöpft vom Berg Sinai herab und berichtet, dass Gott an den Geboten arbeitet. Die Leute sind sehr besorgt.
Doch Moses beruhigt sie und sagt:
»Es gibt eine gute und eine schlechte Nachricht. Die gute Nachricht ist, dass es mir gelungen ist, *ihn* auf nur zehn Gebote herunterzuhandeln. Die schlechte Nachricht: Ehebruch ist auch dabei.«

Flugzeug. Grün sitzt im Flugzeug. Plötzlich fällt ein Motor aus. Nach kurzer Zeit fällt auch noch der zweite Motor aus.
Da sagt Grün zu sich selbst:
»O weh! Gott bestraft mich für meine Sünden.«
Doch dann denkt er noch einmal nach und spricht leise zu Gott:
»Großer Gott, ich verstehe zwar, dass du *mich* für meine Sünden bestrafen willst – aber bedenke doch, ich bin nicht alleine in diesem Flugzeug, und willst du etwa, dass all die anderen unschuldigen Menschen auch sterben sollen, nur weil ich gesündigt habe?«
»Aber Grün, was redest du da?« antwortet ihm Gott. »Was meinst du, wie schwierig es für mich war, euch Sünder alle zur selben Zeit in dieses Flugzeug zu bekommen.«

Lautstärke. Cohn betet in der Synagoge mit besonders lauter Stimme. Sein Nachbar flüstert ihm leise zu:
»Mit *Gewalt* kannst du *hier* absolut nichts ausrichten!«

Metier. Am Sterbebett ihres Mannes betet die liebende Ehefrau zu Gott, dass er ihm alle Sünden verzeihen möge.
Ihrem zweifelnden Ehemann sagt sie:
»Mach dir keine Sorgen, gewiss wird er dir verzeihen – das ist doch schließlich sein *Metier.*«

Verwechslung. Ein strenggläubiger Jude, der stets alle Gebote genau befolgt hat, jeden Tag schwarz gekleidet war, immer einen schwarzen Hut trug und nie seinen Bart abgeschnitten hat, verliebt sich eines Tages in eine wunderschöne junge Frau. Es gelingt ihm auch, sich mit ihr zu verabreden.
Um ihr zu gefallen, kauft er sich einen teuren eleganten Anzug und einen neuen Hut. Außerdem geht er zum Friseur und lässt sich seinen Bart abschneiden.
Auf dem Weg zu seinem Rendezvous passiert es: Beim Überqueren einer verkehrsreichen Straße wird er von einem Auto überfahren und ist sofort tot.
Im Himmel angekommen, fragt er:
»Großer Gott, warum hast du das getan? Ich weiß, dass es eine Sünde war, für dieses Rendezvous so viel Geld auszugeben – aber ich war doch mein Leben lang gläubig, habe alle Gebote befolgt und war auch regelmäßig in der Synagoge.«
Darauf Gott, sehr bedrückt:
»Ich weiß, es tut mir auch wirklich sehr leid, aber ich habe dich an diesem Tag einfach nicht erkannt.«

Zölibat. Zwei katholische Pfarrer unterhalten sich:
»Meinst du, ob wir es noch erleben werden, dass der Zölibat abgeschafft wird?«
»Wir nicht – aber *unsere* Kinder.«

Zölibat. Ein katholischer Pfarrer lädt den Rabbiner seines Amtsbezirks zu sich nach Hause ein. Als kleinen Imbiss bietet er dem Rabbi ein Schinkenbrötchen an. Selbstverständlich lehnt der Rabbi mit dem Hinweis auf die für ihn gültigen Speisegesetze freundlich ab.
Da fragt der Pfarrer höflich:

»Mein lieber Kollege, wann werden Sie endlich diese überflüssige Regel vernachlässigen?«
»Auf Ihrer Hochzeit, Hochwürden!« antwortet der Rabbi.

Schweinefleisch. Ein Rabbiner und ein katholischer Pfarrer verbringen in bester Laune einen gemütlichen Abend. Sie essen, trinken, lachen und unterhalten sich ganz ausgezeichnet. Spät in der Nacht fragt der Pfarrer den Rabbiner vorsichtig:
»Rabbi, darf ich Sie einmal etwas Persönliches fragen? Haben Sie eigentlich schon einmal heimlich Schweinefleisch gegessen?«
Darauf schaut der Rabbi vorsichtig nach rechts und links und sagt ganz leise:
»Unter uns: Ja, einmal! Aber, Hochwürden, jetzt seien Sie doch bitte auch einmal ganz ehrlich: Hatten Sie schon einmal eine Affäre mit einer Frau?«
Darauf schaut der Pfarrer ebenfalls vorsichtig nach rechts und links und sagt:
»Ganz im Vertrauen und nur unter uns, Herr Kollege: ein einziges Mal.«
Darauf der Rabbi, mit einem Auge zwinkernd:
»Und, ist doch besser als Schweinefleisch, oder?«

Golfspiel. Ein katholischer Pfarrer und ein Rabbiner spielen zusammen Golf. Der Rabbi ist an der Reihe. Weit schlägt er den Golfball am Loch vorbei.
»Scheiße, daneben!« ruft der Rabbi laut.
Der Pfarrer ist peinlich berührt:
»Aber Rabbi, ein Mann Ihres Standes sollte ein solches Wort nicht in den Mund nehmen!«
»Bitte entschuldigen Sie, Hochwürden, Sie haben natürlich vollkommen recht, aber in der Hitze des Gefechtes …«

Der Pfarrer:
»Ist schon gut, Herr Kollege, spielen wir weiter.«
Doch bereits am übernächsten Loch passiert dasselbe. Obwohl der Ball nur wenige Zentimeter neben dem Loch liegt, schlägt der Rabbi voll vorbei.
»Scheiße!« ruft der Rabbi erneut.
Darauf der Pfarrer:
»Aber Rabbi, Sie haben doch eben erklärt ...«
Der Rabbi bittet erneut um Entschuldigung und verspricht, nie wieder so etwas zu sagen.
Der Pfarrer:
»Und wenn doch?«
»Nu, dann soll mich der Allmächtige durch einen Blitz erschlagen.«
Die beiden spielen weiter. Doch bereits kurze Zeit später passiert es: Der Rabbi schlägt diesmal sogar am Ball vorbei! Und in seiner Erregung ruft er wieder:
»Scheiße!«
Da kracht auch schon ein Blitz vom Himmel – und der *Pfarrer* fällt tot um!
Kurz danach hört man eine donnernde Stimme vom Himmel:
»Scheiße, daneben!«

Jahrgang. Zwei Rabbiner essen in einem koscheren Restaurant. Um nicht gegen die rituellen Speisegesetze zu verstoßen, bestellen sie nur garantiert koschere Speisen. Da sie auf ein Gläschen Wein nicht verzichten wollen, bitten sie den Kellner, ihnen einen ebenfalls garantiert koscheren Wein zu bringen – zur Sicherheit aus dem Weingut eines ihnen gut bekannten Oberrabbiners. Der Kellner bringt die Flasche.
Der ältere der beiden Rabbis kostet den Wein, prüft

aufmerksam das Etikett und fragt seinen Kollegen vorsichtig:
»War 5737 ein guter Jahrgang?«

(Die jüdische Zeitrechnung beginnt 3761 v.d.Z., 5737 = 1976.)

Golfspiel. Um die Klugheit Gottes zu beweisen, erzählte ein Rabbiner folgende Geschichte:
»Es gab einmal einen Rabbi, der leidenschaftlich gerne Golf spielte. Einmal regnete es mehrere Tage hintereinander, so dass der Rabbi fast eine Woche kein Golf spielen konnte. Dann endlich, am Sabbat, schien wieder die Sonne. Doch als gläubiger Jude, dazu noch Rabbi, durfte er schließlich am Sabbat keinen Sport treiben.
Nun dachte der Rabbi, dass am frühen Samstagmorgen bestimmt noch kein Mensch auf dem Golfplatz sein würde, so dass ihn auch niemand sehen könnte. Also ging er am Samstag bereits sehr früh auf den tatsächlich noch menschenleeren Golfplatz, um eine Runde zu spielen.
Doch Gott beobachtete den Rabbi und beschloss, ihn zu bestrafen. Und tatsächlich: Bereits am ersten Abschlag gelang es dem Rabbi, den Ball mit einem einzigen phänomenalen 250-Meter-Schlag genau ins Loch zu befördern!«
Ein Zuhörer:
»Aber das ist doch keine Strafe?!«
»Aber sicher! Wem soll der Rabbi das denn erzählen?«

Hölle. Ein Atheist findet sich nach seinem Tod in der Hölle wieder. Doch zu seiner großen Überraschung ist die Situation dort außerordentlich angenehm: Um sich herum sieht er eine idyllische Bucht mit einem herrlichen, von Palmen umsäumten Sandstrand. Das Wasser ist kristallklar. Es weht ein

angenehm kühlender Wind, und aus dem Hintergrund hört er wohlklingende Musik.
Bei einem ersten Erkundungsspaziergang sieht er am Ende der Bucht im Schatten einer Palme den Teufel höchstpersönlich in einer Hängematte liegen.
»Komm doch einmal für ein paar Minuten zu mir, nimm dir einen Drink und lass uns ein bisschen reden«, ruft ihm der Teufel freundlich zu.
Nach einer kurzen, aber geistreichen Unterhaltung verabschiedet sich der Atheist wieder vom Teufel, um seinen kleinen Spaziergang fortzusetzen. Plötzlich sieht er vor sich ein dunkles Loch. Neugierig geht er Schritt für Schritt etwas näher an das Loch heran. Rauch, Flammen sowie lautes Heulen und Wehklagen quellen aus der Tiefe hervor. Verunsichert geht er zum Teufel zurück.
»Es gefällt mir eigentlich sehr gut hier – aber auf der anderen Seite der Bucht, da gibt es so ein dunkles Loch mit schrecklichen Geräuschen. Was ist das?«
Darauf der Teufel:
»Oh, keine Sorge, das ist nur für die Christen – die *wollen* das so.«

Gelübde. Grün gerät in ein fürchterliches Unwetter. Er betet zu Gott und verspricht ihm, sein Pferd zu verkaufen und den Erlös frommen Zwecken zu spenden, falls er das Unwetter überleben sollte.
Das Unwetter geht vorbei, und Grün überlebt. Zufälligerweise kommt bereits am nächsten Tag ein Viehhändler zu Grün und fragt ihn, ob er sein Pferd verkaufen wolle.
Darauf Grün:
»Ja, aber nur zusammen mit einem Huhn.«
Der Viehhändler:
»Und was sollen Pferd und Huhn kosten?«

Grün:
»Nu, das Pferd 10 Rubel und das Huhn 100 Rubel.«

Preiswertes Wunder. Einmal erzählte der Rabbi seiner Gemeinde folgende Geschichte:
»Vor einigen Jahren fand ein sehr armer Mann im Wald einen wimmernden Säugling. Selbstverständlich kümmerte sich der Mann sofort um das Kind. Aber wie sollte er den Säugling ernähren? In seiner Not betete er zu Gott und bat ihn um Hilfe. Und siehe da, es geschah ein Wunder: Dem Mann wuchsen plötzlich Brüste, so dass er das Kind mit seiner Milch ernähren konnte.«
Da fragt der neunjährige David, der die ganze Zeit aufmerksam zugehört hatte:
»Aber warum macht Gott das denn so kompliziert? Er hätte dem Mann doch auch eine Brieftasche mit Geld schenken können. Dann hätte er sich doch alles kaufen können.«
Da überlegte der Rabbi kurz, schließlich sagte er:
»Falsch! Warum soll Gott denn Geld ausgeben, wenn er auch mit einem Wunder auskommen kann.«

Wohnen im Himmel – Geschäft auf der Erde. Moischele geht mit seinem Vater spazieren. Als die beiden an einer katholischen Kirche vorbeikommen, fragt Moischele seinen Vater:
»Tate, ist das auch eine Synagoge?«
Der Vater:
»So was ähnliches: eine christliche Kirche, also auch ein Gotteshaus.«
Moischele:
»Aber wieso ›Gotteshaus‹?«
»Nu, so wie in der Synagoge wohnt auch hier der liebe Gott.«

Moischele, zweifelnd:
»Aber der Rebbe hat gelehrt, dass Gott im Himmel wohnt?!«
»Das stimmt auch, aber sein *Geschäft*, das hat er hier unten.«

Spendengelder. Ein katholischer Pfarrer, ein protestantischer Pastor und ein Rabbiner unterhalten sich darüber, was jeder von ihnen mit den Spenden seiner Gemeinde macht.
Der Pfarrer:
»Ich ziehe mit Kreide eine Linie auf den Fußboden und werfe das Geld hoch in die Luft. Was links von der Linie hinfällt, gehört Gott. Was rechts hinfällt, behalte ich.«
Der Pastor:
»Ich mache es ähnlich: Ich male einen Kreis auf den Boden. Was in den Kreis hineinfällt, gehört Gott, was außerhalb des Kreises liegt, behalte ich.«
Der Rabbiner:
»Auch ich habe so ein System: Ich werfe das Geld so hoch wie möglich zum Himmel empor. Und was Gott davon erwischen kann, darf er behalten.«

Huhn. Eine arme Frau möchte für die Bar-Mizwa ihres einzigen Sohnes ein Festmahl zubereiten. Das einzige, was sie besitzt, sind zwei Hühner, ein weißes und ein schwarzes. Für das Essen muss sie ein Huhn schlachten – sie kann sich aber nicht entscheiden, welches der beiden Hühner sie schlachten soll.
Ratsuchend wendet sie sich an den Rabbi:
»Rabbileben, ich besitze zwei Hühner: ein weißes und ein schwarzes. Ein Huhn muss ich für das Festmahl anlässlich der Bar-Mizwa meines Sohnes schlachten, aber ich weiß wirklich nicht, welches. Bitte helfen Sie mir!«

Der Rabbi denkt kurz nach, dann sagt er:
»Schlachte das weiße!«
Darauf die Frau:
»Aber dann kränkt sich das schwarze?«
Der Rabbi denkt noch einmal nach, dann sagt er:
»Gut, dann schlachte das schwarze!«
»Ja, aber dann ist doch das weiße Huhn traurig?«
Der Rabbi:
»Ich verstehe – ein sehr schwieriges Problem. Darüber muss ich erst nachdenken. Komm bitte morgen noch einmal wieder.«
Am nächsten Tag erscheint die Frau wieder beim Rabbiner.
Ohne zu zögern sagt der Rabbi:
»Schlachte das weiße Huhn!«
»Aber warum denn das weiße, dann kränkt sich doch das schwarze?« wiederholt die Frau.
Der Rabbi:
»Nu, dann soll es sich kränken!«

Begabung. Jemand fragt einen Rabbiner:
»Warum gibt es eigentlich so viele begabte Juden?«
»Nu, das ist ganz einfach: Wir können sofort nach der Geburt feststellen, ob das Kind begabt ist oder nicht. Ist es begabt, erziehen wir es entsprechend. Ist es nicht begabt, lassen wir es taufen.«

Farbiger Jude. In einer New Yorker Metro sitzen ein Farbiger und ein Rabbiner nebeneinander.
»Rabbi«, spricht der Farbige den Rabbiner an, »ich würde auch gern Jude werden. Was muss ich tun?«
Der Rabbi:
»Mein lieber Freund, haben Sie als Schwarzer denn nicht schon genug Schwierigkeiten?«

Farbiger Jude. Ein Rabbi fährt mit der New Yorker Metro nach Hause. Vor ihm sitzt ein Schwarzer und liest den *Jewish Daily Forward*. Neugierig fragt der Rabbi den Mann:
»Bitte entschuldigen Sie, aber sind Sie Jude?«
Der Farbige senkt seine Zeitung und sagt:
»Das hätte mir gerade noch gefehlt!«

Migräne. Eine Frau kommt laut jammernd zum Rabbiner:
»Rabbileben, bitte helfen Sie mir: Ich habe furchtbare Migräne!«
Nachdem die Frau dem Rabbiner eine halbe Stunde vorgejammert hat, sagt sie plötzlich:
»Rabbi, Sie haben mir wirklich sehr geholfen: Meine Migräne ist verschwunden!«
Darauf der Rabbi:
»Liebe Frau, Ihre Migräne ist leider nicht verschwunden – *ich* habe sie nämlich jetzt.«

Auserwähltes Volk. Scholem Alejchem, Verfasser vieler jüdischer Geschichten und Anekdoten, bemerkte einmal:
»Großer Gott! Ich weiß natürlich, dass wir das von dir auserwählte Volk sind. Aber könntest du dir nicht zur Abwechslung einmal ein anderes Volk aussuchen?«

Koscher. Moses empfängt von Gott am Berg Sinai die Zehn Gebote.
Gott:
»Merke dir Moses: Die koschere Küche verbietet es, ein Kalb in der Milch seiner Mutter zu kochen.«
Moses:
»Ich verstehe! Du meinst, dass wir nie Milch und Fleisch zusammen essen sollen.«

Gott:
»Nein, Moses, ich sagte: Koche nie ein Kalb in der Milch seiner Mutter.«
Moses:
»Jetzt habe ich verstanden: Wir sollen erst sechs Stunden warten, bevor wir nach dem Essen von Fleisch etwas Milchiges zu uns nehmen.«
Gott:
»Wieder nein, Moses! Ich sagte: Koche nie ein Kalb in der Milch seiner Mutter.«
Moses:
»Entschuldige bitte meine Dummheit. Jetzt habe ich aber wirklich verstanden, was du meinst: Wir sollen eigene Teller für fleischige und für milchige Speisen haben, und sollten wir uns irren, müssen wir die Teller vergraben.«
Gott:
»Moses! Mach, was du willst!«

Vergnügen. Ein Gemeindemitglied bittet den Rabbiner um Rat:
»Rabbileben, ich weiß selbstverständlich, dass es an den Hohen Feiertagen verboten ist, zu rauchen und sich zu vergnügen. Doch eine diskrete Frage: Ist es eigentlich erlaubt, an den Hohen Feiertagen mit einer Frau zu schlafen?«
Der Rabbi klärt kurz, dann sagt er:
»Ja, das ist erlaubt – aber nur mit der eigenen.«
Der Mann:
»Aber warum denn nur mit der eigenen?«
Der Rabbi:
»Nu, ein Vergnügen darf es nicht sein.«

Paradies. Ein in seinem irdischen Leben sehr gläubiges Gemeindemitglied sieht nach seinem Tod als erstes einen we-

gen seiner Frömmigkeit im ganzen Land berühmten Oberrabbiner. Das beruhigt ihn außerordentlich, da er jetzt sicher ist, dass er sich tatsächlich im Paradies befindet.
Doch bereits kurze Zeit später bemerkt er eine in seinem Heimatort stadtbekannte Prostituierte. Und als er ganz genau hinsieht, stellt er sogar fest, dass sich die Prostituierte in zärtlicher Umarmung mit dem Oberrabbiner befindet. Verunsichert wendet sich der Mann an den Erzengel Gabriel und fragt ihn vorsichtig, ob er im Himmel oder in der Hölle sei.
Der Engel:
»Mach dir keine Sorgen: Für den Rabbi ist es das Paradies und für die Prostituierte die Hölle.«

Beichte. Ein katholischer Junge zu einem jüdischen Nachbarkind:
»Unser Pfarrer weiß viel mehr als dein Rabbi!«
»Ist doch klar – du erzählst ihm ja auch alles.«

Aufstiegsmöglichkeiten. Während einer Zugfahrt kommen ein katholischer Pfarrer und ein Rabbiner ins Gespräch.
Am Ende der Unterhaltung fragt der Rabbi:
»Hochwürden, Sie sind ein so geistreicher und gebildeter Mann, bitte sagen Sie mir: Was für Aufstiegsmöglichkeiten haben Sie eigentlich in Ihrer Kirche?«
»Nun«, antwortet der Pfarrer, «ich kann durchaus noch Bischof werden.«
»Aber dann ist Ihre Karriere doch zu Ende, nicht wahr?«
Der Pfarrer, etwas verlegen:
»Na ja, also Sie sollten nicht denken, dass ich das anstrebe, aber prinzipiell könnte ich auch noch Kardinal werden.«
»Ach ja, wirklich sehr interessant – aber dann ist doch Schluss mit Ihren Aufstiegsmöglichkeiten, oder?«

»Also, was reden Sie denn da? Was wollen Sie denn von mir hören? Rein theoretisch könnte ich sogar Papst werden.«
»Ja, aber dann ist doch wohl endgültig Schluss?«
Der Pfarrer:
»Also, Herr Kollege, ich bitte Sie, kein Mensch kann schließlich Gott werden!«
Darauf der Rabbi:
»Nu, einer von unseren Leuten hat es geschafft.«

Nicht ausstehen. Shlomo war ein vom Unglück gezeichneter armer Jude: Er kam mit einem Buckel zur Welt, seine Geschäfte ruinierten ihn, seine Frau verließ ihn, seine Tochter heiratete einen Goj, und sein einziger Sohn ließ sich taufen. Am Ende seines unglücklichen Lebens starb er an einer schweren Krankheit, völlig vereinsamt und arm.
Nach seinem Tod tritt Shlomo vor den Allmächtigen und macht ihm bitterliche Vorwürfe:
»Großer Gott! Warum hast du mir nur ein so jämmerliches und unglückliches Leben bereitet? Du bist doch allmächtig, hättest du mir nicht wenigstens ein wenig Freude schenken können?«
Der Allmächtige:
»Mein lieber Shlomo: Ich konnte dich ganz einfach absolut nicht ausstehen!«

Größere Dankbarkeit. Hershele Ostropoler, eine Gestalt aus vielen jüdischen Geschichten, wird vom Rabbi zu einem Gespräch gebeten.
»Hershele!« beginnt der Rabbi vorwurfsvoll. »Wie du weißt, sollte jeder Jude in der Woche mindestens eine Stunde in der Synagoge beten, um Gott damit seine Dankbarkeit auszudrücken. Ich aber habe beobachtet, dass du höchstens alle

zwei Wochen für kaum zehn Minuten in die Synagoge kommst!«
»Aber Rabbi, bitte bedenken Sie doch: Sie haben Gott für vieles zu danken, für Ihre Weisheit und Ihre Klugheit, für Ihre Karriere als Rabbi, für Ihr Pferd, Ihr großes Haus, für Ihr Gold und Silber, Ihre schöne Frau und für Ihre gesunden Kinder. Ich aber habe nur eine dumme Frau, eine hässliche Tochter und eine magere Ziege. Und um Gott dafür zu danken, brauche ich höchstens alle zwei Wochen zehn Minuten.«

Fasten. Zwei Gemeindemitglieder unterhalten sich:
»Unser Rabbi verdient so wenig Geld, dass ich überhaupt nicht weiß, wovon er eigentlich lebt.«
Der andere:
»Ja, ja, das stimmt wirklich. Ich glaube, er wäre auch schon längst verhungert, wenn er nicht montags und donnerstags fasten würde.«

Begabter Schüler. Ein Talmudstudent war bereits am Anfang seines Studiums so belesen, dass die Leute im ganzen Land von ihm erzählten und von einem zukünftigen Wunderrabbi sprachen.
Eines Tages fragte ein Besucher den Lehrer des Studenten:
»Rabbi, was denkt Ihr eigentlich über Euren Schüler?«
»Nu«, sagte der Rabbi, »er liest wirklich sehr viel; ich hoffe nur, dass er auch einmal die Zeit findet, etwas zu *wissen*.«

Fragen erlaubt. Den gläubigen Juden ist das Essen von Schweinefleisch verboten.
Auf dem Heimweg von seinem Anwaltsbüro zu seiner Wohnung kommt Finkelstein jeden Abend an einem exklusiven, aber nicht koscheren Delikatessenladen vorbei. An

einem Abend geht er in das Geschäft und kauft ein paar Tomaten. Bevor er den Laden verlässt, fragt er den Verkäufer, mit betonter Beiläufigkeit:
»Ach, übrigens, was kostet eigentlich der Schinken?«
Im selben Augenblick kracht draußen ein Blitz vom Himmel, und der Donner grollt mächtig. Erschrocken blickt Finkelstein nach oben und flüstert leise:
»*Fragen* wird man ja noch dürfen!«

Verstehen. Gespräch zwischen zwei Gemeindemitgliedern:
»Also, du sagst, dass du Atheist bist und an nichts glaubst, stimmt das?«
»Ja, das stimmt – ich kann nur das glauben, was ich *verstehe.*«
»Nu, dann ist ja alles klar: Jetzt weiß ich wenigstens, warum du an nichts glauben kannst.«

Parabel. Ein Rabbi wird von einem Schüler gefragt:
»Rabbi, wie kommt es eigentlich, dass Sie stets eine perfekte Parabel zum jeweiligen Diskussionsgegenstand haben?«
Der Rabbi lächelt:
»Nu, ich werde dir mit einer Parabel antworten: Ein Leutnant des Zaren inspizierte einmal ein ukrainisches Dorf. An einer Holzwand fielen ihm hundert kleine Kreidekreise auf – und immer genau in der Mitte steckte eine Gewehrkugel! ›Was muss das für ein Schütze sein‹, dachte er bei sich, ›den will ich kennenlernen!‹ Und sofort sprach der Leutnant den nächsten Vorbeikommenden an: ›Sehen Sie das? Jeder Schuss ein Treffer! Was habt Ihr nur für einen fantastischen Schützen hier bei Euch im Dorf. Wer ist der Mann?‹ ›Ach, das ist doch bloß der Sohn unseres Schneiders‹, antwortete der Dorfbewohner. ›Es ist mir ganz egal, wer er ist‹, unterbricht der Leutnant den Mann, ›ein Schütze, der so schießen

kann …‹ – ›Ihr versteht mich nicht‹, erwidert der Dorfbewohner, ›die Sache ist nämlich so: Zunächst schießt er auf die Holzwand – und dann erst macht er die Kreise um die Kugeln.‹«

»Verstehst du?« fragt der Rabbi jetzt seinen Schüler. »Bei mir ist es genauso: Ich suche mir keine Parabel zum Thema, sondern spreche über ein Thema, zu dem ich die Parabel bereits habe.«

Frommer Wunsch. Zwei Kaufleute streiten sich wegen einer Lieferung Oliven, die nicht in Ordnung sein soll. Um den Streit zu schlichten, bitten sie den Rabbiner um Hilfe.

Da dem Rabbi die Sache sehr unangenehm ist – schließlich handelt es sich bei beiden um vermögende Gemeindemitglieder, mit denen er sich nicht anlegen möchte –, sagt er, um Zeit zu gewinnen, dass er sich die Oliven einmal ansehen wolle.

Noch am selben Tag bringen die beiden die Oliven zu ihm. Der Rabbi nimmt eine Olive in die Hand und betrachtet sie lange. Nach einer Weile sagt er:

»Ich möchte so lange leben und gesund bleiben, wie ich keine Ahnung davon habe, was eine Olive überhaupt ist.«

Abendgebet. Blau und Grün würden gern in der Synagoge das Abendgebet verrichten. Aber sie sind nur zu zweit und zur vorgeschriebenen Anzahl fehlen somit acht.

Blau:

»Lass uns doch noch einmal genau zählen:
Ich und du sind zwei.
Du und ich sind auch zwei.
Ich für mich und du für dich sind ebenfalls zwei.
Damit wären wir bereits insgesamt sechs.

Wenn du jetzt dieselbe Rechnung aufmachst, dann sind wir sogar schon zwölf und haben zwei zu viel.«
Darauf Grün:
»Nu, wenn das so ist, dann können wir beide ja nach Hause gehen.«

Unterschrift. Einem Rabbi wird in einer Gemeindeversammlung ein Brief überreicht. Der Rabbi öffnet den Brief und liest nur ein einziges Wort: ›Blödmann!‹
»Nu«, beginnt der Rabbi seine kurze Erklärung, »ich kenne zwar viele Beispiele dafür, dass jemand einen Brief schreibt und dann vergisst, ihn zu unterschreiben. Aber dass jemand einen Brief unterschreibt und vergisst, ihn überhaupt zu schreiben, das habe ich bis jetzt noch nicht erlebt.«

Kopfbedeckung. Zwei Talmudstudenten diskutieren.
»Ein frommer Jude darf nie ohne Kopfbedeckung herumlaufen!«
»Aber warum steht denn in der Tora kein Wort davon?«
»Nu, das ist zwar wahr, aber die Tora ist doch voll von Hinweisen. Da steht zum Beispiel: ›Jakob machte eine Reise von fünf Tagen‹, und glaubst du wirklich, dass Jakob eine so lange Strecke ohne Kopfbedeckung gewandert wäre?«

Rauchen. Zwei Talmudstudenten diskutieren darüber, ob es erlaubt ist, beim Lernen der Gebete zu rauchen. Da sie sich nicht einigen können, fragen sie den Rabbi:
»Rabbi, ist es eigentlich erlaubt, beim Lernen der Gebete zu rauchen?« fragt der eine.
»Natürlich nicht!« antwortet der Rabbi streng.
Als der Rabbi kurz das Zimmer verlässt, sagt der andere Student zu seinem Kommilitonen:

»Du hast völlig falsch gefragt! Ich werde den Rabbi selbst fragen.«
Nachdem der Rabbi wieder zurückgekommen ist, fragt der andere Student:
»Rabbileben, darf man eigentlich auch beim Rauchen Gebete lernen?«
»Aber ja!« antwortet der Rabbiner lächelnd.

Vorwurf. Ein Gemeindemitglied beklagt sich beim Rabbiner:
»Rabbi, Ihr müsst Eure Studenten besser in Zucht halten! Ich habe mit eigenen Augen gesehen, wie sie mit Mädchen in den Feldern herumspazieren!«
Der Rabbi:
»Na und? Das tun doch andere Burschen auch.«
»Aber Rabbi, andere Burschen studieren doch auch nicht die Heilige Schrift!«
Der Rabbi:
»Ja, das stimmt zwar, aber wollen Sie etwa meinen Studenten vorwerfen, dass sie die Tora studieren?«

Trauerrede. In einer jüdischen Gemeinde ist es üblich, dass die Gemeindemitglieder bestimmte Leistungen des Rabbiners persönlich entlohnen.
Aufgrund eines Sterbefalls bittet ein Verwandter des Verstorbenen den Gemeinderabbiner um eine Trauerrede. Darauf bietet der Rabbi folgendes an:
»Also, die große, wirklich erschütternde Grabrede, bei der jeder Anwesende feuchte Augen bekommt, und die ich auch nur bei außergewöhnlichen Anlässen halte, kostet 100 Rubel. Außerdem habe ich da noch eine zweite Rede, die ist auch ganz hübsch, aber da weinen nur noch die nächsten Familienangehörigen, die kostet 60 Rubel. Und dann habe

ich noch eine dritte Rede, die kostet sogar nur 20 Rubel. Aber, offen gestanden, die kann ich Ihnen beim besten Willen nicht empfehlen – die hat nämlich bereits einen leicht *humoristischen* Einschlag.«

Gesprächskunst. Die Gemeinde hat einen neuen Rabbiner bekommen. Der neue Rabbi ist bereits seit vielen Jahren wegen seiner Klugheit und Weisheit im ganzen Land bekannt und berühmt. Die Leute sagen sogar, dass er ein Genie ist.
Zur Einführung des Rabbis gibt der Bürgermeister einen Empfang. Cohn ist auch eingeladen. Nach dem Empfang kommt Cohn sehr nachdenklich nach Hause. Seine Frau fragt ihn, wie es denn war.
»Nu, als ich mich mit dem Bürgermeister unterhielt, war ich absolut sicher, dass unser Bürgermeister der klügste und weiseste Mensch der Welt ist. Als dann aber der neue Rabbiner mit mir sprach, hatte ich auf einmal das Gefühl, dass *ich* der klügste und weiseste Mensch der Welt bin.«

Vergessen. Gläubigen Juden ist es strengstens verboten, am Sabbat zu rauchen. Trotz dieses Verbotes geht Grün am Sabbat rauchend auf der Straße spazieren.
Zufällig kommt ihm Blau entgegen:
»Grün, warum rauchst du am Sabbat?«
Darauf Grün:
»O weh, ich hatte völlig vergessen, dass …«
»… heute Sabbat ist?« fällt Blau ihm ins Wort.
»Nein, nein, wie könnte ich das als gläubiger Mensch vergessen …«
»Ach so«, unterbricht Blau ihn wieder, »dann hast du also vergessen, dass man am Sabbat nicht rauchen darf?«
»Unsinn, wie könnte ich denn so was vergessen – ich bin doch nicht dumm.«

»Ja, aber was hast du denn eigentlich vergessen?«
»Nu, ich hatte doch tatsächlich völlig vergessen, dass ich Jude bin.«

Synagogenbaustelle. In Russland während der Sowjet-Herrschaft.
In Moskau wird eine neue Synagoge gebaut. Als der Oberrabbiner die Baustelle zum ersten Mal besichtigt, hört er schon von weitem ein lautes monotones Gemurmel, das ihn an ein Gebet erinnert. Neugierig geht er näher an die Baustelle heran. In einer langen Kette reichen die Männer die Ziegelsteine von Hand zu Hand. Jetzt kann er auch die Worte genau verstehen:
»Bitte, Herr Professor.«
»Danke, Herr Doktor.«
»Bitte, Herr Professor.«
»Danke, Herr Doktor ...«

Falsche Synagoge. Ein Goj fragt seinen jüdischen Golf-Freund Cohn, wie es sein kann, dass er ihn jedesmal im Golfspiel schlagen würde.
Darauf Cohn:
»Nu, dafür kann es eigentlich nur eine Erklärung geben: Ich gehe jeden Sabbat in die Synagoge und bete für eine erfolgreiche Golfwoche.«
Sofort entschließt sich der Goj, zum Judentum überzutreten, und betet, nachdem er Jude geworden ist, ein halbes Jahr jeden Samstag in der Synagoge für eine erfolgreiche Golfwoche. Doch es nutzt nichts: Weiterhin verliert er gegen Cohn jedes Spiel.
Enttäuscht fragt er Cohn:
»Jetzt bin ich doch extra zum Judentum übergetreten und bete auch an jedem Sabbat in der Synagoge für eine erfolg-

reiche Golfwoche. Aber du siehst selbst: Es nutzt alles nichts: Ich verliere trotzdem! Was mache ich nur falsch?«
»In welche Synagoge gehst du denn?« fragt Cohn.
»In Beth Halel.«
Darauf Cohn:
»Ach so, Beth Halel ist ja auch für Tennis, aber nicht für Golf!«

Land in Sicht. Blau und Grün sitzen nach einem Schiffbruch im Rettungsboot und fürchten um ihr Leben. Es stürmt fürchterlich und überall sehen sie nur Wasser.
»Großer Gott«, betet Blau, »bitte hilf uns! Wenn Du uns das überleben lässt, will ich die Hälfte meines Vermögens für einen guten Zweck stiften!«
Die beiden rudern und rudern, aber weit und breit ist kein Land und keine Rettung in Sicht.
Und wieder beginnt Blau:
»Herr! Wenn wir durch Deine Hilfe aus diesem Schlamassel wieder rauskommen, dann …«
»Halt«, unterbricht ihn Grün, »hör sofort mit diesen Angeboten auf: Land in Sicht!«

Gift. Ein Gemeindemitglied wendet sich vertrauensvoll an den Rabbiner:
»Lieber Rabbi, etwas Furchtbares kann passieren, und ich möchte mit Ihnen darüber reden.«
Der Rabbi:
»Was ist denn los? Bitte erzählen Sie!«
»Na ja, um es kurz zu machen: Meine Frau will mich vergiften!«
»Und wie kommst du darauf?«
»Ich bin mir wirklich ganz sicher. Sie hat das Gift auch schon gekauft.«

Der Rabbi:
»Gut, ich will mit ihr reden – und wir sehen, was sich machen lässt.«
Nach einer Woche kommt das Gemeindemitglied wieder zum Rabbi und fragt ihn, ob er schon mit seiner Frau gesprochen habe.
Der Rabbi:
»Also, ich habe gestern mit deiner Frau gesprochen, drei Stunden lang. Möchtest du meinen Rat hören? Nimm das Gift!«

Gelübde. Moische sitzt in der Synagoge und seufzt tief:
»Ach, wenn mir der Allmächtige doch nur 1000 Rubel schenken würde! Ich schwöre hiermit auf das Augenlicht meiner Kinder: 100 Rubel würde ich davon sofort an die Armen der Stadt weitergeben – und wenn mir der Allmächtige nicht traut, kann er die 100 Rubel ja schon vorher abziehen und zahlt mir nur den Rest aus.«

Gegen eine Wand. Als ein in Jerusalem lebender ausländischer Journalist erfährt, dass ein alter Rabbi seit vielen Jahren jeden Tag zweimal zur Klagemauer kommt, um dort zu beten, beschließt er, den Rabbi für einen Artikel zu interviewen.
Und bereits am nächsten Tag geht der Journalist zur Klagemauer, um auf den Rabbi zu warten. Es dauert auch nicht lange, als er einen alten Mann bemerkt, der zielstrebig auf die Klagemauer zugeht und dort betet. Nachdem der Rabbi mit seinem Gebet fertig ist, spricht der Journalist ihn höflich an und fragt ihn, ob *er* der Mann sei, der bereits seit vielen Jahren jeden Tag zweimal an dieser Stelle beten würde.
»Ja, der bin ich: Seit über fünfzig Jahren komme ich jeden Tag zweimal hierher und bete.«

»Und für *wen* oder für *was* beten Sie?«
»Nun, ich bete für den Frieden zwischen den Juden und den Arabern, ich bete dafür, dass all der Hass ein Ende hat, und ich bete für unsere Kinder, damit sie in Frieden und Freundschaft aufwachsen.«
Der Journalist:
»Und wie fühlen Sie sich nach all den Jahren?«
Der Rabbi:
»Als würde ich gegen eine *Wand* reden.«

Rauchen. Ein Rabbiner fragt einen Talmudstudenten:
»Warum soll in der Synagoge nicht geraucht werden?«
Der Student:
»Völlig richtig! Warum soll in der Synagoge eigentlich nicht geraucht werden.«

Durchreise. Ein Handelsreisender besucht während einer Geschäftsreise in einer privaten Angelegenheit den örtlichen Gemeinderabbiner. Der Handelsreisende ist überrascht über die sehr karge Einrichtung: In der Wohnung des Rabbis stehen außer einem Schreibtisch und einem Bett überhaupt keine Möbel.
»Aber Rabbi, gestatten Sie mir die Frage: Wo sind denn Ihre Möbel?«
Der Rabbi antwortet mit einer Gegenfrage:
»Und wo sind Ihre Möbel?«
»Aber ich bin doch nur auf der *Durchreise*.«
Der Rabbi: »Sehen Sie: Genau wie ich.«

Fasten. Mandelbaum unterhält sich mit einem atheistischen Arbeitskollegen.
Der Atheist:
»Und wie gedenken Sie die Feiertage zu verbringen?«

Mandelbaum:
»Wir fasten.«
Der Atheist:
»Fasten?«
Mandelbaum:
»Ja – kein Essen, um für unsere Sünden zu büßen.«
Der Atheist:
»Was für Sünden? Das verstehe ich nicht.«
Mandelbaum:
»Um Ihnen die Wahrheit zu sagen: Wir auch nicht.«

Fisch oder Schinken. Ein Rabbi betritt eine nicht koschere Metzgerei, zeigt auf die Verkaufsvitrine und sagt:
»Geben Sie mir bitte vier Scheiben von diesem Fisch.«
»Das ist aber Schinken«, antwortet der Metzger.
Darauf der Rabbiner, sehr ungehalten:
»Habe ich Sie etwa nach dem *Namen* des Fisches gefragt?«

Freund. Ein Mann kommt zum Rabbi und erzählt ihm, dass sein Freund eine große Sünde begangen hat. Da sich sein Freund aber schäme, selbst zu ihm zu kommen, habe er ihn gebeten, an seiner Stelle eine Buße zu erbitten.
Der Rabbi durchschaut den Mann und sagt:
»Ich verstehe deinen Freund nicht: Er hätte doch auch selber zu mir kommen und sagen können, ein Freund habe gesündigt und ihn zu mir geschickt.«

Gott ist schwarz. Der Patient erwacht aus einem Todeskoma.
Ein am Bett stehender Freund fragt ihn:
»Moische, hast du Gott getroffen?«
Der Patient: »Ja, *sie* ist *schwarz*.«

Chelmer Geschichten

Chelm gab und gibt es wirklich: es liegt in Südpolen, südöstlich von Lublin und war vom 12. Jahrhundert bis zum Holocaust Sitz einer jüdischen Gemeinde. Doch warum gerade Chelm zur Heimat einer sehr eigentümlichen Ansammlung von ›Weisen‹ wurde, ist ungeklärt. Entsprechungen zu Chelm finden sich auch in anderen Kulturen: zum Beispiel in Gotham in England oder Abdera in Griechenland oder Schilda in Deutschland. Die ›Schildbürgerstreiche‹ wurden im Jahre 1597 ins Jiddische übersetzt. Sie waren unter den Juden in Mittel- und Osteuropa sehr beliebt. Insofern ist es nicht auszuschließen, dass durch diese Geschichten auch die Chelmer Anekdoten und Witze angeregt wurden. Unabhängig davon gibt es in fast allen Länder der Welt eine Neigung, Mitmenschen lächerlich oder klein zu machen, um sich selbst an einer etwas höheren Stelle in der gesellschaftlichen Rangordnung positionieren zu können.

In den Chelmer Geschichten wird als typische Eigenheit der Chelmer der Mangel an gesundem Menschenverstand oder an Logik vermittelt; tatsächlich ist es aber umgekehrt: sie leiden an zu viel gesundem Menschenverstand. Chelmer suchen und finden Lösungen für ihre Probleme, die theoretisch oft sogar richtig sind, praktisch aber meistens nicht verwirklicht werden können.

Chelmer machen sich ständig Sorgen, manchmal sogar so viele, dass sie sich bereits Sorgen machen über die Sorgen, die sie sich machen …

Sorgenbeauftragter. Die Bürger von Chelm verbrachten einen großen Teil ihrer Zeit damit, sich Sorgen zu machen –

und sie nahmen sich dafür sogar so viel Zeit, dass sie schon bald begannen, sich darüber Sorgen zu machen, wie viele Sorgen sie sich machten.
Der Hohe Rat der Chelmer Weisen berief deshalb eine Sitzung ein, um diese ganze Sorgenmacherei zu besprechen und dafür eine Lösung zu finden. Sieben Tage und Nächte lang diskutierten die Chelmer Weisen das Problem, bis schließlich der Vorsitzende eine Lösung verkündete: Yossel, der Kaminkehrer, sollte zum offiziellen Sorgenbeauftragten Chelms ernannt werden. Für einen Rubel wöchentlich sollte er sich der Sorgen eines jeden Bürgers von Chelm annehmen. Die Mitglieder des Hohen Rates waren jedenfalls der Meinung, dass das die Ideallösung sei. Als über diesen Vorschlag abgestimmt werden sollte, erhob sich jedoch einer der Weisen, um sich dagegen auszusprechen, da schließlich die Frage ungeklärt sei, woher man diesen Rubel nehmen solle.
Da ertönte eine Stimme aus dem Hintergrund:
»Das wird Yosseles erste Sorge sein!«

Geschäft. Ein Mann aus Chelm kommt freudestrahlend zu seiner Frau:
»Rahel, stell dir vor, ich habe soeben unsere Kuh für sage und schreibe 300 Rubel verkauft!«
Die Ehefrau, skeptisch:
»Und hast du Bargeld oder einen Scheck bekommen?«
»Nichts von beidem: Zwei bunte Ostereier für je 150 Rubel.«

Pantoffeln. Ein Chelmer schreibt an seine Frau:
»Liebe Sarah,
bitte schick mir deine Pantoffeln.
Natürlich meine ich eigentlich meine und nicht deine Pan-

toffeln, aber wenn du liest ›meine Pantoffeln‹ dann denkst du, dass ich deine Pantoffeln haben möchte. Wenn ich aber schreibe ›deine Pantoffeln‹, dann liest du auch ›deine Pantoffeln‹ und verstehst, dass ich meine Pantoffeln meine – und wirst mir auch tatsächlich meine Pantoffeln schicken.
Also, liebe Sarah, bitte schick mir deine Pantoffeln.«

Steuerpflicht. Als Chelm zum Herrschaftsgebiet des russischen Zaren gehörte, wollte der Zar auch von den Chelmer Bürgern Steuern haben.
Zwei Chelmer unterhalten sich darüber:
»Das mit den Steuern verstehe ich nicht: Der Zar hat doch selbst genug Geld. Außerdem hat er sogar eine eigene Notendruckerei, so dass er sich so viele Rubel drucken lassen kann, wie er möchte. Warum will er also auch noch meine Rubel haben?«
Der andere:
»Nun, ich will dir ein Gleichnis erzählen: Es heißt, dass Gott jedesmal einen Engel erschafft, wenn ein Jude eine Wohltat tut. Niemand, auch du nicht, fragt, wieso Gott noch einen Engel braucht, obwohl er bereits Millionen Engel hat. Außerdem kann er auch alleine so viele Engel machen, wie er will. Jedenfalls braucht er dazu keine Wohltat eines Juden. Aber ihm ist ein Engel, der durch die Wohltat eines Juden entsteht, also zum Beispiel durch eine Wohltat von dir, lieber. Und genauso verhält es sich auch mit den Steuern. Natürlich kann der Zar so viele Rubel machen, wie er will – aber deine Rubel sind ihm lieber.«

Aktien im Keller. Ein Chelmer zu einem Freund:
»Mein Vermögensberater hat mich gestern angerufen und mir gesagt, dass meine Aktien im Keller stehen. Da habe ich ihm geantwortet: Na ja, wenn sie sich da besser halten …«

Briefmarke. Ein Chelmer bringt einen Brief zur Post.
Der Postbeamte:
»Der Brief ist zu schwer, Sie müssen noch eine zusätzliche Briefmarke draufkleben.«
Der Chelmer:
»Aber dann wird der Brief ja noch schwerer!?«

Chelmer Gefängnis. Der Rabbi von Chelm besucht das städtische Gefängnis. Als er hört, dass sich die meisten Gefangenen für unschuldig halten, ruft er den Hohen Rat der Gemeinde zusammen. Die Mitglieder des Hohen Rates sind über den Bericht des Rabbis sehr bestürzt. Nach langer Diskussion beschließen sie, zwei neue Gefängnisse zu bauen: eins für die Schuldigen und eins für die Unschuldigen.

Angeschmiert. Auf einer Straße in Chelm:
»Sind Sie Abram Rabinowitsch?« spricht jemand einen vorbeigehenden Mann an.
»Ja!« antwortet der.
Daraufhin schlägt der Fragesteller mit seiner Faust dem Mann ins Gesicht und rennt davon.
Der Getroffene drückt ein Taschentuch an seine blutige Nase und sagt zu einem Passanten, der die Sache beobachtet hat:
»Den habe ich aber angeschmiert! Ich bin doch gar nicht Abram Rabinowitsch!«

Schnellste Fortbewegungsmöglichkeit. Zwei Chelmer diskutieren über die schnellste Fortbewegungsmöglichkeit:
»Wenn ich dich richtig verstanden habe, dann ist man mit einem Einspänner in vier Stunden in Pinsk, stimmt das?«
»Genau! Das hast du völlig richtig verstanden.«
Der andere:

»Wenn das so ist, dann ist man mit zwei Pferden sogar in zwei Stunden da, stimmt das auch?«
»Absolut richtig!«
»Aber in diesem Fall wäre es doch dumm, mit nur einem Pferd zu reisen! Das einzig Vernünftige ist doch, man spannt vier Pferde an und ist *sofort* da.«
»Das stimmt zwar – aber warum sollte man sich in diesem Fall überhaupt die Mühe machen, nach Pinsk zu fahren?«

Butterbrot. Ein Chelmer zum Rabbi:
»Rabbi, bitte sagen Sie mir, warum fällt ein Butterbrot immer auf die mit der Butter bestrichene Seite?«
Der Rabbi:
»Das muss absolut nicht immer so sein. Wie kommst du denn überhaupt auf so einen Unsinn?«
»Das ist ein altes Gesetz!«
»Blödsinn, machen wir doch gleich die Probe.«
Darauf nimmt sich der Rabbi ein Butterbrot und wirft es hoch in die Luft – und tatsächlich fällt es mit der bestrichenen Seite – nach *oben*!
Der Rabbi:
»Siehst du, was du behauptest, ist völliger Unsinn!«
»Nein, nein«, antwortet der Chelmer, »das Gesetz ist unumstößlich. In diesem Fall wurde das Brot auf der falschen Seite bestrichen.«

Zalmann. Im Zug auf dem Weg nach Chelm.
Ein Chelmer spricht den gegenüber von ihm sitzenden Mitreisenden an:
»Zalmann! Was ist aus Ihnen geworden? Es ist schon sehr lange her, dass ich Sie das letzte Mal gesehen habe.«
Der Mitreisende:
»Moment – ich bin …«

Der Chelmer:
»Oh! – ich komme wirklich nicht darüber hinweg, wie Sie sich verändert haben! Sie waren doch früher so groß, gebaut wie ein Ochse! Und jetzt sind Sie sogar kleiner und schmächtiger als ich. Was ist los? Sind Sie etwa krank, Herr Zalmann?«

Der Mitreisende:
»Moment – bitte warten Sie doch ... ich bin ....«

Der Chelmer:
»Und was ist bloß mit Ihren Haaren passiert? Sie hatten doch früher schwarze Haare – und jetzt sind Sie blond! Außerdem sind es viel mehr Haare, als Sie früher hatten! Zalmann, Zalmann – was ist nur aus Ihnen geworden!?«

Der Mitreisende:
»Aber ich versuche Ihnen doch die ganze Zeit zu erklären: Ich bin nicht Zalmann!«

Der Chelmer:
»Was? Ihren Namen haben Sie auch geändert? Wie heißen Sie denn jetzt, Herr Zalmann?«

Geschäftliches

Der Ruf der Juden, besonders geschäftstüchtig zu sein, ist geradezu sprichwörtlich. Dabei sollte man jedoch berücksichtigen, dass neben bestimmten persönlichen Voraussetzungen – klarer, analytisch denkender und geschulter Verstand sowie gute rhetorische Fähigkeiten – auch repressive, diskriminierende Berufsgesetze einen erheblichen Anteil an der Entstehung dieses Rufes hatten. So war den Juden über Jahrhunderte, vom 13. bis zum 18. Jahrhundert, die Ausübung vieler Berufe sowie der Zutritt zu den Handwerkerzünften gesetzlich untersagt.

Ebenfalls untersagt waren das Studium an den Universitäten und die Ausübung akademischer Berufe.

Andererseits hielten sich die meisten Christen bis zum späten Mittelalter an das biblische Zinsverbot, das im 8. Jahrhundert durch römische Konzile zu einem grundsätzlichen Verbot von Zinsgeschäften (Kredit- und Bankgeschäfte) für Christen ausgeweitet worden war.

Durch diese staatlichen und kirchlichen Eingriffe ergab sich innerhalb der jüdischen Bevölkerung beinahe zwangsläufig eine besondere Konzentration auf das Geld- und Handelsgewerbe. Dies änderte sich erst, als im Zuge der Französischen Revolution – mit großer zeitlicher Verzögerung – im Jahr 1871 auch in Deutschland offiziell die letzten antijüdischen Gesetze aufgehoben wurden.

Börsenmakler. Ein Kunde fragt seinen Börsenmakler:
»Was soll ich tun: Kaufen oder verkaufen?«
Der Makler:

»Ganz klar: Kaufen Sie!«
Der Kunde:
»Eigentlich dachte ich aber daran zu verkaufen.«
Darauf der Makler:
»Verkaufen? Nu, verkaufen ist auch nicht schlecht.«

Erdnüsse. Levy betreibt seit einiger Zeit genau gegenüber dem Bankhaus Rothschild einen Erdnuss-Verkaufsstand. Eines Tages kommt ein stadtbekannter Pleitier zu ihm und bittet ihn um ein Darlehen.
Darauf Levy:
»Das tut mir sehr leid, wenn du mich etwas früher gefragt hättest, dann hätte ich dir selbstverständlich ein Darlehen gegeben. Inzwischen habe ich aber mit Rothschild eine Vereinbarung abgeschlossen: Er verkauft keine Erdnüsse, und ich gebe keine Darlehen.«

Konkursquote. Cohn hat Konkurs angemeldet. Die Konkursquote beträgt dreißig Prozent.
Sein Freund Levy, der auch zu seinen Gläubigern gehört, macht ihm schwere Vorwürfe:
»Und mich, deinen besten Freund, willst du etwa auch schädigen?«
»Nein, nein, keine Sorge, zwar biete ich meinen Gläubigern nur dreißig Prozent, du aber sollst deine Ware vollständig und unbeschädigt zurückerhalten!«
Der überraschte Levy überlegt kurz, dann sagt er:
»Nu, dann gib mir lieber die dreißig Prozent.«

Komponist. Im Schaufenster der Zoohandlung ›Grün & Sohn‹ steht ein Käfig mit zwei Vögeln. Der eine Vogel sitzt stumm in der Ecke, während der andere fröhlich ein Liedchen nach dem anderen trällert.

Ein Kunde betritt das Geschäft und zeigt auf den laut singenden Vogel:
»Ich möchte diesen talentierten Sänger kaufen!«
»Das geht leider nicht. Ich verkaufe beide Vögel nur zusammen.«
»Den stummen Vogel will ich aber nicht! Können Sie denn keine Ausnahme machen?«
»Es tut mir sehr leid, aber das kann ich wirklich nicht. Der eine Vogel ist zwar der bessere Sänger – der andere ist aber der Komponist.«

Foxterrier. Ein reicher Kaufmann will seiner Frau eine Geburtstagsüberraschung bereiten und ihr einen Hund schenken.
Zu seinem Assistenten sagt er:
»Du musst mir unbedingt einen Foxterrier besorgen, und zwar bis spätestens morgen!«
»Kein Problem«, antwortet der Assistent, »das erledige ich doch gerne. Nur: Einen Foxterrier bekommt man unmöglich unter 20 Rubel.«
»Gut – hier hast du die 20 Rubel.«
Hochzufrieden geht der Assistent nach Hause. Zu Hause will seine Frau die Neuigkeiten vom Tage wissen.
»Stell mir bitte keine Fragen! Ich habe heute ein ausgezeichnetes Geschäft gemacht! Jetzt muss ich nur noch in Erfahrung bringen, was ein Foxterrier ist.«

Arbeiten. Zwei Freunde treffen sich nach längerer Zeit wieder:
»Was macht eigentlich der Cohn?«
»Der arbeitet.«
»Typisch jüdisch: Für Geld macht der alles.«

Stuhl. Mandelbaum beschwert sich im Möbelgeschäft: »Vorgestern habe ich bei Ihnen einen Stuhl gekauft – und gestern ist er schon zusammengebrochen!«
Der Verkäufer, nach kurzem Nachdenken:
»Hat sich da vielleicht jemand daraufgesetzt?«

Halber Preis. Cohn geht am Sabbat an einem koscheren Fleischerladen vorbei. Der Ladenbesitzer ruft ihm leise zu:
»Heute verkaufe ich alles zum halben Preis!«
Darauf Cohn:
»Was? Am Sabbat machst du Geschäfte?«
Der Ladenbesitzer:
»Verkaufen zum halben Preis – das nennst du etwa ›Geschäfte‹?«

Orkan. Zwei Geschäftsleute unterhalten sich auf der Strandpromenade von Miami Beach.
Der erste:
»Meine Fabrik ist im vorigen Jahr abgebrannt. Zum Glück war ich aber für zehn Millionen Dollar versichert.«
Darauf der andere:
»Mir ist etwas ähnliches passiert: Mein Großmarkt ist vor drei Jahren von einem Orkan verwüstet worden. Auch ich war für viele Millionen versichert.«
»Gratuliere!« sagt der erste daraufhin. »Aber verraten Sie mir bitte: Wie haben Sie es denn geschafft, einen Orkan zu entfesseln?«

Versichert. Finkelstein, von Beruf Versicherungsvertreter, will sich taufen lassen. Zum vereinbarten Termin geht er ins Pfarrbüro, wo er mit dem Pfarrer einen Termin vereinbart hat. Sein Freund Itzik wartet draußen. Nach über einer

Stunde kommt Finkelstein schweißgebadet aus dem Pfarrhaus.
Sein Freund Itzik, neugierig:
»Und, wie war es? Hat er dich getauft?«
Finkelstein:
»Nein, getauft hat er mich zwar nicht, aber ich habe ihn *versichert.*«

Ausverkauf. Der Prokurist zu seinem Chef:
»O weh! Über tausend Sommerhosen sind nicht verkauft worden. Was sollen wir jetzt tun?«
»Nu, dann verkaufen wir die Hosen mit einem kleinen Preisnachlass an Händler in der Provinz. So werden wir sie schon los.«
Der Prokurist:
»Gut, aber wir müssen noch etwas anderes machen: Wir schicken an jeden Händler zehn Hosen, berechnen aber nur acht. Die Händler werden sich über den Irrtum freuen, die Ware behalten und außerdem noch schnell bezahlen.«
Zwei Wochen später. Der Chef vorwurfsvoll zu seinem Prokuristen:
»Sie Idiot, was haben Sie mir nur eingebrockt! Kein Händler hat die Ware behalten. Aber alle haben nur *acht* Hosen zurückgeschickt!«

Schulden. Gespräch zwischen zwei alten Freunden:
»Meine Schulden ruinieren mich!«
»Dann heirate doch reich!«
»Unsinn, wenn meine Gläubiger Geld brauchen, sollen sie doch gefälligst selbst heiraten!«

Kredit. Zwei Handelsreisende unterhalten sich:
»Es gibt Dinge, die verstehe ich nicht: Wenn ich auf Ge-

schäftsreise bin, bekomme ich keinen Kredit, weil mich *keiner* kennt. Und zu Hause bekomme ich keinen Kredit, weil mich *jeder* kennt.«

Kapital. Der elfjährige David zu seinem Großvater:
»Großvater, was versteht man eigentlich unter ›Kapital‹ und was unter ›Arbeit‹?«
»Nu, das ist ungefähr so: Wenn ich mir beim Rothschild 1000 Gulden leihe, dann habe ich Kapital. Wenn der Rothschild aber später das Geld von mir zurückhaben will, dann hat er Arbeit.«

Buchhalter. Mandelbaum hat seinen christlichen Buchhalter entlassen. Jetzt sucht er einen neuen. Da er am liebsten einen jüdischen Buchhalter hätte, fragt er zuerst den Cohn:
»Lieber Cohn, haben Sie Interesse, die Stelle meines früheren Buchhalters zu übernehmen? Ich biete Ihnen jeden Monat 300 Rubel Lohn. Das sind 100 Rubel mehr, als ich bisher bezahlt habe.«
Darauf Cohn:
»Darf ich Ihnen einen anderen Vorschlag machen? Ich beschaffe Ihnen einen neuen christlichen Buchhalter zum alten Honorar – und mir zahlen Sie jeden Monat 50 Rubel, also die Hälfte dessen, was Sie mir mehr zahlen wollten.«

Geschenk. Ein stadtbekannter Bankrotteur zu Rothschild:
»Bitte, Baron Rothschild, würden Sie mir für zwei Tage 20 Rubel leihen? Damit könnte ich ein wirklich gutes Geschäft machen.«
Darauf Rothschild:
»Und wie viel würdest du bei deinem ›guten Geschäft‹ verdienen?«

»10 Rubel!«
Rothschild: »Weißt du was: Ich werde dir jetzt 10 Rubel schenken, dann haben wir beide 10 Rubel verdient.«

Geldverleiher. Blau geht zum Geldverleiher, um sich 100 Rubel zu leihen. Ohne große Formalitäten bekommt er auch das Geld, verpflichtet sich aber, in einem Jahr 200 Rubel zurückzuzahlen. Als Sicherheit verlangt der Geldverleiher, dass er seine Armbanduhr als Pfand hinterlegt.
Bevor Blau das Büro des Geldverleihers verlässt, sagt der zu ihm:
»Mein lieber Blau, meinst du nicht auch, dass es für dich in einem Jahr vielleicht sehr schwer sein könnte, die 200 Rubel an mich zurückzuzahlen? Und wäre es deshalb nicht besser, wenn du jetzt schon mal 100 Rubel als Anzahlung hier lassen würdest?«
Blau denkt kurz nach, dann gibt er dem Geldverleiher die 100 Rubel. Auf dem Heimweg überlegt Blau noch einmal alles ganz genau:
»Irgendetwas stimmt doch nicht: Jetzt habe ich immer noch kein Geld, bin meine Armbanduhr los, habe 100 Rubel Schulden … und der Mann hat auch noch recht.«

Kredit. Grün hat sein Geschäft auf Kredit aufgebaut. Und das macht er so: Er borgt sich bei einer Bank Geld und zahlt dieses Darlehen zurück, indem er bei einer anderen Bank eine entsprechend höhere Summe ausleiht. Diesen Kredit bezahlt er wiederum mit einem neuen Darlehen von einer dritten Bank – und so weiter und so weiter.
Eines Tages stellt Grün seine Zahlungen ein. Alle machen ihm schwere Vorwürfe.
Grün zu seiner Frau:
»Ich mag nicht mehr hin und her laufen! Warum sind denn

die Banken so faul? Sollen sie doch selber laufen und sich gegenseitig auszahlen!«

Namensänderung. Isaak Mandelbaum, Angestellter eines renommierten Bankhauses in Krakau, will seinen jüdisch klingenden Namen ändern lassen, um seine beruflichen Aufstiegsmöglichkeiten zu verbessern. Er wendet sich deshalb an die für solche Angelegenheiten zuständige Behörde.
Nachdem Mandelbaum sein Anliegen vorgetragen hat, fordert ihn der Beamte auf, sich von seinen Vorgesetzten den Grund für seinen Namensänderungswunsch schriftlich bestätigen zu lassen.
Einige Tage später erscheint Mandelbaum wieder in der Behörde und legt dem Beamten folgendes Schreiben vor:
›Gerne bestätigen wir Herrn Isaak Mandelbaum, dass sich sein Name für sein berufliches Weiterkommen sehr nachteilig auswirkt.
gez. Samuel Goldberg, Generaldirektor
Shlomo Teitelbaum, Abteilungsleiter‹

Geschäftsname. Kaffeehausgespräch:
»Wie gehen denn Ihre Geschäfte?«
»Meine Geschäfte? Nu, meine Geschäfte *gehen* auf den Namen meiner Frau.«

Gewinn der Post. Der achtjährige David zu seinem Großvater:
»Großvater, folgendes verstehe ich nicht: Die Post verkauft zehn Kopeken Briefmarken für genau zehn Kopeken. Wo bleibt da der Verdienst? Wovon lebt denn eigentlich die Post?«
Der Großvater, nach kurzem Nachdenken:

»Nu, mein Enkelsohn, überleg doch einmal: Ein Brief für zehn Kopeken darf ein bestimmtes Höchstgewicht haben. Viele Briefe sind aber leichter. Und in der Differenz zwischen dem erlaubten Höchstgewicht und dem tatsächlichen Gewicht, genau da liegt der Gewinn der Post.«

Wer ist im Geschäft. Moische Silbermann, Inhaber eines kleinen Gemischtwarenladens, liegt im Sterben. Er hat die Augen bereits halb geschlossen, und man hört ihn nur noch leise stöhnen. Seine ganze Familie ist bei ihm.
Da fragt Moische mit schwacher Stimme:
»Sarah, meine geliebte Frau, bist du da?«
»Ja, mein lieber Mann!«
»David, mein Sohn, bist du auch da?«
»Ja, mein Vater.«
»Rahel, meine Tochter, bist auch du da?«
»Ja, mein guter Vater.«
»Und du, Lea, meine zweite Tochter, bist du auch da?«
»Ja, mein Vater.«
Da richtet sich der Sterbende mit letzter Kraft auf und fragt mit lauter Stimme:
»Und wer ist im Geschäft?!«

Gläubiger. Cohn liegt im Sterben. Mühsam diktiert er seinem Buchhalter die Namen aller Schuldner.
»Aber«, fragt der Buchhalter, »was ist denn mit den Namen der Gläubiger?«
Cohn:
»Wozu? Die melden sich doch von allein.«

Darlehen. Blau und Grün treffen sich auf der Straße.
Blau zu Grün:
»Wirklich schön, dich zu sehen, mein alter Freund! Bit-

te entschuldige, aber kannst du mir vielleicht 50 Rubel leihen?«
Grün:
»Bitte, hier hast du 50 Rubel.«
Ein paar Tage später begegnen sich die beiden zufällig wieder.
Blau:
»Mein lieber Grün, schulde ich dir nicht 50 Rubel?«
»Ja, das stimmt.«
»Dann gib mir noch 50 dazu, dann sind es glatt 100 Rubel.«
Grün gibt ihm wortlos die 50 Rubel und verabschiedet sich höflich. Ein paar Tage danach treffen sich die beiden schon wieder auf der Straße.
»Guten Tag, mein lieber Grün, ich schulde dir doch 100 Rubel, bitte, leih mir noch 100 dazu, dann sind es genau 200 Rubel.«
Und wieder gibt ihm Grün kommentarlos das Geld. Nach zwei Wochen begegnen sich die beiden erneut.
Sagt Blau:
»Lieber Grün, ich schulde dir doch 200 Rubel ...«
Da unterbricht ihn Grün:
»Nein!«

Nur Verluste. Gespräch zwischen zwei alten Freunden:
»Seit einiger Zeit mache ich in meinem Geschäft jeden Tag nur noch Verlust.«
»Und wovon lebst du?«
»Nu, samstags und sonntags habe ich geschlossen.«

Nur Verluste. Gespräch zwischen zwei alten Freunden:
»O weh! Seit einiger Zeit mache ich in meinem Geschäft nur noch Verluste.«

»Warum machst du denn das Geschäft nicht zu?«
»Aber wovon soll ich dann leben?«

Zu Hause. Zwei alte Freunde treffen sich zufällig auf der Straße:
»Kannst du mir vielleicht etwas Geld leihen?«
Der andere:
»Tut mir wirklich sehr leid, aber ich habe leider kein Geld bei mir.«
»Und zu Hause?«
»Nu, zu Hause geht es allen gut.«

Verkaufsgespräch. Ein Kunde fragt:
»Warum kostet der Wodka denn bei Ihnen zehn Rubel? Ihr Konkurrent auf der anderen Straßenseite verkauft denselben Wodka für acht Rubel!«
»Dann kaufen Sie den Wodka doch bei ihm!«
»Na ja – der hat leider im Augenblick keinen Wodka mehr.«
Der Ladenbesitzer:
»Nu, wenn ich *keinen* Wodka mehr habe, dann kostet er bei mir auch nur acht Rubel.«

Gehalt. Der Angestellte zu Baron Rothschild:
»Wenn mir der Hinweis erlaubt ist: Mein Gehalt entspricht nicht meinen Fähigkeiten.«
Baron Rothschild:
»Ich weiß, aber ich kann Sie doch nicht verhungern lassen.«

Änderung. Frau Blau probiert in einem Damenmodengeschäft ein Kleid an.
»Mit einer kleinen Änderung würde ich das Kleid gerne nehmen«, sagt sie schließlich zur Verkäuferin.

»Und was soll geändert werden?«
»Der Preis.«

Hungersnot. In Russland gibt es eine große Hungersnot. Um die Bevölkerung vor Spekulanten zu schützen, hat die Regierung Höchstpreise für Lebensmittel beschlossen. Trotzdem verkauft Blau Gänse zu weit überhöhten Preisen.
Grün will es ihm nachmachen. Er annonciert in der Zeitung: ›Gänse für 200 Rubel pro Stück.‹ Noch am selben Tag werden seine Gänse von der Polizei beschlagnahmt. Am Abend geht Grün zu Blau und erzählt ihm die Geschichte.
Darauf Blau:
»Das hast du aber auch völlig falsch angefangen. Ich mache das ganz anders, ich annonciere: ›Am Sonntag habe ich vor dem Rathaus 200 Rubel verloren. Der ehrliche Finder erhält von mir eine Gans.‹«

Gesellschaftsvertrag. Schlussklausel im Gesellschaftsvertrag der Firma ›Geldmacher & Sohn‹:
›Sollte die Firma pleitegehen, wird der *Gewinn* unter den Gesellschaftern geteilt.‹

Selten und billig. Der zwölfjährige David wird von seinem Vater in die Geschäftskunst eingeführt:
»Merke dir: Alles was selten ist, ist auch teuer. Ein gutes Pferd ist zum Beispiel selten, deshalb ist es auch teuer.«
Darauf David:
»Aber ein gutes Pferd, das dazu auch noch billig ist, ist doch noch seltener?«

Spekulation. David zu seinem Vater:
»Tate, was versteht man eigentlich unter ›Spekulation‹?«

»Nu, das kann ich dir leicht erklären: Zurzeit erzielen zum Beispiel Eier einen sehr hohen Preis. Also kaufst du Hühner. Da kommt ein Hochwasser und alle Hühner ertrinken. Hättest du eben besser Enten kaufen sollen.«

Spekulation. David zu seinem Vater:
»Wer darf denn eigentlich ›spekulieren‹?«
»Nu, das kann ich dir leicht erklären:
Wer *viel* Geld hat, der *kann* spekulieren.
Wer *wenig* Geld hat, der *darf nicht* spekulieren.
Und wer *kein* Geld hat, der *muss* spekulieren.«

Ethik. David fragte seinen Vater:
»Tate, was versteht man eigentlich unter ›Ethik‹?«
»Nu, das kann ich dir leicht erklären. Stell dir vor: Gestern hat ein Kunde sein Wechselgeld auf der Ladentheke liegen gelassen, und jetzt weiß ich wirklich nicht, was ich machen soll: Kann ich es behalten, oder muss ich es mit meinem Kompagnon teilen?«

Nichtaufzuchtsprämie. Blau hat erfahren, dass man für die *Nichtaufzucht* von Kühen vom Staat eine Geldprämie bekommt. Sofort schreibt er an das zuständige Ministerium:
»Ich habe gehört, dass man für die Nichtaufzucht von Kühen eine Prämie bekommt. Ich bitte um nähere Auskünfte, da ich auch in dieses Geschäft einsteigen möchte. Ich würde zunächst mit der Nichtaufzucht von 100 Kühen anfangen. Eventuell wäre ich aber auch bereit, mein Geschäft auf die Nichtaufzucht von 1000 Kühen auszuweiten. Mit freundlichen Grüßen«

Wechselgeld. Grün sitzt den ganzen Tag in seinem Laden und wartet auf Kunden. Aber keiner kommt. Doch kurz be-

vor er abends sein Geschäft schließen und nach Hause gehen will, betritt ein Mann, der es sehr eilig hat, den Laden und verlangt einen einzelnen Briefumschlag.
»Das macht zwanzig Kopeken«, sagt Grün.
Der Kunde legt einen Rubel auf die Theke und sagt:
»Den Rest können Sie behalten – ich bin sehr in Eile!«
Zu Hause will Frau Grün von ihrem Mann die Tagesneuigkeiten aus dem Geschäft wissen.
»Nu«, antwortet Grün, »der Umsatz war zwar nicht besonders hoch – aber der *Gewinn*!«

Haupteingang. In drei nebeneinanderliegenden Häusern werden innerhalb von wenigen Tagen drei Gemischtwarenläden eröffnet. Cohn eröffnet sein Geschäft als letzter.
Über dem ersten Schaufenster steht:
›Wer für 100 Rubel kauft, erhält 10 Prozent Rabatt!‹
Über dem zweiten Schaufenster:
›Wer für 100 Rubel kauft, erhält 20 Prozent Rabatt!‹
Und über den Eingang seines Geschäftes schreibt Cohn:
›HAUPTEINGANG‹.

Geschäftseinweisung. Grün, Besitzer eines Optiker-Fachgeschäftes, führt einen neuen Verkäufer ins Geschäft ein:
»Also, wenn ein Kunde kommt und fragt, was eine bestimmte Brille kostet, sagen Sie: ›Zehn Rubel‹. Wenn der Kunde dann mit keiner Wimper zuckt, sagen Sie: ›Natürlich nur das Gestell!‹ Dann wird der Kunde fragen, was denn die Gläser kosten. Sie sagen: ›Fünf Rubel‹. Und wenn der Kunde wieder nicht zuckt, dann sagen Sie: ›Pro Glas‹.«

Geldgeruch. Cohn, ein ehemals sehr wohlhabender Pelzhändler, ist pleite. Mit dem Zug fährt er in die nächste Kreisstadt, um beim Amtsgericht Konkurs anzumelden. Für die-

sen Anlass, für ihn als traurigen Anlass hat er seinen schwarzen Feiertagsanzug angezogen. Im Abteil sitzt ihm ein alter Mann in ziemlich abgerissener Kleidung gegenüber. Nachdem der Alte den Cohn in seinem schönen Anzug eine Weile betrachtet hat, sagt er zu ihm:
»Sie *riechen* aber ganz schön nach Geld!«
Darauf Cohn, ganz leise zu sich selbst:
»Wie schön, dass mir wenigstens noch der *Geruch* geblieben ist.«

Prolongieren. Zwei Getreidehändler unterhalten sich:
»Wie gehen die Geschäfte?«
»Nu, man *prolongiert* sich so durch.«

Geschäfte in der Synagoge. Der alte Goldberg, ein steinreicher New Yorker Börsenmakler, zu seinem nichtjüdischen Assistenten:
»Heute ist Jom Kippur. Das ist der höchste Feiertag für uns Juden. Deshalb gehe ich jetzt zum Beten in die Synagoge. Bitte stören Sie mich dort auf keinen Fall!«
Kaum ist Goldberg aus dem Büro, kommt ein Anruf von der Börse. Der Anrufer teilt dem Assistenten mit, dass der Kurs der General Motors Aktien gerade um 10 Prozent gefallen sei. Aufgeregt schaut der Assistent abwechselnd auf seine Uhr und in Richtung Synagoge.
Nach zehn Minuten ein zweiter Anruf: Der Kurs sei jetzt bereits um 20 Prozent gefallen. Der Assistent ist jetzt außerordentlich beunruhigt.
Und als nach weiteren zehn Minuten erneut das Telefon klingelt und der Anrufer ihm sagt, dass der Kurs jetzt sogar schon um 30 Prozent gefallen sei, hält er es nicht mehr aus: Schnell zieht er seinen Mantel an und läuft zur Synagoge. Dort trifft er seinen Chef, tief versunken in ein Gebet. Der

Assistent unterbricht ihn mit lautem Getöse, bittet um Verzeihung und erzählt ihm alle Neuigkeiten.
Darauf Goldberg, verärgert:
»Junger Mann, Sie haben drei große Fehler gemacht: Erstens haben Sie mich in meinem Gebet gestört. Zweitens haben Sie auch meine Glaubensbrüder in ihrem Gebet gestört. Und drittens ist der Kurs der General Motors Aktien *hier* schon wieder um 15 Prozent gestiegen!«

Bankier. David fragt seinen Vater:
»Tate, was ist eigentlich ein ›Bankier‹?«
»Das kann ich dir leicht erklären: Ein Bankier ist ein Mann, der bei schönem Wetter Regenschirme verleiht und sie bei schlechtem Wetter wieder zurückfordert.«

Geschäftskunst. David zu seinem Großvater:
»Großvater, was versteht man eigentlich unter ›Geschäftskunst‹?«
»Nu, das kann ich dir leicht erklären: Jemandem etwas zu verkaufen, was der will und was man hat, das ist wirklich keine Kunst. Aber jemandem etwas zu verkaufen, was der eigentlich *nicht* will und was man selbst auch nicht hat: Das ist Geschäftskunst!«

Festpreise. In einem Kiewer Modegeschäft:
»Was kostet denn diese Hose?« fragt der Kunde.
Der Verkäufer:
»In unserem Geschäft gibt es nur Festpreise. Ich sage deshalb nicht 25, nicht 24, nicht 23, nicht 22, sondern sofort 20 Rubel.«
Der Kunde:
»Und ich handle nicht. Deshalb sage ich nicht 10, nicht 11, nicht 12, nicht 13, sondern gleich 14 Rubel.«

Der Verkäufer zur Kassiererin:
»Packen Sie bitte dem Herrn die Hose für 15 Rubel ein!«

Börsencrash. Nach dem großen Börsencrash im Jahre 1929.
»Wie rufst du denn jetzt den früheren Aktienhändler vom Bankhaus Salomon & Sohn?«
»Nu, ganz einfach: He, Kellner!«

Pleitegerede. Seit ein paar Wochen reden die Leute sehr übel über Cohn und behaupten, dass er pleite sei.
Cohn ist entsetzt. In seiner Not wendet er sich an den Gemeinderabbi:
»Rabbi, ich habe eine Million Rubel auf der Bank, aber die Leute behaupten, ich sei pleite. Was soll ich nur tun?«
»Mein lieber Cohn«, antwortet der Rabbi, »es tut mir wirklich sehr leid, aber wenn die Leute *behaupten,* dass du pleite bist, dann wirst du auch bald pleite sein.«

Froschschenkelsuppe. In Moskau ist ein neues Feinschmecker-Restaurant eröffnet worden. Die Spezialität des Hauses ist eine besonders preiswerte Froschschenkelsuppe, die auch in großen Mengen verkauft wird.
Eines Tages fragt ein Freund den Restaurantbesitzer:
»Sag mal: Wie schaffst du es eigentlich, so große Portionen Froschschenkelsuppe zu so günstigen Preisen anzubieten?«
»Na ja, unter uns: Ich *strecke* ein wenig.«
»Was heißt denn ›strecken‹? Strecken womit?«
»Ich strecke ein wenig mit Pferd.«
»Und wie streckst du?«
»Nu, ich strecke fünfzig zu fünfzig: Ein Froschschenkel, ein Pferd, ein Froschschenkel, ein Pferd …«

Gartengröße. Ein Makler hat ein Haus mit Garten annonciert.
Bei der Besichtigung fragt der Interessent verärgert:
»Nennen Sie das etwa ›Garten‹? Nur drei Meter breit und zwei Meter lang?!«
Der Makler:
»Zugegeben: Die Länge und die Breite sind nicht besonders groß. Aber bitte, berücksichtigen Sie doch auch die *Höhe.*«

Fächer. In der Ukraine ist Hochsommer. Frau Grün will sich einen Papierfächer kaufen, um damit ihr Gesicht etwas kühlen zu können. Sie geht deshalb in einen Gemischtwarenladen und sieht sich verschiedene Modelle an. Schließlich wendet sie sich an den Ladenbesitzer und zeigt auf einen besonders schönen Fächer:
»Was kostet denn dieser Fächer hier?«
»Zwei Rubel.«
»Oh – so teuer?! Und was kostet der?«
»Fünfzig Kopeken.«
»Das ist mir immer noch ein bisschen zu viel. Haben Sie denn auch einen billigen?«
»Ja, hier vorne: Der kostet nur zehn Kopeken.«
Frau Grün denkt kurz nach – dann entscheidet sie sich für den billigen Fächer. Zufrieden geht sie nach Hause. Doch gleich beim ersten Ausprobieren zerreißt der Fächer! Am nächsten Tag bringt sie ihn zurück.
»Was haben Sie denn mit dem Fächer gemacht?« fragt der Ladenbesitzer.
»Nichts besonderes, ich habe ihn nur ein bisschen vor meinem Kopf hin und her gewedelt.«
Der Ladenbesitzer:
»O weh! So etwas können Sie vielleicht mit einem Fächer machen, der zwei Rubel kostet. Einen Fächer für zehn Kope-

ken dürfen Sie aber nur ganz ruhig halten – und dazu müssen Sie dann Ihren Kopf hin und her bewegen.«

Erfahrung. Zwei alte Freunde:
»Wie kommt es eigentlich, dass Cohn dich zum Kompagnon gemacht hat?«
»Das ist doch ganz einfach: *Ich* habe die Erfahrung – und *er* das Geld. Na ja, bald wird *er* die Erfahrung haben – und *ich* das Geld.«

Sicherer Schuldner. Mandelbaum schickt seinen Kassierer zum säumigen Kunden. Nach einer Stunde ist der Kassierer wieder zurück.
»Und hat er bezahlt?« fragt Mandelbaum neugierig.
»So gut wie.«
»Was verstehen Sie denn unter ›so gut wie‹?«
»Nu, das ist so: Der Sohn unseres Schuldners ist im Gymnasium. Später wird er seinen Doktor machen und eine reiche Frau heiraten. Und sobald er die Mitgift hat, wird er seinem Vater das Geld geben – und dann wird der es uns geben.«

Fensterplatz. Blau trifft nach vielen Jahren seinen alten Freund Grün wieder. Dem Grün geht es finanziell sehr schlecht:
»Mir geht es so schlecht, dass ich manchmal noch nicht einmal weiß, wie ich mein Essen bezahlen soll.«
Darauf Blau:
»Was hast du denn überhaupt für Einkünfte?«
»Nu, wenn ein Fackelzug, eine Prozession oder etwas ähnliches stattfindet, dann vermiete ich Plätze am Fenster meiner Wohnung.«
»Aber wo du wohnst, da geht doch nie ein Fackelzug oder eine Prozession vorbei?«

»Das stimmt. Jetzt kannst du dir auch ungefähr vorstellen, wie schlecht es mir geht.«

Ebbe. Mandelbaum macht zum ersten Mal Urlaub am Meer. Im Kurhaus bestellt er ein warmes Bad – gegen Aufpreis sogar als Meerwasserbad. Am Abend sieht er aus seinem Zimmerfenster und blickt fassungslos auf das infolge der Ebbe zurückgegangene Meer.
Zu sich selbst sagt er:
»Mein Gott, was machen die für einen Umsatz.«

Wechsel. Ein Händler zu seinem Lieferanten:
»Ich zahle die Hälfte in bar und die andere Hälfte in Wechseln.«
»Die Wechsel nehme ich nicht, die sind mir zu unsicher«, antwortet der Lieferant.
»Was heißt denn hier ›unsicher‹? Die sind sicherer als Bargeld! Das Geld haben Sie doch morgen schon wieder ausgegeben – dagegen meine Wechsel, die bleiben Ihnen, Ihren Kindern und sogar noch Ihren Kindeskindern erhalten.«

Kuhhandel. Blau verkauft seine einzige Kuh an den Grün. Nach einiger Zeit verkauft Grün die Kuh mit einem kleinen Aufschlag wieder an den Blau, der sie dann wiederum mit einem Aufschlag an den Grün verkauft und so weiter und so weiter. So geht das einige Jahre.
Eines Tages kommt Blau zum Grün und sagt:
»Stell dir vor, ich habe die Kuh gestern zu einem wirklich sensationellen Preis an einen Bauern aus dem Nachbarort verkauft!«
Darauf Grün, ganz blass:
»O weh! Wovon sollen wir denn in Zukunft leben?«

Pech. Grün auf die Frage, warum er mit seinem Geschäft pleitegemacht hat:
»Nu, zuerst hatte ich kein Glück – und dann kam auch noch das Pech dazu.«

Schulden. »Was würdest du tun, wenn du so viel Geld hättest wie Rothschild?« fragt Grün den Blau.
»Nu, diese Frage könnte ich leicht beantworten, aber viel interessanter ist doch die Frage, was Rothschild tun würde, wenn er so *wenig* Geld hätte wie ich.«

Einlaufen. Der Lehrling zum Ladenbesitzer:
»Der Kunde fragt, ob das Hemd beim Waschen einläuft? Es ist ihm nämlich etwas zu groß.«
»Haben wir denn noch eine kleinere Größe vorrätig?«
»Leider nein.«
»Warum fragst du dann? Natürlich läuft das Hemd beim Waschen ein.«

Prozentrechnen. Zwei ehemalige Klassenkameraden unterhalten sich:
»Ich habe gehört, dass du sehr reich geworden bist. Wie hast du das eigentlich gemacht – du warst doch im Rechnen gar nicht so gut in der Schule?«
»Nu, ich mache in Kisten. Ich kaufe eine Kiste für 10 Rubel und verkaufe sie wieder für 20 Rubel. Und von den 10 Prozent kann ich gut leben.«

Konkurrenz. Zwei alte Freunde treffen sich nach langer Zeit:
»Wo arbeitest du eigentlich?«
»Nirgendwo!«
»Und was tust du so?«

»Gar nichts!«
»Und, ist das eine interessante Beschäftigung?«
»Sehr interessant sogar – aber viel Konkurrenz.«

Baisse-Spekulant. David zu seinem Vater:
»Tate, was ist eigentlich ein ›Baisse-Spekulant‹?«
»Nu, ein Baisse-Spekulant ist jemand, der sich *selbst* eine Grube gräbt, in die *andere* hineinfallen.«

Hausse und Baisse. Ein erfahrener Börsenspekulant zu einem jungen Kollegen:
»Eine Hausse wird in der Baisse geboren, wächst in der Skepsis, altert im Optimismus und stirbt in der Euphorie.«

Hausse und Baisse. David zu seinem Vater:
»Tate, was versteht man eigentlich unter einer ›Hausse‹ und was unter einer ›Baisse‹?«
Der Vater:
»Nu, das kann ich dir leicht erklären: Eine Hausse, das ist Champagner, Kaviar, teure Autos und schöne Frauen. Eine Baisse, das ist ein Glas Bier, ein Paar Würstchen, die Straßenbahn und deine Mama.«

Ziegenhäute. Gespräch zwischen zwei jungen Spekulanten:
»Ich mache im Augenblick wirklich gute Geschäfte. Stell dir vor: Vergangene Woche habe ich an der Börse für 1000 Rubel Ziegenhäute gekauft. Und jetzt stehen sie bereits auf 1500 Rubel!«
»Gratuliere!«
Eine Woche später:
»Stell dir vor: Die Ziegenhäute stehen bereits auf 2000 Rubel!«

»Du bist wirklich ein Genie!«
Nach weiteren zwei Wochen:
»Jetzt stehen sie schon auf 2500 Rubel!«
»Ausgezeichnet! Jetzt solltest du aber verkaufen!«
»Verkaufen? An wen denn? *Ich* kaufe sie doch alle!«

Buchhaltung. Cohn erhält Besuch von einem Betriebsprüfer des Finanzamtes. Nachdem sich der Betriebsprüfer einen ersten Überblick verschafft hat, fragt er:
»Herr Cohn, haben Sie denn in Ihrer Firma keine Buchführung?«
»Nu«, antwortet Cohn, »früher hatte ich eine, aber die hat sich überhaupt nicht bewährt.«

Mahnung. Levy schreibt einem lästigen Gläubiger einen Brief:
»Sie haben sich erlaubt, mir eine Mahnung zu schicken. Ich möchte Sie deshalb darüber informieren, dass ich alle Mahnungen in einen Korb lege. Einmal im Jahr schließe ich meine Augen und ziehe eine einzige Mahnung aus dem Korb. Diese bezahle ich dann. Falls Sie es wagen sollten, mir noch einmal eine Mahnung zu schicken, werden Sie im nächsten Jahr von der Verlosung ausgeschlossen. Hochachtungsvoll!«

Konkurrenz. Ein Gemeindemitglied beklagt sich beim Rabbi:
»Rabbi, ich habe einen kleinen Laden, und ich plage mich und ich mühe mich – aber mein Geschäft läuft trotzdem schlecht. Ich bin bestimmt nicht dumm, erfinde auch immer etwas Neues – aber es hilft alles nichts. Doch mein Konkurrent gegenüber, und ich beobachte ihn sehr genau, der ist auch nicht fleißiger und auch nicht klüger als ich – aber sein Geschäft läuft ausgezeichnet! Was soll ich nur tun?«

Der Rebbe klärt lange, schließlich sagt er:
»Nu, dein Misserfolg hat einen einfachen Grund: Dein Konkurrent kümmert sich nur um sein eigenes Geschäft, denn dafür reichen ihm Verstand und Kraft. Darum geht es ihm auch gut. Du aber kümmerst dich um *zwei* Geschäfte, um *deines* und um *seines*. Und dafür hast du weder genug Verstand noch genug Kraft.«

Gerechter Lohn. Getreidegroßhändler Goldberg hat zwei Angestellte, einer heißt Grün, der andere Blau. Der Lohn von Grün ist doppelt so hoch wie der von Blau. Blau beklagt sich deshalb bei Goldberg.
Darauf Goldberg:
»Gern will ich dir zeigen, *warum* der Grün doppelt so viel verdient wie du.«
In diesem Augenblick fährt ein beladener Pferdewagen vorbei. Goldberg zu Blau:
»Stell fest, was für eine Ware auf dem Wagen ist!«
Sofort rennt Blau los. Bereits nach wenigen Minuten kommt er freudestrahlend zurück und meldet stolz:
»Weizen!«
Goldberg:
»Stell fest, wem der Weizen gehört!«
Wieder rennt Blau sofort los. Nach einiger Zeit kommt er atemlos zurück:
»Dem Levy aus Lemberg.«
Goldberg:
»Stell fest, wohin der Weizen gebracht wird!«
Und wieder rennt Blau los. Halb tot kommt er zurück:
»Zum Cohn nach Kiew!«
Jetzt ruft Goldberg den Grün zu sich:
»Grün, vor etwa zwanzig Minuten ist hier ein beladener Pferdewagen vorbei gefahren, stell fest ...«

Ohne dass Goldberg den Satz zu Ende sprechen muss, dreht sich Grün um – und fort ist er.
Nach einer Stunde kommt er zurück. Ruhig berichtet er:
»Ich bin dem Pferdewagen mit einem anderen Wagen hinterhergefahren und habe ihn schon nach dreißig Minuten eingeholt. Es waren vierzig Sack Weizen vom Levy aus Lemberg auf dem Wagen. Der Cohn in Kiew will drei Rubel für den Zentner zahlen. Ich habe einen halben Rubel mehr geboten. Der Pferdewagen hat bereits gedreht und ist schon auf dem Weg zum Teitelbaum nach Krakau. Der zahlt *uns* dafür vier Rubel.«
Da sagt Goldberg zu Blau:
»Weißt du jetzt, *warum* der Grün doppelt so viel wie du verdient?«

Börsenweisheit. Ein junger Börsenmakler zu einem älteren Kollegen, einem erfahrenen Spekulanten:
»Haben Sie etwa eine Erklärung für den heutigen Kursverfall?«
»Nu, heute waren eben mehr Verkäufer da als Käufer.«

Terminbörse. Gespräch in einem Kaffeehaus:
»Ich bin absolut pleite – ich weiß wirklich nicht, wovon ich leben soll.«
Der andere:
»Ich habe eben an der Börse gehört, dass Hirse fällt. Verkauf Hirse, und du wirst bestimmt gut daran verdienen!«
»Aber woher soll ich denn Hirse nehmen – ich habe doch keine?«
»Nu, dann ist doch alles in Ordnung, wenn du *keine* Hirse *nicht* hast.«

Wolga. Ein Makler bietet einem Interessenten ein Haus an, dessen Garten direkt an der Wolga liegt:
»Ich kann Ihnen zum Kauf dieses Hauses nur raten. Von der schönen Aussicht auf den Fluss einmal ganz abgesehen – bedenken Sie nur den Vorteil, so nahe am Wasser zu wohnen: man kann im Garten die Wäsche waschen, baden, schwimmen, rudern, und im Winter können Sie sogar vor dem Haus Schlittschuh laufen!«
Der Kunde, misstrauisch:
»Das ist ja alles gut und schön – aber was ist denn mit den Überschwemmungen im Frühjahr?«
Der Makler:
»Ach, was können die schon Ihrem Haus anhaben? *Wo* liegt denn das Haus – und *wo* ist die Wolga?«

Regenmäntel. Cohn hat schon lange einen Posten von tausend Regenmänteln auf Lager liegen. Das bedrückt ihn sehr. Er schickt deshalb seinen besten Handelsreisenden in die Provinz und instruiert ihn:
»Im Grunde müsste ich für jeden Mantel 30 Rubel haben. Wenn du aber eine große Stückzahl auf einmal verkaufen kannst, dann geh in Gottes Namen bis auf 25 Rubel runter. Tiefer aber auf gar keinen Fall! Ich will schließlich keine Verlustgeschäfte machen!«
Nach zwei Tagen telegraphiert der Handelsreisende:
»Kann hundert Mäntel verkaufen, aber nur für 22 Rubel das Stück. Was soll ich tun?«
Postwendend kommt ein Telegramm zurück:
»Verkaufen!«
Zwei Tage später sendet der Handelsreisende wieder ein Telegramm:
»Abnehmer für zweihundert Mäntel gefunden. Will aber sogar nur 20 Rubel pro Stück zahlen. Was soll ich tun?«

Und wieder kommt die Antwort prompt:
»Einverstanden!«
Und nochmals drei Tage später:
»Kann sechshundert Mäntel zu 15 Rubel verkaufen?«
»Akzeptiert!«
Danach meldet sich der Handelsreisende wochenlang nicht mehr. Doch dann kommt ein Telegramm: Ein Hotelwirt in einer kleinen Provinzstadt teilt mit, dass der Handelsreisende im Sterben liegt und dringend darum bittet, dass ihn sein Chef noch einmal besucht. Cohn macht sich auch sofort auf die Reise und trifft seinen treuen Handelsreisenden noch lebend an.
Tief erschüttert fragt er ihn:
»Kann ich noch irgendetwas für dich tun?«
Der Handelsreisende, mit letzter Kraft:
»Ja, bitte, eine einzige Frage habe ich noch: Wie viel haben Sie eigentlich für die Mäntel bezahlt?«

Lehrerlogik. Ein Lehrer:
»Wenn ich so viel Geld wie Rothschild hätte, wäre ich sogar noch vermögender als er – schließlich könnte ich nachmittags noch Nachhilfestunden geben.«

Schlafstörung. Zwei Freunde unterhalten sich:
»Vor lauter Schulden kann ich nachts nicht mehr schlafen!«
»Und wie hältst du das auf Dauer aus?«
»Nu, ich schlafe tagsüber.«

Weinhändler. Ein Handelsreisender ›in Wein‹ besucht einen neuen Kunden, einen Gastwirt:
»Kaufen Sie doch von diesem wundervollen Rotwein. Ich gebe Ihnen auch einen guten Rabatt und …«

»Ich brauche keinen Rotwein!« unterbricht der Wirt.
»Wenn Sie aber nur einmal kosten würden …«
»Danke, ich bin wirklich eingedeckt!«
»Riechen Sie doch wenigstens einmal …«
»Noch ein Wort, und ich werfe Sie die Treppe runter!«
»Aber dieser ausgezeichnete Rotwein …«
Da macht der Gastwirt seine Drohung wahr und wirft den Handelsreisenden die Treppe hinunter.
Schwer gestürzt bleibt der Mann im Keller liegen.
Nach zwei Stunden klettert er mühsam wieder in die Schankstube zurück und sagt zum Gastwirt:
»So weit zum ›Roten‹ – und jetzt zum ›Weißen‹.«

Agonisieren. Ein Gemeindemitglied möchte ein risikoloses Geschäft anfangen und bittet den Rabbi um Rat. Der Rabbi klärt lange. Schließlich sagt er:
»Handle mit Mehl und Brettern. Das kann nicht schiefgehen. Die Lebenden brauchen immer Brot zum Essen und die Toten Holz für die Särge.«
Nach einem Jahr ist der Mann bankrott. Verbittert geht er wieder zum Rabbi und jammert:
»Rabbi, ich bin pleite! Ihr habt doch gesagt, die Lebenden und die Toten werden meine Waren immer brauchen. Aber in meiner Stadt leben die Leute nicht, und sie sterben auch nicht – sie *agonisieren.*«

Geldgier. Blau zu Grün:
»Hast du schon gehört? Der katholische Pfarrer in der 59. Straße zahlt jedem 50 Dollar, der sich taufen lässt! Wir wissen doch: taufen oder nicht taufen – ist doch völlig egal, ein Jude ist und bleibt ein Jude. Aber vergiss nicht: Gib mir für den Hinweis wenigstens die Hälfte von der Prämie.«

Zehn Tage später treffen sich die beiden zufällig wieder:
Blau:
»He, hast du aber einen feinen Anzug an!«
Grün:
»Ich war gestern beim Pfarrer und habe 500 Dollar kassiert!«
Blau
»Wie das?«
Grün:
»Nu, ich habe gleich meine ganze Mischpoke zur Taufe mitgenommen!«
Blau:
»Prima! Aber der Tipp war von mir – also gib mir jetzt auch meine 50 Prozent Provision.«
Darauf Grün:
»Siehst du, das ist genau das, was ich an *euch* Juden so hasse: eure Geldgier!«

Zwergdackel. Grün will einen Hund kaufen. Er geht in eine Tierhandlung und sieht sich verschiedene Rassen an. Vor einer riesigen Dogge bleibt er stehen.
»10 Rubel«, sagt der Verkäufer.
Dann zeigt Grün auf einen Dobermann.
»20 Rubel«, sagt der Verkäufer diesmal.
Jetzt erblickt Grün einen kleinen Foxterrier. Der soll sogar 30 Rubel kosten.
Und als er vor einem winzigen Zwergdackel stehen bleibt, sagt der Verkäufer:
»50 Rubel.«
»Sagen Sie«, fragt Grün etwas irritiert, »was kostet denn bei Ihnen gar kein Hund?«

Chef. Gelb geht in eine Zoohandlung, um einen Papagei zu kaufen. Nachdem er sich umgeschaut hat, zeigt er auf einen Papagei, der ihm besonders gut gefällt, und fragt nach dem Preis.
»Nicht billig, der Vogel spricht schließlich drei Sprachen. Für den muss ich mindestens 20 Rubel haben.«
»Das ist mir zu viel«, sagt Gelb.
»Was kostet der denn da«, dabei zeigt er auf einen etwas kleineren Papagei.
»Der kostet sogar 30 Rubel, dafür spricht der aber auch vier Sprachen.«
Darauf Gelb:
»Und was ist mit dem hässlichen kleinen da vorne? Was soll der denn kosten?«
»Der kostet 50 Rubel.«
»Was, 50 Rubel? Warum das denn?«
»Nu, was der kann, weiß ich leider auch nicht so genau, aber die beiden anderen sagen ›Chef‹ zu ihm.«

Prozent. David zu seinem Großvater:
»Tate, wie heißt das richtig: drei Perzent oder drei Prozent?«
»Nu, besser sind fünf Prozent!«

Vorreiten. Auf das Gestüt von Baron Rothschild kommt Besuch. Rothschild fordert seinen Jockey auf, sein bestes Pferd vorzureiten. Der Jockey, sehr leise:
»Soll ich reiten zum Kaufen oder zum Verkaufen?«

Inflation. Im Jahre 1923 in Berlin. Die Inflation galoppiert – jeden Tag steigen die Preise um mehr als hundert Prozent! Grün sieht, wie sein Freund Blau aus einem Taxi steigt.

»Warum fährst du denn mit dem teuren Taxi anstatt mit dem Bus?« fragt Grün.
»Nu, im Bus muss ich bereits beim Einsteigen bezahlen, im Taxi aber erst beim Aussteigen.«

Kohlenspende. Eine arme galizische Gemeinde bittet einen reichen Kohlenhändler um eine Spende.
»Schenken kann ich euch zwar nichts, aber ich bin bereit, euch sechs Waggons Kohle zum halben Preis zu überlassen«, lautet die Antwort des Kohlenhändlers.
Die Gemeinde bedankt sich für das Angebot – bestellt aber nur drei Waggons Kohle. Als nach mehreren Monaten beim Kohlenhändler immer noch kein Geld eingegangen ist, schickt er eine Mahnung.
Die Gemeinde antwortet prompt:
»Ihre Mahnung ist uns völlig unverständlich. Sie haben uns sechs Waggons Kohle zum halben Preis angeboten, das entspricht einer Menge von drei Waggons. Drei Waggons haben wir auch bekommen – und auf den Rest erheben wir keinen Anspruch.«

Scheck. Cohn, Mitinhaber einer großen Im- und Exportfirma, liegt im Sterben. Zu seinen drei Geschäftspartnern Schmitz, Müller und Mandelbaum sagt er:
»Wie ihr wisst, werde ich bald sterben. Da ich keine Erben habe, will ich mein Vermögen nach meinem Tod unter euch zu gleichen Teilen aufteilen. Ich habe aber eine kleine Bedingung: Damit ich zumindest ein bisschen Geld im Jenseits habe, um mir im Falle eines Falles weiterhelfen zu können, bitte ich darum, dass jeder von euch 100 Rubel in meinen Sarg legt.«
Ein paar Tage später stirbt Cohn. Wie vereinbart, legt ihm Schmitz 100 Rubel in den Sarg. Müller macht das gleiche.

Der dritte, Mandelbaum, geht ebenfalls zum Sarg, nimmt sich die 200 Rubel heraus und legt stattdessen einen Scheck über 300 Rubel hinein.

Elefant. Grün will dem Blau einen Elefanten verkaufen:
»Wenn du sofort einwilligst, mache ich dir einen Sonderpreis: 1000 Dollar.«
»Aber was soll ich denn mit einem Elefanten? Ich lebe schließlich auf der zehnten Etage in einem kleinen Appartement, mitten in New York.«
»Okay, okay, ist ja schon gut. 800 Dollar?!«
»Nein, wirklich nicht, ich habe dir doch eben gesagt …«
»Also gut: 700 Dollar!«
»Jetzt erkläre ich dir noch mal: Ich wohne mitten im Stadtzentrum auf der zehnten Etage in einer kleinen Appartement-Wohnung. Was soll ich denn da mit einem Elefanten?«
»Du bist aber wirklich ein sehr schwieriger Kunde. Also gut: *Zwei* Elefanten für 700 Dollar!«
»Nu, das hört sich aber schon ganz anders an.«

Bankrott. Grün und Blau unterhalten sich:
»Stell dir vor: Der Gelb hat bankrott gemacht!«
»Na und? Jeder Kaufmann handelt doch so lange, bis er bankrott ist.«
»Quatsch! Rothschild hat doch in seinem Leben auch nicht bankrott gemacht.«
»Nu, das ist eben ein Zeichen dafür, dass Rothschild *vor* seiner Zeit gestorben ist.«

Telegramm. Grün und Blau, Inhaber der Firma ›Grün & Blau – Stoffe und Hemden‹, stecken in einer schweren geschäftlichen Krise. Sie haben eine große Menge gelber

Leinenhemden eingekauft, die aber leider keiner haben will.
In dieser schwierigen Situation erhalten die beiden Besuch von einem Handelsreisenden. Der Handelsreisende erklärt ihnen, dass er bereit sei, sämtliche Leinenhemden zu einem akzeptablen Preis zu kaufen. Allerdings müsse er einen kleinen Vorbehalt machen: Er sei verpflichtet, sich die Sache von seinem Chef genehmigen zu lassen. Wenn er aber bis zum nächsten Freitag kein Telegramm schicken würde, dann sei das Geschäft endgültig perfekt!
Die nächsten Tage vergehen unendlich langsam. Grün und Blau sind ziemlich nervös, schließlich hängt ihre Existenz von diesem Geschäft ab. Dann passiert es: Am Freitagnachmittag – also am Tage des Fristablaufs – kommt wenige Stunden vor Geschäftsschluss ein Bote mit einem Telegramm. Mit zittrigen Fingern öffnet Grün das Telegramm. Nachdem er es gelesen hat, sagt er mit erkennbarer Erleichterung:
»Lieber Blau, wir haben wirklich großes Glück gehabt: Deine Schwester ist gestern gestorben.«

Seufzen. Zwei steinreiche Spekulanten sitzen nebeneinander beim Friseur.
Der eine seufzt tief.
Darauf der andere:
»Tja, wem sagen Sie das.«

Seufzen. Zwei Geschäftsleute unterhalten sich:
»Na, wie gehen die Geschäfte?«
»O weh!« stöhnt der andere.
»Nu, das ist aber für diese Zeit eigentlich gar nicht so schlecht.«

Papagei. Grün will bei einer Auktion einen Papagei ersteigern. Jemand bietet erbittert gegen ihn. Schließlich bekommt Grün für ein sehr hohes Gebot den Zuschlag. Zum Auktionator sagt er:
»Jetzt hoffe ich aber, dass der Papagei wenigstens sprechen kann.«
Der Auktionator:
»Da bin ich aber ganz sicher: Was meinen Sie denn, *wer* die ganze Zeit gegen Sie geboten hat?«

Barzahlung. Gespräch in einem Kaffeehaus.
»Was ist das doch für eine verkehrte Welt! Die Reichen kaufen alles auf Kredit, aber die Armen, die keinen Pfennig besitzen, die müssen bar bezahlen. Eigentlich müsste es doch genau umgekehrt sein: Die Reichen sollten bar bezahlen und die Armen auf Kredit kaufen können.«
Ein Zuhörer:
»Aber wenn ein reicher Kaufmann den Armen Kredit geben *müsste,* dann wird er am Ende auch arm sein.«
Der erste:
»Macht doch nichts, dann kann er ja auch wieder auf Kredit kaufen.«

Angebot. Auf einem New Yorker Trödelmarkt.
Eine elegant und teuer angezogene Dame nimmt sich von einer Verkaufstheke eine abgenutzte alte Gabel. Die Gabel ist stark verbogen und hat auch nur noch einen einzigen Zinken.
»Was soll die denn noch kosten?« fragt die Dame.
»Einen Cent.«
»Einen Cent? Das ist zu viel!«
Darauf der Händler:
»Nu, dann machen Sie mal ein Angebot!«

Geschäftspartner. Der hoffnungsvolle Sohn vom alten Silbermann darf seinen Vater das erste Mal auf einer längeren Geschäftsreise begleiten.
Schon bald wundert er sich, wie leidenschaftlich sein Vater die Preise der Lieferanten drückt:
»Aber Vater, warum machst du das eigentlich? Ich weiß doch genau, dass du sowieso keine einzige Rechnung bezahlen wirst.«
»Nu, das stimmt zwar, aber ich möchte auch nicht, dass meine Kunden zu viel Geld an mir verlieren.«

Wahrheit. Zwei Getreidegroßhändler begegnen sich im Bahnhof.
»Wohin fährst du?« fragt der erste.
Der andere:
»Ich fahre nach Krakau, um Weizen zu kaufen.«
Darauf wieder der erste:
»Da du genau weißt, dass ich wiederum weiß, dass du mir nie die Wahrheit sagst, willst du eigentlich, dass ich denke, dass du nach Lemberg fährst, um Gerste zu verkaufen, wenn du sagst, dass du nach Krakau fährst, um Weizen zu kaufen. Zufällig weiß ich aber, dass du tatsächlich nach Krakau fährst, um Weizen zu kaufen. Warum *lügst* du also?«

Feuerfeste Kasse. Drei Handelsvertreter treffen sich bei einer Tagung für Vertreter von feuerfesten Kassen:
Der erste:
»Wir haben eine neue, wirklich großartige Kasse erfunden. Wir haben einen Test gemacht und Geldscheine in die Kasse gelegt, sie verschlossen und erhitzt, glühend, weißglühend. Dann haben wir die Kasse abgekühlt und aufgemacht: Die Geldscheine waren vollkommen unbeschädigt, sie hatten sich noch nicht einmal gewellt oder gebogen!«

Der zweite:
»Das ist doch gar nichts! Wir haben Schokolade in unsere neue Kasse gelegt, sie verschlossen und erhitzt, glühend, weißglühend. Dann haben wir die Kasse abgekühlt und aufgemacht: Die Schokolade war nicht nur nicht geschmolzen; ja sie war nicht einmal weich!«
Darauf der dritte:
»Wir haben erst eine Kasse! Wir haben für den Test in unsere Kasse einen lebenden Hahn hereingelegt, die Kasse verschlossen und erhitzt, glühend, weißglühend. Dann haben wir die Kasse abgekühlt und aufgemacht: Der Hahn war tot!«
Darauf fingen die beiden anderen an, laut zu lachen.
Doch der dritte, mit überlegener Geste:
»Moment: Erfroren!«

Reingewinn. Bankier Fürstenberg:
»Der Reingewinn ist der Teil des Gesamtgewinns, den der Vorstand beim besten Willen nicht mehr vor den Aktionären *verstecken* kann.«

Nationalökonomie. Kurt Tucholsky auf die Frage, was nach seiner Meinung die Wissenschaft der Nationalökonomie leiste:
»Wenn die Leute kein Geld mehr haben, fragen sie nach den Gründen. Dafür gibt es dann viele Erklärungen. Die *feinsten* sind die wissenschaftlichen.«

Sohn als Partner. Als Bankier Fürstenberg seinen Sohn in die Geschäftsführung seiner Bank berief, fragte man ihn, ob er wirklich sicher sei, dass das gutgehen würde.
»Aber selbstverständlich«, antwortete Fürstenberg, »wir *teilen* uns doch die Arbeit: Mein Sohn *verweigert* die Kredite unter 100 Rubel und ich alle über 100 Rubel.«

Bürgschaft. Blau zu Grün:
»Weißt du, ich will ein neues Geschäft aufmachen und habe deshalb bei der Bank einen Kredit über 2000 Rubel beantragt. Die Bank will mir das Geld auch geben, aber sie wollen einen Bürgen. Und du bist ja mein bester Freund, und wir kennen uns schließlich auch schon seit über dreißig Jahren, willst du mir helfen und für mich bürgen?«
»Also einen Bürgen wollen sie haben? Nu, da mache ich dir einen anderen Vorschlag: Ich gebe dir die 2000 Rubel, und zwar zu einem geringeren Zinssatz als die Bank – und die Bank soll bürgen.«

Gefälligkeit. Bankier Fürstenberg zu seinem Prokuristen:
»Merken Sie sich: Jede Gefälligkeit rächt sich.«

Aktionäre. Bankier Fürstenberg zu seinem Prokuristen:
»Aktionäre sind dumm und frech. Dumm, weil sie fremden Leuten ihr Geld anvertrauen, und frech, weil sie für diese Dummheit auch noch Zinsen haben wollen.«

Theorie und Praxis. Bankier Fürstenberg erklärt einem Professor für Wirtschaftswissenschaften seine Vorschläge zur Reduzierung der Staatsverschuldung.
Nachdem er mit seinen Ausführungen zu Ende gekommen ist, antwortet der Professor:
»Nun, Herr Fürstenberg, Ihre Vorschläge sind wirklich sehr gut und würden das Problem vermutlich in der *Praxis* schnell lösen – aber funktioniert das denn auch in der *Theorie*?«

Geschäftsauskünfte. Bankier Fürstenberg erteilte prinzipiell keine geschäftlichen Auskünfte. Einmal wurde er aber von einem seiner besten Kunden bedrängt, ihm in einer au-

ßerordentlich wichtigen Sache über eine Firma eine Auskunft zu erteilen.
Seiner Sekretärin diktierte Fürstenberg:
»Die Firmeninhaber sollen alles junge Leute sein. Dies aber ganz ohne mein Obligo.«

Jom Kippur und Geschäfte. Bankier Seligmann feiert mit seiner Familie Jom Kippur. Da wird er ans Telefon gerufen. Am Apparat ist ein arischer Geschäftspartner.
Seligmann, leicht verärgert:
»Wissen Sie denn nicht, dass ich mit meiner Familie Jom Kippur feiere?! Und da kommen Sie mir mit Geschäften?! Und wenn Sie mir 10, ja selbst 12 Prozent bieten – heute sage ich nein! Was meinen Sie? 14 Prozent? Einverstanden!«

Goldpreis. Ein Kunde zu Bankier Fürstenberg:
»Bankier Fürstenberg, bitte sagen Sie mir: Wie beurteilen Sie die zukünftige Entwicklung des Goldpreises?«
Darauf Fürstenberg:
»Nun, das kann ich Ihnen leider beim besten Willen nicht sagen – ich weiß es wirklich nicht. Es gibt nur *zwei* Menschen auf der Welt, die das wissen: der Präsident der Bank von Frankreich und der Präsident der Bank von England – leider sind sie aber *gegensätzlicher* Meinung.«

Wechsel. Cohn schickt seinen Kassierer zum säumigen Kunden. Nach einer Stunde ist er wieder zurück.
»Und hat er bezahlt?« fragt Cohn.
»So gut wie.«
»Was heißt hier ›so gut wie‹?«
»Das kann ich Ihnen erklären: Ich habe einen Wechsel bekommen.«

»O weh«, antwortet Cohn.
»Gar nicht: ›O weh‹. Der Wechsel lautet nämlich auf den Namen von Baron Rothschild!«
»Und ist er auch von Rothschild unterschrieben?«
Der Kassierer, sichtlich überrascht:
»Muss *Rothschild* denn unterschreiben?«

Künstlerisches

Jüdische Künstler, insbesondere Musiker und Schauspieler, gehörten – und gehören – vielfach zu den Besten ihres Metiers. Über die Gründe ist viel diskutiert und geschrieben worden.

Zahlreiche jüdische Witze und Anekdoten resultieren deshalb aus dem Künstlermilieu, in dem offensichtlich zu jeder Zeit gerne und geistreich gelacht wurde.

Bild Gottes. David sitzt in seinem Zimmer und malt ein Bild.
Seine Mutter fragt ihn:
»Was malst du denn da?«
»Ich male ein Bild von Gott!«
»Aber David, kein Mensch weiß, wie Gott aussieht.«
»Doch Mutter, ab *heute* weiß man es.«

Talent. Der Klavierlehrer zur stolzen jüdischen Mutter:
»Ihr Sohn, der spielt Klavier wie Heifetz!«
Die Mutter, etwas überrascht:
»Aber Heifetz war doch gar kein Pianist.«
»Eben! – Ihr Sohn auch nicht.«

Bildhauer. Eine Bewunderin fragt den berühmten Bildhauer:
»Meister, wie schaffen Sie es nur, dass Ihre Porträts immer so künstlerisch sind und doch so realistische Gesichtszüge aufweisen?«
»Nun, das ist eigentlich ganz einfach: Ich schlage einfach alles weg, was nicht nach einem Gesicht aussieht.«

Lenin in Polen. Der sowjetische Präsident Breschnew wollte zum 50. Jahrestag der russischen Revolution ein Gemälde in Auftrag geben, das den Titel *Lenin in Polen* tragen sollte. Das Bild musste jedoch unbedingt im Malstil der 20er Jahre gemalt werden.

Da ergab sich ein Problem: Die berühmtesten Maler des Landes sahen sich nicht in der Lage, ein Bild im Stil der 20er Jahre zu malen, da sie nur im Sowjetischen Stil ausgebildet worden waren. In seiner Not wandte sich Breschnew schließlich an einen jüdischen Maler, von dem man behauptete, dass er alle Malstile beherrsche.

»Aber selbstverständlich kann ich das Bild in diesem Stil malen!« antwortete der spontan. »Zwar male ich viel lieber im Sowjetischen Stil, aber es ist für mich überhaupt kein Problem, auch ein Bild im Stil der 20er Jahre anzufertigen.«

Da man keine Zeit mehr für eine weitere Suche hatte, erteilte Breschnew dem Mann den Auftrag.

Obwohl Breschnew mehrfach den Wunsch äußerte, das Bild während der Entstehungszeit einmal sehen zu dürfen, lehnte der Maler dies jedesmal mit der Begründung ab, dass er aus Prinzip immer nur das fertige Gemälde zeige.

Endlich ist der Tag der Feierlichkeiten gekommen. Das Bild mit dem Titel *Lenin in Polen* wird in einem Festakt im prachtvollen Georgs-Saal des Moskauer Kremls enthüllt. Doch die Überraschung ist groß: Das Bild ist relativ schlicht und zeigt lediglich eine Frau, die zusammen mit einem Mann in einem Bett liegt.

»Wer ist denn der Mann?« fragt Breschnew irritiert.

»Das ist Trotzki«, antwortet der Maler.

»Und wer ist die Frau?«

»Das ist die Frau von Lenin.«

»Und wo ist Lenin?«

»Nu, der ist in Polen.«

Streichquartett. Ein weltberühmtes Streichquartett aus den USA gastiert im Rahmen einer Benefiz-Tournee in einer kleinen israelischen Provinzstadt.
Nach dem Konzert bedankt sich der Bürgermeister bei den Musikern:
»Sie haben sicherlich bereits am Beifall bemerkt, wie sehr Sie dem Publikum gefallen haben. Ich hoffe deshalb auch, dass Sie mit den Einnahmen des heutigen Konzertes Ihr im Augenblick noch etwas kleines Orchester schon bald ein wenig vergrößern können.«

Erfolgsvoraussetzungen. In den 1920er Jahren in Berlin. Ein jüdischer Künstler, räsonierend:
»Um in Berlin als Künstler Erfolg zu haben, muss man entweder tot sein oder pervers oder Ausländer. Am besten ist man ein toter perverser Ausländer.«

Zusammengeklatscht. Isaac Silbermann hat mit großem Erfolg an der Börse spekuliert. Einen Teil seines Gewinns will er in Kunst investieren. Basis seiner Kunstsammlung ist ein Gemälde, das sein Freund, ebenfalls ein Börsenspekulant und selbsternannter Kunstexperte, sehr bewundert. Das Bild zeigt ein großes schwarzes Quadrat mit einem weißen Punkt in der Mitte.
Jetzt hat Silbermann vom selben Maler ein weiteres Bild gekauft. Es zeigt ebenfalls ein großes schwarzes Quadrat, hat aber nicht einen, sondern zwei Punkte in der Bildmitte.
Voller Stolz hängt Silbermann das Bild in seinem Wohnzimmer auf, ruft seinen Freund an und bittet ihn, möglichst bald vorbeizukommen.
Der Freund kommt noch am selben Abend, betrachtet das Bild kurz, sieht die beiden Punkte und sagt:
»Zusammengeklatscht!«

Götterdämmerung. Frau Pollak sieht im Opernhaus Richard Wagners *Götterdämmerung.* Das Stück dauert drei Stunden, vier Stunden, fünf Stunden, sechs Stunden!
Zu Hause angekommen, fragt ihr Mann, wie es ihr denn gefallen hat.
Frau Pollak:
»Oh – wirklich ganz toll! Nur der Schluss war etwas überstürzt.«

Préludes. In der New Yorker Carnegie Hall. Ein langer Klavierabend geht zu Ende. Als letztes Stück spielt der berühmte Pianist die *24 Préludes* von Frédéric Chopin – selbstverständlich hintereinander und ohne Unterbrechung.
Nachdem der letzte Ton verklungen ist, sagt Frau Pollak zu ihrem Sitznachbarn:
»Das war wirklich ganz toll! Aber ob ich mir jetzt auch noch die anderen 23 anhören werde, das weiß ich nicht.«

Premiere. Eine Freundin zu Frau Pollak:
»Wenn ich ins Theater gehe, dann gehe ich, um *mitreden* zu können, grundsätzlich nur in Premieren.«
Darauf Frau Pollak:
»Sehr interessant – aber stört das denn nicht die anderen Zuschauer?«

Kolosseum. Frau Pollak ist gerade von einer Reise nach Westeuropa zurückgekommen.
»Waren Sie denn auch in Rom?« fragt eine Nachbarin.
»Aber selbstverständlich!«
»Und wie hat Ihnen das Kolosseum gefallen?«
»Ganz nett – wenn man *moderne* Sachen mag.«

Neunte Sinfonie. Eine Bekannte zu Frau Pollak:
»Wie hat Ihnen denn gestern abend das Konzert gefallen?«
»Ganz toll! Aber leider haben wir uns etwas verspätet – als wir in den Konzertsaal kamen, spielte man bereits die neunte Sinfonie von Beethoven.«

Übersetzung. In der Heimatstadt von Frau Pollak ist das Nationaltheater aus London zu Gast. Man spielt Shakespeares *Hamlet* – selbstverständlich in englischer Sprache. Nach dem ersten Akt geht Frau Pollak bereits nach Hause. Am Theaterausgang fragt sie der Portier:
»Gefällt Ihnen die Inszenierung etwa nicht?«
»Ach, wissen Sie, ich habe das Stück bereits vor zwanzig Jahren in jiddischer Sprache gesehen – und in der *Übersetzung* verliert es.«

Kritik. Nach einem Klavierabend in der New Yorker Carnegie Hall erschien folgende Zeitungskritik:
»Vorgestern gab der Pianist A. aus B. in der Carnegie Hall ein Konzert. *Warum?*«

Kulturaustausch. Isaac Stern auf die Frage, wie der amerikanisch-russische Kulturaustausch funktioniere:
»Nun, das ist doch ganz einfach: Sie schicken uns *ihre* Juden aus Odessa – und wir schicken ihnen *unsere* Juden aus Odessa.«

Schauspieler. Egon Friedell, ein in den 1920er Jahren sehr bekannter jüdischer Schauspieler und Satiriker, auf die Frage, ob es richtig sei, dass er in einem Theaterstück einen jüdischen Schnorrer spiele:
»Ja, das stimmt. Als Schauspieler muss man eben alles spielen können.«

Münchner Dilettant. In einer Kritik wurde Egon Friedell einmal als ›versoffener Münchner Dilettant‹ bezeichnet. Darauf antwortete er in einem offenen Brief:
»Es stört mich nicht, als Dilettant bezeichnet zu werden, Dilettantismus und ehrliches Kunstbemühen schließen einander nicht aus. Auch leugne ich keineswegs, dass ich dem Alkoholgenuss zugetan bin, und wenn man mir daraus einen Strick drehen will, muss ich es hinnehmen.
Aber das Wort ›Münchner‹, das wird noch ein gerichtliches Nachspiel haben!«

Gelegenheit. Ferenc Molnár, ungarischer Schriftsteller jüdischen Glaubens, bemühte sich einmal um die Gunst einer schönen Dame.
Nach einer kleinen Unterhaltung sagte die Dame zu Molnár:
»Ich habe kürzlich gelesen, dass Sie Jude sind. Das macht Sie mir sogar besonders sympathisch.«
Darauf Molnár:
»Na ja, ich habe zwar gehofft, dass Sie das einmal erfahren werden – nur die *Gelegenheit* habe ich mir etwas anders vorgestellt.«

Weltanschauung. Ferenc Molnár war während der Hitler-Zeit nach New York emigriert. Einem Zeitungsreporter antwortete er auf die Frage, wie er mit der englischen Sprache zurechtkomme:
»Wissen Sie überhaupt, wie furchtbar es ist, wenn man mitten im Satz aus Mangel an Vokabeln seine Weltanschauung zweimal ändern muss?«

Monatlich. Ferenc Molnár hatte sich bereits vor dem Zweiten Weltkrieg in Budapest von seiner Frau getrennt und war

emigriert. Kurz nach Kriegsende sieht ihn ein alter Freund übel gelaunt in einem New Yorker Restaurant sitzen. Der Mann setzt sich zu Molnár an den Tisch und fragt ihn nach dem Grund seiner schlechten Laune.
Darauf Molnár:
»Ach, weißt du – ich habe heute erfahren, dass man wieder Geld nach Budapest überweisen kann. Und jetzt kommt das fürchterlichste Wort, das es gibt: monatlich.«

Unhöflichkeit. Israel Zangwill, englischer Schriftsteller jüdischen Glaubens, unterlief einmal während eines Gala-Dinners eine Unhöflichkeit: Er war sehr müde und musste plötzlich gähnen – genau in das Gesicht der neben ihm sitzenden Tischdame.
»Aber Mr. Zangwill, haben Sie etwa Ihre gute jüdische Erziehung vergessen? Ich habe schon befürchtet, Sie wollten mich auffressen!«
»Keine Sorge, Verehrteste, meine *Religion* verbietet mir so etwas.«

Image. Der in den 1920er Jahren sehr bekannte jüdische Schauspieler Ernst Deutsch hatte in seinem Leben auf der Bühne nur einen einzigen Misserfolg: in der Rolle als Königsleutnant, in einer Inszenierung, die nur eine sehr kurze Zeit in Leipzig aufgeführt wurde. Einige Jahre später trat Ernst Deutsch ein neues Engagement am Hamburger Schauspielhaus an.
Ein Mitglied des Hamburger Schauspielensembles begrüßte Deutsch mit manierierter Geste:
»Wie schön, dass Sie endlich zu uns gekommen sind. Übrigens habe ich Sie schon auf der Bühne gesehen.«
»Ich weiß«, unterbrach ihn Ernst Deutsch, »und zwar in Leipzig als Königsleutnant.«

»Woher wissen Sie das?«
»Nun, in dieser Rolle hat mich *jeder* gesehen.«

Kaufmann von Venedig. In den 1920er Jahren während einer öffentlichen Theater-Generalprobe. Ernst Deutsch wirkte in einer Inszenierung von Shakespeares *Der Kaufmann von Venedig* mit. In einer Szene, die eine Gerichtsverhandlung darstellt, wird ihm die Frage gestellt:
»Wer ist der Kaufmann hier und wer der Jude?«
Darauf Ernst Deutsch, frei improvisierend:
»Sie werden lachen – ich bin der Kaufmann.«

Fehler. Fritz Kortner zu einem Schauspieler:
»Von *fünf* Sachen, die ich Ihnen sage, machen Sie *zehn* falsch!«

Mitspracherecht. Fritz Kortner, österreichischer Regisseur jüdischen Glaubens und in der ersten Hälfte des 20. Jahrhunderts einer der bedeutendsten Regisseure überhaupt, über die Rechte der Schauspieler:
»Das Mitspracherecht der Schauspieler ist der Text.«

Niveau. Fritz Kortner bemängelte einmal bei einer Theaterprobe eine bestimmte Szene:
»Das ist doch überhaupt nicht komisch!«
Darauf der Schauspieler:
»Aber Sie haben doch laut gelacht, Herr Kortner.«
»Das stimmt zwar, aber unter meinem Niveau.«

Orden. Ein Student des Malers Max Liebermann zeigt seinem Lehrmeister einen Orden, den er gerade bekommen hat. Darauf Liebermann:

»Ich prophezeie Ihnen: Jetzt kommen noch viele dazu. Wo ein Hund hinpisst, da pissen alle hin.«

Debütkonzert. In den 1920er Jahren in New York. Ein außerordentlich talentierter junger Geiger gibt in der Carnegie Hall sein Debütkonzert. Der Erfolg ist überwältigend. Im Publikum sitzen der zu dieser Zeit weltberühmte Geiger Mischa Elman und neben ihm der nicht minder berühmte Pianist Leopold Godowski. Als der Beifall nicht enden will, sagt Elman:
»Das ist aber furchtbar heiß hier!«
Darauf Godowski:
»Ja, das stimmt – aber nur für Geiger.«

Porträtmaler. Eine Dame wurde von Max Liebermann porträtiert. Laufend meckerte sie.
Plötzlich entgegnete Liebermann genervt:
»Gnädige Frau, noch ein Wort mehr, und ich male Sie tatsächlich so, wie Sie aussehen!«

Talent. Ein Kunsthändler war nicht sicher, ob eine Skizze von Max Liebermann mit Kohle oder Fettstift gezeichnet war. Deshalb fragte er Liebermann, womit er die Zeichnung gemacht habe.
Darauf Liebermann:
»Mit *Talent*, mein Freund.«

Medizinisches und Psychologisches

Zumindest bis zum Ende des 19. Jahrhunderts gehörte zu den traditionellen Aufgaben der Rabbiner auch die Betreuung der Gemeindemitglieder in allen Fragen, die die körperliche und die geistige Gesundheit betrafen. Medizinische und psychologische Themen und Kenntnisse hatten insofern bei den gebildeten Juden, insbesondere bei den Rabbinern, immer schon eine besondere Bedeutung. Auch aus diesem Grunde entwickelte sich bereits sehr bald nach der Öffnung der Hochschulen für Juden bei den jüdischen Studenten ein besonderes Interesse am Studium der Medizin und der Psychologie. Der Anteil jüdischer Psychiater, Psychologen und Ärzte in der Wissenschaft und in der Praxis ist deshalb seit dieser Zeit überproportional hoch.

Zuhören. Zwei Psychoanalytiker unterhalten sich:
»Ist es nicht schrecklich, sich andauernd diesen Unsinn der Patienten anhören zu müssen?«
»Stimmt! – Aber *wer* hört denn überhaupt zu?«

Honorar. Ein New Yorker Psychiater zu einem neuen Patienten:
»Eine Sache muss ich Ihnen gleich sagen: Ein Besuch bei mir kostet 200 Dollar.«
»Ich weiß«, antwortet der Patient.
»Und noch etwas: Für diese 200 Dollar dürfen Sie mir nur zwei Fragen stellen.«
»200 Dollar für zwei Fragen, finden Sie das nicht ein bisschen viel?«
»Gewiss, und wie lautet Ihre *zweite* Frage?«

Bunte Pillen. Der Apotheker gibt dem Grün drei kleine Fläschchen mit Pillen.
»So viele? Wogegen sind die denn alle?« fragt Grün erstaunt.
Der Apotheker:
»Die roten beruhigen die Nerven, die weißen sind gegen das Kopfweh und die blauen gegen Asthma.«
Grün:
»Wirklich toll! So kleine Pillen, und trotzdem wissen sie genau, was sie tun müssen.«

Relativität. Der Arzt zu einem Patienten:
»Können Sie die Wahrheit vertragen?«
»Ja.«
»Dann muss ich Ihnen leider sagen, dass Sie in sechs Monaten tot sein werden.«
»Um Gottes Willen! Was soll ich denn jetzt tun? Was empfehlen Sie mir?«
»Nun, hören Sie sofort mit dem Rauchen auf, stellen Sie das Trinken alkoholischer Getränke ein und brechen Sie sämtliche Kontakte zu Damen ab.«
»Und, werde ich dann länger leben?«
»Das zwar nicht, aber es kommt Ihnen zumindest so vor.«

Uhrzeit. Ein Gespräch zwischen zwei Psychiatern:
»Bitte entschuldigen Sie, Herr Kollege, können Sie mir vielleicht sagen, wie spät es ist?«
»Leider nein – aber gut, dass wir einmal darüber gesprochen haben.«
Nach einer Woche treffen sich die beiden zufällig wieder:
»Können Sie mir jetzt vielleicht sagen, wie spät es ist?«

»Nein, leider nicht – aber ich kann jetzt schon viel besser damit umgehen.«

Alt werden. Mandelbaum zu seinem Arzt:
»Doktorleben, wie kann ich 100 Jahre alt werden?«
Der Arzt:
»Rauchen Sie?«
»Nein.«
»Trinken Sie?«
»Nein.«
»Essen Sie viel?«
»Nein.«
»Spielen Sie um Geld?«
»Nein.«
»Haben Sie Affären mit Frauen?«
»Nein.«
»Aber warum wollen Sie denn überhaupt 100 Jahre alt werden?«

Kanister. Grün geht zum Arzt, um sich untersuchen zu lassen. Nachdem der Arzt ihn gründlich untersucht hat, sagt er ihm, dass er in den nächsten Tagen eine Urinprobe vorbeibringen soll.
Zwei Tage später gibt Grün in der Arztpraxis einen 10-Liter-Kanister ab, der bis oben hin mit Urin gefüllt ist. Der Arzt wundert sich, sagt aber nur, dass er in einer Woche noch einmal wiederkommen soll. Nach einer Woche ist Grün wieder in der Praxis. Der Arzt erklärt ihm, dass er vollkommen gesund ist.
Zu Hause erzählt Grün freudestrahlend seiner Frau:
»Sarah, stell dir vor: Ich bin gesund, du bist gesund, unsere Tochter ist gesund und unser Sohn ist auch gesund. Außer-

dem sind die Magd, der Knecht, das Pferd und der Hund ebenfalls gesund!«

Gerade stehen. Der Arzt zum Patienten:
»Stehen Sie bitte gerade, damit ich sehen kann, wie *schief* Sie sind.«

Hypochonder. Ein 96jähriger Hypochonder auf dem Sterbebett zu seiner Familie:
»Seht ihr: Da habe ich doch ein Leben lang nicht vergeblich gelitten!«

Druckfehler. Dr. Shapiro erfährt, dass sich einer seiner Patienten bereits seit einiger Zeit anhand von medizinischer Fachliteratur selbst behandelt.
Zu seiner Assistentin sagt er:
»Der wird noch an einem Druckfehler sterben.«

Statistische Wahrscheinlichkeit. Der Patient liegt auf dem Operationstisch und fragt:
»Wird die Operation gelingen?«
Der Arzt:
»Nu, von zehn Operierten kommt einer durch.«
»Ist das nicht eine sehr geringe Chance?«
»In Ihrem Falle nicht – die neun vor Ihnen sind alle gestorben.«

Simulant. Dr. Greenberg, diensthabender Arzt eines amerikanischen Militärkrankenhauses, erkundigt sich bei der Stationsschwester nach den Vorkommnissen der vergangenen Nacht.
Die Schwester:

»Eigentlich ist nichts Besonderes passiert. Nur der Simulant aus Zimmer 5 – der ist gegen Mitternacht gestorben.«
Dr. Greenberg:
»Jetzt übertreibt er aber!«

Altersweisheit. Friedrich Torberg, österreichischer Schriftsteller jüdischen Glaubens:
»Man kann im Alter entweder weise werden oder verblöden. Die häufigste Form der Altersblödheit besteht darin, dass man sich für weise hält.«

Schizophrenie. Zwei Psychoanalytiker treffen sich.
»Guten Tag, Herr Kollege, wie geht es Ihnen?«
»Danke, ganz ausgezeichnet, ich habe derzeit wirklich ungewöhnliches Glück: Ich behandle nämlich einen Schizophrenen.«
»Aber das ist doch nichts Besonderes.«
»Nu, in diesem Fall schon: *Beide* zahlen!«

Paranoia. Grün geht nach langer Zeit wieder einmal zum Arzt. Nach ausgiebiger Untersuchung bittet der Arzt ihn in sein Besprechungszimmer.
Der Arzt nimmt die Untersuchungsergebnisse zur Hand und betrachtet sie sehr lange. Schließlich wendet er sich an Grün und sagt:
»Keine Sorge, körperlich sind Sie eigentlich vollkommen gesund – aber Sie haben eine Paranoia!«
Darauf Grün:
»O weh! Aber was soll ich Ihnen sagen: Die Leute sind trotzdem alle hinter mir her!«

Impotenz. Der alte Teitelbaum zu seinem Arzt:
»Doktor, ich leide seit einiger Zeit an Impotenz. Bitte geben Sie mir etwas dagegen.«
»Wie alt sind Sie denn, Herr Teitelbaum?«
»80!«
»Aber in Ihrem Alter ist Impotenz doch ganz normal.«
»Nu, der Cohn ist aber schon 85, und der behauptet, dass er noch jede Woche seinen Ehepflichten nachkommt.«
»Dann behaupten Sie das doch ganz einfach auch.«

So ein gesunder Mann. Zwei Nachbarn unterhalten sich:
»Haben Sie schon die Geschichte von Cohn gehört?«
»Meinen Sie den Aaron Cohn? Diesen sportlichen braungebrannten Typ, der jeden Tag im Central Park joggt und gegenüber im Reformhaus seine Lebensmittel einkauft?«
»Ja, genau, den meine ich – der ist letzte Woche gestorben!«
»O weh! So ein gesunder Mann!«

Laborberichte. Dr. Shapiro hat die Laborberichte über zwei seiner Patienten bekommen. Ein Patient hat AIDS und der andere Alzheimer. Unglücklicherweise hat das Labor vergessen, die Namen der Patienten auf die Berichte zu schreiben. Als die Ehefrau eines der beiden Patienten anruft, denkt er kurz nach, dann sagt er:
»Also, lassen Sie Ihren Mann so bald wie möglich einen Spaziergang machen. Falls er zurückkommt, gehen Sie auf keinen Fall mit ihm ins Bett!«

Meschugge. Der 85jährige Cohn, Oberhaupt und Patriarch einer bekannten Familie, kann schon seit Monaten nicht mehr richtig schlafen. Nächtelang wälzt er sich schlaflos in seinem Bett herum. Der Arzt der Familie, eine Kapazität, hat ihm die teuersten Pillen und Kräuter verordnet. Alles ohne Erfolg. Zu guter Letzt wendet man sich an einen berühmten Psychiater, einen Professor, der auch Hypnose praktiziert. Die ganze Familie ist versammelt, als der Psychiater den alten Cohn zu Hause besucht.

Der Enkelsohn:

»Großvater, da ist der berühmte Professor, ein weltbekannter Mann, der sogar Wunder vollbringt, und der auch dir bestimmt helfen wird.«

Der Professor:

»Herr Cohn, wenn Sie ein bisschen Vertrauen zu mir haben, werden Sie gleich wie ein Baby schlafen.«

Dann hält er ihm seine goldene Taschenuhr vor seine Augen und sagt:

»Schauen Sie jetzt bitte ganz ruhig und fest auf die Uhr … ja, so ist es gut!«

Jetzt lässt der Professor die Uhr langsam pendeln und redet ohne Unterbrechung weiter:

»Links … rechts … Ihre Augen werden jetzt sehr müde … sehr müde … ja … Sie werden jetzt gleich fest schlafen … vollkommen fest schlafen …«

Und tatsächlich: Der Kopf des alten Cohn neigt sich zur Seite, seine Augen schließen sich, und sein Atem ist so ruhig und gleichmäßig wie der eines Babys. Jetzt legt der Professor die Finger auf seine Lippen, um den Anwesenden zu zeigen, dass sie möglichst ruhig sein sollen. Leise schleicht sich der Professor aus dem Zimmer.

Kaum ist die Tür wieder geschlossen, als der alte Cohn vorsichtig die Augen aufmacht und fragt:

»Ist der Meschuggene weg?«

Ödipuskomplex. Moische kommt aus der Schule nach Hause und läuft gleich aufgeregt zu seiner Mutter:

»Mama, stell dir vor: Heute war der Schulpsychologe bei uns und hat mich untersucht!«
»Und, mein lieber Moischele, was hat er denn gesagt?« fragt die Mutter besorgt.
»Nu, er hat gesagt, ich hätte einen Ödipuskomplex!?«
Die Mutter:
»Macht nichts – Hauptsache, du hast deine Mutter lieb!«

Durchgesetzt. Ein Patient beklagt sich bei seinem Psychotherapeuten über die Untreue seiner Ehefrau:
»Meine Ehefrau ist unverschämt! Stellen Sie sich vor: Sie bringt ihre Liebhaber sogar mit nach Hause, und zwar ganz gleich, ob ich da bin oder nicht. Dann lieben sie sich auf dem Sofa im Wohnzimmer – und machen dabei noch nicht einmal die Türe zu!«
Der Psychiater fordert den Mann auf, sich in Zukunft stärker durchzusetzen. Nach einer Woche ist der Mann wieder bei seinem Psychotherapeuten. Stolz erzählt er:
»Also, gestern habe ich mich wirklich durchgesetzt!«
»Und was haben Sie gemacht?«
»Nu, ich habe darauf bestanden, dass sie die Tür zumachen.«

Militärisches

Aus den Zeiten der russischen Zaren, der Österreichisch-Ungarischen k. u. k. Monarchie sowie aus der über siebzigjährigen kommunistischen Sowjetherrschaft stammen eine Vielzahl von Witzen, die sich mit dem Militär beschäftigen. Die ›Rollenverteilung‹ ist dabei durchgängig eindeutig und gleichbleibend.

Sanitätsarzt. In der russischen Armee reagierte man auf jüdische Witze vollkommen unterschiedlich. Ein Gefreiter lachte *dreimal*: Das erste Mal, wenn man ihm den Witz erzählte, das zweite Mal, wenn man ihm den Witz erklärte, und das dritte Mal, wenn er den Witz verstanden hatte.
Ein Unteroffizier lachte *zweimal*: Das erste Mal, wenn man ihm den Witz erzählte, und das zweite Mal, wenn man ihm den Witz erklärte. Verstanden hat er ihn nie.
Ein Offizier lachte nur *einmal*: Nachdem man ihm den Witz erzählte. Erklären ließ er sich prinzipiell nichts und verstanden hätte er ihn ohnehin nie.
Und ein Sanitätsarzt lachte überhaupt *nicht*: Er war Jude und kannte den Witz bereits in einer besseren Variante.

Uniformstreifen. David fragt seinen Vater, was die Streifen an den Militäruniformen bedeuten.
Der Vater:
»Ein Streifen bedeutet, dass der Soldat lesen kann. Zwei Streifen bedeuten, dass er auch schreiben kann. Und drei Streifen bedeuten, dass er einen *kennt*, der lesen und schreiben kann.«

Kaiser und Reich. Ein jüdischer Handelsreisender und ein preußischer Offizier sitzen zusammen in einem Zugabteil. Der jüdische Handelsreisende erzählt von seiner Familie, von seiner Firma und von seinen Geschäften.
Schließlich fragt er den Offizier:
»Und für wen reisen Sie?«
»Für Kaiser und Reich!« antwortet der Offizier.
Darauf der Handelsreisende:
»Interessant! – Also auch für eine jüdische Firma!«

Georgs-Kreuz. Cohn ist in der zaristischen Armee durch besondere Tapferkeit aufgefallen. Deshalb soll er ausgezeichnet und belohnt werden, Er darf selbst zwischen dem Georgs-Kreuz oder 100 Rubel wählen.
Cohn:
»Wie viel ist denn das Georgs-Kreuz wert?«
Offizier:
»Das ist eine absolut sinnlose Frage. Das Kreuz ist höchstens einen Rubel wert, aber es handelt sich in diesem Fall schließlich um die Ehre!«
Cohn denkt kurz nach, dann sagt er:
»Nu, dann behalten Sie bitte einen Rubel und geben mir das Georgs-Kreuz zusammen mit den restlichen 99 Rubel.«

Vorstellung. Im Zug von Lemberg nach Krakau.
Zwei Reisende stellen sich vor:
»Gestatten, von Teplitz, Leutnant der Reserve.«
»Sehr angenehm, von Lemberg, dauernd untauglich.«

Knopf. Der Hauptmann brüllt einen Rekruten an:
»An Ihrer Uniformjacke fehlt ein Knopf!«
Darauf der Rekrut:
»Ihre Sorgen möchte ich haben, Herr Hauptmann.«

Ehre. Itzik und Iwan melden sich freiwillig zur Armee.
Iwan zu Itzik, sehr vorwurfsvoll:
»Du machst das doch nur wegen des Geldes – ich aber wegen der Ehre!«
Darauf Itzik:
»Nu, jeder kämpft eben für das, was ihm *fehlt*!«

Fallschirmsprung. Grün ist zur russischen Armee eingezogen worden. Er soll erstmalig mit einem Fallschirm abspringen. Der Ausbilder erklärt ihm, dass er den Fallschirm nach ungefähr zehn Sekunden öffnen muss. Für den außerordentlich seltenen Fall, dass sich der Fallschirm nicht öffnet, soll er noch einmal bis zehn zählen, um dann den Reservefallschirm zu öffnen. Unten angekommen, soll er in eines der wartenden Autos steigen, das ihn dann wieder zurück in die Kaserne fahren werde.
Grün springt ab. Er zählt bis zehn und zieht – aber der Fallschirm öffnet sich nicht. Er zählt noch einmal bis zehn und zieht am Reservefallschirm. Doch der öffnet sich auch nicht. Verärgert ruft er in Richtung Flugzeug:
»Und wenn ich unten ankomme, dann steht wahrscheinlich auch kein Auto da!«

Hut. Während der Juden-Diskriminierung im zaristischen Russland. Dem Moische Zucker kommt auf der Straße ein russischer Offizier entgegen. Der Offizier ist wütend, weil Zucker es versäumt hat, seinen Hut vor dem Offizier zu ziehen.
»Jude!« schreit der Offizier. »Was hat diese Unverschämtheit zu bedeuten? Woher kommst du?«
»Aus Minsk«, erwidert Moische bescheiden.
»Und was ist mit dem Hut?« brüllt der Offizier.
»Nu, der kommt auch aus Minsk.«

Musterung. Moische musste zur Musterung nach Czernowitz. Ihm gelingt es, sich bei der Untersuchung als blind auszugeben. Deshalb wird er vom untersuchenden Arzt vom Militärdienst freigestellt. Bis zur Abfahrt seines Busses nach Jehupetz hat er noch drei Stunden Zeit. Um sich die Zeit zu vertreiben, geht er ins nächste Kino. Zu seiner Überraschung bemerkt er, dass neben ihm der Musterungsarzt sitzt, der ihn gerade untersucht hat.
Geistesgegenwärtig fragt Moische ihn:
»Entschuldigen Sie bitte, mein Fräulein, aber sitze ich hier wirklich im Autobus nach Jehupetz?«

Kaiser. Der k.u.k. Offizier fragt den Rekruten:
»Warum soll ein Soldat für den Kaiser sein Leben opfern?«
»Ja, recht haben Sie! Warum sollte er?«

Jüdischer Name. Ein jüdischer Handelsreisender sitzt im Zug. Ihm gegenüber sitzt ein Leutnant mit einem großen Hund. Bei jeder kleinen Gelegenheit raunzt der Offizier seinen Hund laut und abfällig an:
»Teitelbaum! Halt die Schnauze! Verzieh dich!«
Darauf der Handelsreisende:
»Wirklich schade, dass Ihr Hund einen jüdischen Namen hat.«
Der Offizier, misstrauisch:
»Warum?«
»Nu, damit kann er schließlich noch nicht einmal Leutnant werden.«

Philosophisches

In den Schtetl oder Kille genannten Dörfern der Ostjuden waren die Rabbiner nicht nur die religiösen Führer ihrer Gemeinden, sondern auch deren Weisheitslehrer. Die teilweise tiefsinnigen, manchmal aber auch bewusst absurden Weisheitssprüche der Rabbis sollten den Gemeindemitgliedern helfen, auch unter sehr schwierigen Lebensumständen eine eigene, möglichst optimistische Lebensphilosophie zu entwickeln. Wegweisung und Erleuchtung sowie Trost und Einsicht waren die Ziele ihrer Philosophie.

Andererseits gab es auch den Apikoras, den jüdischen Ketzer, einen Skeptiker, der sich seine Zweifel durch langes Studium ernsthaft erworben hatte. Manche zweifelten sogar an ihren Zweifeln.

Buckel. Ein buckliges Gemeindemitglied pflegte oft zu sagen:
»Gott hat wirklich alles großartig und vollkommen gemacht!«
Jemand, der dies hörte, fragte daraufhin den Mann:
»Aber du, mit deinem Buckel, gilt das denn auch für dich?«
»Aber selbstverständlich! Als Buckliger bin ich absolut perfekt!«

Würdig. Ein Rabbiner fragte einmal einen vermögenden, aber für seinen Geiz bekannten Geschäftsmann:
»Warum gibst du nicht etwas mehr für die Armen?«
»Nu, ich suche noch denjenigen, der tatsächlich in Not ist

und wirklich Hilfe braucht. Und wenn ich *den* gefunden habe, dann werde ich ihm auch geben.«
»Und was wirst du dem himmlischen Gericht antworten, wenn man dich eines Tages fragen wird, warum der Allmächtige dir Geld gegeben hat und nicht nach einem Mann gesucht hat, der wirklich würdig ist, Geld zu besitzen?«

Leben lernen. Ein alter Mann bittet den Rabbi um Rat:
»Rabbi, ich bin schon sehr alt, und mein Leben geht bald zu Ende, bitte lehren Sie mich zu sterben.«
Der Rabbi:
»Statt lernen zu sterben, lerne lieber zu leben.«

Verdienst. Ein Rabbiner zu einem Talmudstudenten:
»Viele Menschen denken lange darüber nach, womit sie es *verschuldet* haben, wenn es ihnen schlecht geht. Dagegen fragen sich nur wenige, womit sie es *verdient* haben, wenn es ihnen gut geht.«

Bedürfnisse. Ein für seine Weisheit bekannter Rabbiner pflegte zu sagen:
»Ich habe niemals eine Sache *gebraucht,* bevor ich sie nicht besaß – die Tatsache, dass ich sie nicht besaß, war der beste Beweis dafür, dass ich sie auch nicht brauchte.«

Schwarze Katze. David bittet seinen Vater, ihm den Unterschied zwischen Philosophie, Metaphysik und Religion zu erklären.
»Nu, ich will es mit einem Vergleich versuchen:
Die Philosophie ist vergleichbar mit der Suche nach einer schwarzen Katze in einem völlig dunklen Raum.
Die Metaphysik ist vergleichbar mit der Suche nach einer

schwarzen Katze in einem völlig dunklen Raum, obwohl gar keine Katze da ist.
Und die Religion ist vergleichbar mit der Suche nach einer schwarzen Katze in einem völlig dunklen Raum, obwohl keine Katze da ist und der Suchende trotzdem plötzlich ruft: ›Ich habe sie gefunden!‹«

Ignorant. Ein Talmudstudent zu einem Rabbiner:
»Rabbi, bitte sagen Sie mir: Warum behandeln Sie die Überheblichen strenger als die Lügner?«
Der Rabbiner:
»Aber das ist doch ganz einfach: Ein Lügner weiß selbst, dass er lügt. Ein Überheblicher ist dagegen ein Ignorant. Er glaubt tatsächlich, dass er so groß ist, wie er es sich einbildet.«

Wählerisch. Seitdem Cohn den Gemeinderabbi regelmäßig mit größeren Geldbeträgen unterstützte, gingen seine Geschäfte viel besser.
Als Cohn jedoch erfuhr, dass der Rabbi lediglich ein Schüler eines noch viel berühmteren Rabbiners war, stellte er sofort seine Spenden an den Gemeinderabbi ein und unterstützte direkt den Meister. Doch zu seiner großen Überraschung liefen seine Geschäfte von diesem Zeitpunkt an nicht besser, sondern schlechter.
Da Cohn sich die Sache nicht erklären konnte, fragte er den berühmten Rabbi:
»Rabbileben, bitte erklären Sie mir: Warum gingen meine Geschäfte gut, solange ich Ihren Schüler unterstützt habe, und warum gehen sie so schlecht, seitdem ich Ihnen die Spenden zukommen lasse?«
Der Rabbi klärte kurz, dann sagte er:
»Nu, die Sache ist im Grunde sehr einfach: Solange du nicht wählerisch warst und nicht nach einem besonders würdigen

Rabbi gesucht hast, war der Allmächtige auch nicht wählerisch und suchte ebenfalls nicht nach einem würdigeren Menschen, als du es bist, um ihm Erfolg zu schenken. Seitdem du aber wählerisch geworden bist, ist der Allmächtige auch wählerisch geworden.«

Stolz. Ein Kaffeehaus-Besucher, räsonierend:
»Ich bin stolz darauf, ein Jude zu sein! Wäre ich nicht stolz, bliebe ich trotzdem ein Jude. Also bin ich doch lieber gleich stolz darauf, ein Jude zu sein.«

Veränderung. Als ein in späteren Jahren berühmt gewordener Rabbiner noch jung war, wanderte er viele Jahre lang von Ort zu Ort. In einem kleinen Schtetl in der Nähe von Lemberg übernachtete er regelmäßig bei einer Familie, die zwar sehr arm war, ihm aber stets eine große Gastfreundschaft entgegenbrachte.
Viele Jahre später, als der Rabbiner wegen seiner Weisheit im ganzen Land verehrt wurde, kommt er wieder in das Schtetl, diesmal aber nicht zu Fuß, sondern mit einer großen Pferdekutsche. Bei seiner Ankunft wird er von der Gemeinde feierlich empfangen. Der Vorsitzende teilt ihm mit, dass man für ihn eine Unterkunft im Hause des reichsten Mannes der Gemeinde vorbereitet hätte.
Doch zur Überraschung aller sagt der Rabbi:
»Vielen Dank für euer großzügiges Angebot, aber ich habe hier bereits eine Unterkunft aus der Zeit, als ich noch auf Wanderung war. Und an mir selber ist seitdem auch keine Veränderung eingetreten – ich bin schließlich derselbe geblieben. Deshalb habe ich auch keinen Grund, meine Schlafstätte zu wechseln. Ich möchte daher wieder bei den Leuten übernachten, bei denen ich auch früher immer gewohnt habe. Die einzige Änderung, die eingetreten ist, stellt die

Pferdekutsche dar. Deshalb soll diese im Haus jenes reichen Mannes untergebracht werden.«

Sinn des Lebens. Ein Talmudstudent kommt zu einem für seine Klugheit bekannten Rabbiner und fragt:
»Rabbileben, bitte sagen Sie mir: Was ist eigentlich der Sinn des Lebens?«
Der Rabbi klärt lange. Schließlich zeigt er mit seiner Hand auf einen einfachen, im Gelände stehenden Pfosten und sagt:
»Betrachte einmal diesen Pfosten. Der Sinn des Lebens ist wie dieser Pfosten.«
Darauf der Student, sichtlich verwirrt:
»Rabbi, ich verstehe nicht.«
Darauf der Rabbi:
»Siehst du: ich auch nicht.«

Schmerzen. Ein wegen seiner Bescheidenheit berühmter Rabbiner wurde sein ganzes Leben lang von schweren und sehr schmerzhaften Krankheiten geplagt.
Einmal fragte ihn sein Arzt:
»Rabbi, bitte sagen Sie mir, wie schaffen Sie es nur, mit so viel Geduld so starke Schmerzen zu ertragen?«
Der Rabbi:
»Aber das ist doch ganz einfach. Sehen Sie: Die vergangenen Schmerzen sind doch schon vorbei, und die Schmerzen der Zukunft sind noch nicht da. Es bleiben also nur die Schmerzen in der jetzigen Minute – und eine Minute Schmerz kann man doch ertragen, nicht wahr?«

Geschlossene Augen. Ein Talmudstudent wollte einen für seine Weisheit berühmten Rabbiner in Verlegenheit bringen:

»Rabbileben, es wird von Ihnen behauptet, dass Sie sogar die Materie beherrschen. Können Sie denn auch die Berge, die man durch Ihr Fenster sehen kann, zum Verschwinden bringen?«
Vorsichtig zog der Rabbi die Vorhänge vor das Fenster und sah den Mann lächelnd an.
Darauf der junge Mann:
»Aber Sie haben dafür Ihre Hände benutzen müssen!«
Da schloss der Rabbi langsam seine Augen.

Kein Leid. Ein Talmudstudent zu seinem Lehrer:
»Es heißt, man soll dem Allmächtigen nicht nur für das Gute danken, sondern auch für das Leid. Aber warum soll man denn auch für das Leid dankbar sein?«
Darauf der Rabbi:
»Das ist eine wirklich schwierige Frage. Ich bitte dich deshalb, zu einem weiseren Mann zu gehen, als ich es bin. Geh zu meinem eigenen Lehrer – er wird dir eine Antwort geben können.«
Einige Tage später macht sich der Student auf den Weg zu dem früheren Lehrer des Rabbis. Als sich die Haustür öffnet, steht vor ihm ein ärmlich gekleideter, kranker und unterernährter alter Mann.
»Hochverehrter Rabbi, Ihr ehemaliger Schüler schickt mich zu Ihnen. Er hat mir gesagt, dass Sie mir erklären können, warum man dem Allmächtigen nicht nur für das Gute, sondern auch für das Leid danken soll.«
»Das hat er wirklich gesagt?« fragt der alte Mann skeptisch. »Das muss ein Irrtum sein, denn wie kann ich dir auf diese Frage antworten, da ich doch noch nie in meinem Leben Leid erfahren habe?«

Klugheit. Jemand fragte den großen Rabbi Levi Itzchak von Berditschew:
»Vom König Salomo sagt die Bibel: ›Er war klüger als alle Menschen‹, und unsere Weisen sagen: ›Salomo war sogar so klug, dass er selbst Narren überzeugen konnte‹. Jetzt aber frage ich Sie: Um klüger zu sein als ein Narr, braucht man doch keine große Klugheit?«
»Aber selbstverständlich! Um einen Narren davon zu überzeugen, dass es klügere Menschen gibt als ihn – dazu braucht man sogar eine sehr große Klugheit.«

Mein Ton. In einem kleinen Ort in der Nähe von Odessa lebte einmal ein einfacher Mann zusammen mit seiner kleinen Familie glücklich und zufrieden. Jeden Abend, wenn der Mann von seiner Arbeit nach Hause kam, spielte er als erstes eine Stunde lang auf seinem Cello. Doch in all den Jahren spielte er immer nur einen einzigen Ton. Als eines Tages ein berühmtes Orchester aus Moskau zu einem Gastspiel in seinen Heimatort kam, fragte ihn seine Frau, ob er etwas dagegen hätte, wenn sie in das Konzert gehen würde.
»Selbstverständlich habe ich nichts dagegen, meine liebe Rahel, ganz im Gegenteil«, antwortete der Mann freundlich.
Nach dem Konzert kam seine Frau begeistert nach Hause. Sofort fing sie an zu erzählen:
»Das Orchester war wirklich ausgezeichnet! Und vor allem die Cellisten, die haben so schön gespielt – so viele Töne, rauf und runter! Bitte, mein lieber Mann, verzeih mir die Frage, aber sag mir doch wenigstens einmal: Warum spielst du eigentlich immer nur einen einzigen Ton?«
»Nu, die *suchen* meinen Ton noch.«

Sinn des Lebens. Ein Talmudstudent fragte einmal einen berühmten Rabbiner:

»Rabbileben, bitte sagen Sie mir: Was ist der Sinn des Lebens?«
Der Rabbi klärte lange, schließlich sagte er:
»Junger Mann, merken Sie sich: Der Sinn des Lebens ist mit einer Mohrrübe vergleichbar.«
Der Student:
»Aber wieso denn gerade mit einer Mohrrübe?«
»Nu, das kannst du selbst leicht feststellen: Pack deine Sachen zusammen, reise einmal um die Welt und komm in zehn Jahren wieder zu mir zurück!«
Der Student befolgte den Rat des Rabbis, packte seine Sachen und reiste zehn Jahre lang um die Welt. Nach seiner Rückkehr ging er wieder zum Rabbi:
»Rabbileben, ich habe Ihren Rat befolgt und bin zehn Jahre um die Welt gereist – nur: Ich habe immer noch nicht herausgefunden, wieso der Sinn des Lebens mit einer Mohrrübe vergleichbar ist.«
Darauf der Rabbi:
»In diesem Fall war die Zeit eben zu kurz – dann musst du noch einmal zehn Jahre um die Welt fahren.«
Und wieder packte der Mann seine Sachen und fuhr noch einmal zehn Jahre lang um die Welt. Nach zehn Jahren kam er wieder zum Rabbi:
»Rabbileben, jetzt fahre ich schon zwanzig Jahre um die Welt und habe immer noch nicht herausgefunden, warum der Sinn des Lebens mit einer Mohrrübe vergleichbar ist.«
Darauf der Rabbi, nach kurzem Nachdenken:
»Nu, dann ist der Sinn des Lebens eben nicht mit einer Mohrrübe vergleichbar.«

Innen heraus. Ein Talmudstudent fragt einen Rabbiner:
»Rabbileben, lebt der Mensch eigentlich von innen heraus oder von außen herein?«

Der Rabbiner überlegt eine Weile, dann sagt er:
»Ja!«

Fachmann. Ein berühmter Rabbi lobte oft den Charakter von einfachen und armen Menschen. Einmal fragte ein reicher Diamantenhändler den Rabbi:
»Rebbe, warum lobst du eigentlich so gern den Charakter der einfachen und armen Leute? Ich jedenfalls kann überhaupt nichts Besonderes an ihnen finden.«
Darauf der Rabbi:
»Diese Frage kann ich leicht beantworten: Gerade die einfachen und armen Leute haben nach meinen Erfahrungen oft besonders wertvolle menschliche Qualitäten.«
Der Diamantenhändler:
»Da sehe ich aber keine!«
Der Rabbi:
»Du bist doch Diamantenhändler – zeig mir einmal einen besonders schönen Stein.«
Darauf nahm der Mann den schönsten Diamanten, den er bei sich trug, und zeigte ihn stolz dem Rabbiner.
Doch der Rabbi blieb unbeeindruckt und sagte nur:
»Es tut mir wirklich sehr leid, aber ich kann nichts Besonderes an diesem Diamanten finden.«
Darauf der Diamantenhändler:
»Na ja, man muss schon ein Fachmann sein, um seine Schönheit zu erkennen.«
Da lächelte der Rabbi und sagte:
»Siehst du, *Fachmann* muss man auch sein, um die Schönheit der Seele eines einfachen Menschen erkennen zu können.«

Schlimme Gedanken. Ein Gemeindemitglied bittet den Rabbiner um Rat:

»Rebbe, manchmal, wenn ich nachdenke, komme ich auf ganz schlimme Gedanken. Was soll ich nur tun?«
Der Rabbi:
»Was verstehst du denn unter ›schlimme Gedanken‹?«
»Na ja, also es ist mir wirklich sehr unangenehm, darüber zu sprechen, aber manchmal frage ich mich, ob es Gott überhaupt gibt. Und wenn es Gott nicht geben würde, dann wäre unser Leben doch vollkommen sinnlos und ohne jede Bedeutung, nicht wahr?«
Darauf der Rabbi:
»Wenn das die Schlussfolgerung deines Nachdenkens ist, dann fahre ruhig fort, auf ›schlimme Gedanken‹ zu kommen.«

Spiegel. Ein Schnorrer bittet einen Rabbi um Rat:
»Rabbi, wie kommt das: Wenn ich einen Armen um eine Wohltätigkeit bitte, teilt der meistens sein letztes Stück Brot mit mir. Wenn ich aber zu einem Reichen gehe, bekomme ich oft gar nichts. Woran liegt das?«
»Das kann ich dir leicht erklären«, antwortet der Rabbi. »Schau mal dort drüben durch das Fenster. Was siehst du da?«
Der Schnorrer:
»Bäume, Tiere, Kinder und vieles andere mehr.«
Der Rabbi:
»Und jetzt sieh in diesen Spiegel, was siehst du da?«
»Natürlich mein Gesicht!«
»Verstehst du jetzt?« fragt der Rabbi. »Fenster und Spiegel sind beide aus Glas, doch kaum ist das eine ein wenig mit Silber unterlegt – schon siehst du nur noch dich selbst.«

Kontrolle. Ein Talmudstudent fragt den Rabbiner, warum er durch seinen Diener immer kontrollieren lasse, ob derjenige, der ihn wegen einer Erkrankung um eine finanzielle Unterstützung bittet, auch tatsächlich krank sei, obwohl er nie kontrolliere, wenn man ihn aufgrund einer Entbindung um eine finanzielle Hilfe bitten würde.

»Nun, wie oft kann mich denn jemand mit der Begründung um Geld bitten, dass seine Frau gerade entbunden hat?«

»Einmal im Jahr.«

»Siehst du, und wenn ich einmal im Jahr zum Narren gehalten werde, ist das doch nicht so schlimm, oder?«

Lösung. Ein junger Mann kommt zum Rabbi und sagt:

»Rabbi! Ich habe beschlossen zu sterben.«

Der Rabbi:

»Das ist keine Lösung! Geh nach Hause und denk noch einmal nach!«

Nach einer Woche erscheint der Mann wieder beim Rabbi:

»Rabbi, Sie hatten recht: Ich habe noch einmal nachgedacht und beschlossen weiterzuleben.«

Der Rabbi:

»Das ist auch keine Lösung!«

Darauf der Mann, etwas verunsichert:

»Aber Rabbi, Sie haben mir doch vor einer Woche gesagt, dass Sterben keine Lösung ist. Und jetzt sagen Sie mir, dass Leben auch keine Lösung ist. Was ist denn die Lösung?«

Der Rabbi:

»Glaubst du denn wirklich, dass es eine Lösung gibt?«

Weltformel. Als Albert Einstein in den Himmel kam, teilte man ihm mit, dass er einen Wunsch frei hätte.

Nach kurzer Überlegung wünschte er sich, die ›Weltformel‹ kennenzulernen. Gott war einverstanden und begann eine lange Formel aufzuschreiben. Einstein las jede Zahl aufmerksam mit. Dabei wurde er immer nervöser.

»Aber die ist ja voller Fehler!« rief er plötzlich.
»Ich weiß«, antwortete Gott lächelnd.

Schuhe. Es gab Zeiten, da war das Reisen auf einem offenen Eisenbahn-Güterwaggon nicht nur erlaubt, sondern, weil es so billig war, sogar besonders beliebt. Auch ein wegen seiner Weisheit bekannter Rabbi reiste deshalb gelegentlich auf einem offenen Güterwagen. Einmal wurde der Waggon, auf dem der Rabbi saß, beim Überfahren einer Weiche so heftig durchgeschüttelt, dass sich der rechte Schuh von seinem Fuß löste und vom Waggon herunterfiel. Obwohl die Schuhe noch fast neu waren, warf der Rabbi sofort seinen linken Schuh hinterher. Ein Mann, der die Sache beobachtet hatte, wunderte sich und fragte den Rabbi, warum er denn auch noch den anderen Schuh vom Waggon geworfen habe.
Der Rabbi:
»Was hätte ich denn mit einem einzelnen Schuh machen sollen? Und wenn jemand den verlorenen Schuh gefunden hätte, dann hätte er auch nichts damit anfangen können. Wenn aber jetzt jemand beide Schuhe findet, dann wird er sie sicherlich irgendwie gebrauchen können.«

Wert der Bildung. Ein Talmudstudent fragt einen Rabbiner:
»Rabbi, bitte sagen Sie mir, warum beneiden eigentlich die Gebildeten die Reichen, nicht aber die Reichen die Gebildeten?«
»Das kann ich dir leicht erklären: Die Gebildeten kennen den Wert des Geldes, aber die Reichen kennen nicht den Wert der Bildung.«

Tasse Tee. David Shapiro, Absolvent der Harvard Universität, Doktor der Medizin, Doktor der Psychologie und erfolgreicher Psychiater mit großer Praxis in New York, lässt keine Möglichkeit ungenutzt, um endlich den Sinn des Lebens zu finden.

Einmal reist er nach Indien, da man ihm erzählt hatte, dass im äußersten Norden des Landes, am Fuße des Himalaja, in einem kleinen Dorf ein ungewöhnlich kluger und weiser alter Mann lebt, den Eingeweihte nur als ›der Heilige‹ bezeichnen. Unter großen Anstrengungen gelingt es Dr. Shapiro, die armselige Hütte, in der der Heilige lebt, zu finden. Der Heilige empfängt den Amerikaner sehr freundlich und fragt ihn höflich nach dem Grund seines Besuchs.

»Mein Name ist Doktor Shapiro, ich komme aus New York und bin zu Ihnen gekommen, weil man mir erzählt hat, dass Sie mir sagen können, was der Sinn des Lebens ist.«

Da sagt der Alte, weise lächelnd:

»Aber das ist doch ganz einfach: Der Sinn des Lebens ist wie eine Tasse Tee.«

Als der Heilige das überraschte Gesicht des Amerikaners bemerkt, sagt er:

»Oder haben Sie etwa einen besseren Vorschlag?«

Platzmangel. Im sowjetischen Russland war es durchaus üblich, dass auch kinderreiche Familien in einem einzigen Zimmer wohnten. So war das auch bei der Familie Zucker: Obwohl die Zuckers vier kleine Kinder hatten und auch die Großmutter bei ihnen wohnte, lebten sie in nur einem einzigen Raum. Eines Tages war es der Vater leid: So konnte es nicht weitergehen!

In seiner Not ging er zum Rabbi, um ihn um Rat zu fragen: »Rabbileben, wir sind sieben Personen, zwei Kinder männlichen Geschlechts, zwei Kinder weiblichen Geschlechts, die Großmutter, meine Frau und ich – und wir leben in nur einem einzigen Raum. Lange halten wir das nicht mehr aus. Bitte helfen Sie uns!«

Der Rabbi:

»Lieber Zucker, bestimmt hast du einen Stall mit Vieh?«

»Ja, das stimmt, ich habe im Hof einen kleinen Stall mit einer Ziege, einem Schwein und zwei Hühnern.«

»Gut, dann nimm noch heute die zwei Hühner in euer Zimmer und komm in einer Woche wieder.«

Nach einer Woche ist Zucker wieder beim Rabbi:

»Rabbi, es ist ganz schrecklich, dieses Gegackere der Hühner und dieser Gestank! Das halten wir einfach nicht mehr länger aus! Was soll ich nur tun?«

»Dann nimm auch noch die Ziege in euer Zimmer und komm in einer Woche noch einmal zu mir.«

Nach einer Woche ist Zucker erneut beim Rabbi:

»Rabbileben, es ist unvorstellbar! Dieser Lärm, dieser Gestank! Die Kinder können nicht schlafen, die Großmutter kann nicht schlafen, meine Frau kann nicht schlafen, und ich kann auch nicht mehr schlafen!«

Der Rabbi:

»Jetzt nimm auch noch das Schwein mit ins Zimmer und komm in einer Woche wieder.«

Nach einer Woche erscheint Zucker völlig verzweifelt beim Rabbiner:

»Rabbi! Jetzt geht es wirklich nicht mehr: Wir sind alle am Ende – noch ein paar Tage und wir werden den nächsten Monat nicht mehr erleben!«

Darauf der Rabbi:

»Gut – dann bring die Ziege, das Schwein und die Hühner

wieder in den Stall zurück und komm in einer Woche noch einmal zu mir.«
Nach einer Woche ist Zucker beim Rabbi und sagt:
»Rabbileben! Stellen Sie sich vor: Die Kinder sind glücklich, die Großmutter ist glücklich, meine Frau ist glücklich, und auch ich bin glücklich. Wir alle fühlen uns wie im Paradies – so viel Platz hatten wir noch nie in unserem Zimmer!«

Borschtsch-Suppe. Mandelbaum bestellt in einem Moskauer Restaurant eine Borschtsch-Suppe. Endlich, nach fast einer Stunde, bringt der Kellner die Suppe.
Mandelbaum probiert und sagt zum Kellner:
»Die Borschtsch-Suppe ist leider nicht sauer genug!«
Der Kellner:
»Das ist auch keine Borschtsch-Suppe, das ist eine Hühnersuppe!«
Mandelbaum, sehr freundlich:
»Nu, dann ist ja alles in Ordnung: Für eine *Hühnersuppe* ist die Suppe wirklich sauer genug.«

Kränkung. Ein im ganzen Land hochangesehener Rabbi übernachtete einmal während einer längeren Reise in einem ziemlich heruntergekommenen Gasthof. Der Gastwirt, der den Rabbiner nicht kannte, behandelte ihn sehr unfreundlich und herablassend.
Als der Gastwirt jedoch am nächsten Tag sah, mit welchem Respekt sein Gast von der Gemeinde begrüßt wurde, ging er sofort auf den Rabbi zu und entschuldigte sich:
»Es tut mir wirklich sehr leid, aber ich habe Sie gestern einfach nicht erkannt.«
Darauf der Rabbi:
»Nun, als Sie mich so herablassend und verletzend behandelt haben, dachte ich, Sie wüssten, wer ich sei, und dass ich

Ihre Kränkung aus irgendeinem Grund, der mir unbekannt war, sicherlich verdient hätte. Doch jetzt, da ich weiß, dass Sie gar nicht wussten, wer ich war, frage ich mich natürlich, warum Sie einen Menschen so verletzen konnten, den Sie doch gar nicht kannten?«

Politisches

Da die ursprünglichen Siedlungsgebiete der Ostjuden zu einem großen Teil innerhalb der Grenzen des ehemaligen russischen bzw. sowjetischen Herrschaftsgebietes lagen, beschäftigen sich die meisten politischen Witze mit den damals in diesem Land vorhandenen Verhältnissen.

Diese Verhältnisse, die bekanntlich durch eine politische Unterdrückung und gesellschaftliche Diskriminierung der Juden – auch in der Sowjetunion – geprägt waren, haben die Entstehung von Witzen in der typischen Technik des jüdischen Humors besonders begünstigt. Die Juden hatten auch in der Sowjetunion die alte, traditionelle jüdische Witztechnik nicht verlernt, im Gegenteil, sie wurde weiter gepflegt und zielgenau eingesetzt. Begünstigt wurde diese Situation durch die schlechten wirtschaftlichen Verhältnisse sowie die fehlende Meinungs- und Pressefreiheit in der Sowjetunion. Genau diese Verhältnisse und Umstände waren dann auch oft Anlass und Gegenstand von Witzen.

Das gilt – zumindest was die Unterdrückung und Diskriminierung, später ja auch die Verfolgung von Juden anbetrifft – selbstverständlich auch für die aus der Nazizeit stammenden Witze, die sich darüber hinaus durch eine besondere Tragik auszeichnen. Einige dieser Texte sind von einer derart beißenden Schärfe, dass die Bezeichnung ›Witz‹ kaum noch gerechtfertigt ist. Hier ist die Bezeichnung ›Waffe der Wehrlosen‹ in besonderem Maße zutreffend; und oft war der Witz auch tatsächlich das letzte, was einem ansonsten völlig wehrlosen Opfer als Waffe übrigblieb.

Globus. Ende der 1930er Jahre in Berlin. Cohn lässt sich in einem Reisebüro einen Globus geben und überlegt: Die Vereinigten Staaten von Amerika haben ihre Grenzen geschlossen, Palästina ist für Juden gesperrt, England lässt auch keinen mehr ins Land, und die südamerikanischen Staaten erteilen keine Visa mehr.
Da wendet er sich an einen Reisebüro-Angestellten und fragt vorsichtig:
»Bitte verzeihen Sie, aber haben Sie vielleicht noch einen anderen Globus?«

Ei oder Huhn. In der Sowjetunion während der Zeit der Hungersnöte.
David fragt seinen Großvater:
»Großvater, was war früher da: das Ei oder das Huhn?«
»Nu,« antwortet der Großvater, »*früher* war *beides* da.«

Namensänderung. Während der Hitler-Zeit in Deutschland. Moische kommt von einem Besuch bei der Stadtverwaltung nach Hause. Er hat von der Behörde einen neuen Familiennamen bekommen. Seine Frau fragt neugierig:
»Wie heißen wir denn jetzt?«
»Schweißloch!«
»Aber warum hast du dir denn einen so schrecklichen Namen geben lassen?«
»Liebe Sarah: Alleine der Buchstabe ›w‹ in der Mitte des Wortes hat mich bereits 500 Reichsmark gekostet.«

Glasauge. Eine Geschichte aus einem deutschen Konzentrationslager – welches ist unwichtig, eines war wie das andere. Ein SS-Obersturmführer – wer ist unwichtig, einer war wie der andere – war wieder einmal sehr lustig, und wenn so ein Obersturmführer sehr lustig war, war das für

die KZ-Insassen sehr traurig. Und so ließ sich der Obersturmführer einen kleinen unscheinbaren Juden kommen und sagte zu ihm:
»Hör jetzt einmal genau zu, Kleiner: Eines meiner beiden Augen ist ein Glasauge, und es ist sicherlich das beste Glasauge, das man in Deutschland bekommen kann. Wenn du errätst, welches meiner Augen aus Glas ist, dann lasse ich dich frei!«
Der Jude sieht den Mann kurz an, dann sagt er:
»Das linke ist das Glasauge.«
Der Obersturmführer, sichtlich überrascht:
»Kolossal! Aber woran hast du das denn so schnell erkannt?«
»Nu, es sieht so *menschlich* aus.«

Strick. Blau zu Grün:
»Kennst du schon die Geschichte, in der Hitler mit einem Strick in den Wald geht?«
»Nein, diese Geschichte kenne ich noch nicht, aber sie fängt schon gut an.«

Feiertag. Neugierig fragt Hitler eine Wahrsagerin:
»Bitte sagen Sie mir: An welchem Tag werde ich sterben?«
Die Frau denkt kurz nach, dann sagt sie:
»Sie werden an einem jüdischen Feiertag sterben.«
Darauf Hitler:
»Aber an welchem Feiertag genau?«
»Das kann ich leider nicht sagen, aber es wird mit Sicherheit ein jüdischer Feiertag sein.«

Witzurheber. Als Hitler von den zahlreichen Witzen erfährt, die über ihn verbreitet wurden, befiehlt er, denjenigen

sofort zu verhaften, der dafür verantwortlich ist. Bereits wenige Tage später bringt man Hitler den Mann.
Hitler:
»Ist das richtig, dass Sie der Urheber des Witzes sind, in dem es heißt, dass ich mit einem Strick in den Wald gehe?«
»Ja, der bin ich.«
»Und stammt der Witz, dass ich an einem jüdischen Feiertag sterben werde, auch von Ihnen?«
»Ja, der stammt auch von mir.«
»Wissen Sie denn nicht, dass ich der Führer des Dritten Reiches bin, das über 1000 Jahre existieren wird?«
»Bitte verzeihen Sie, aber dieser Witz stammt wirklich nicht von mir.«

Namensänderung. Berlin im Jahre 1938. Adolf Stinkefuß stellt den Antrag, seinen Namen ändern zu dürfen.
Der Beamte:
»Dafür habe ich in Ihrem Fall wirklich Verständnis. Wie wollen Sie denn in Zukunft heißen?«
»Moritz Stinkefuß.«

Stürmer. Cohn ist durch rechtzeitige Emigration nach Amerika den Nazi-Häschern entkommen. Kurz nach dem Zweiten Weltkrieg kommt Cohn wieder nach Wien zurück. Er geht in sein altes Stamm-Kaffeehaus und sagt zum Ober:
»Herr Ober, bitte bringen Sie mir einen Kaffee, einen Cognac und den *Stürmer.*«
Darauf der Ober:
»Entschuldigen Sie bitte, mein Herr, den Kaffee und den Cognac kann ich Ihnen selbstverständlich gerne bringen, aber die Zeitung *Der Stürmer,* die gibt es nicht mehr.«

Nach zwanzig Minuten ruft Cohn den Ober erneut:
»Bitte einen Kaffee, einen Cognac und den *Stürmer.*«
Der Ober:
»Mein Herr, einen Kaffee und einen Cognac kann ich Ihnen gerne wieder bringen, aber, wie ich Ihnen bereits vorhin sagte, den *Stürmer* gibt es nicht mehr.«
Nach weiteren zwanzig Minuten das gleiche:
»Herr Ober, bitte einen Kaffee, einen Cognac und den *Stürmer.*«
Der Ober:
»Bitte verzeihen Sie, mein Herr, aber ich habe Ihnen doch schon zweimal gesagt, dass es den *Stürmer* nicht mehr gibt, warum fragen Sie mich denn jetzt schon wieder?«
Cohn:
»Aber verstehen Sie doch: Ich kann gar nicht oft genug hören, dass es den *Stürmer* nicht mehr gibt.«

Letzte Zigarette. Während der Zeit des Holocaust. Drei Juden stehen vor einem SS-Hinrichtungskommando. Der Offizier bietet ihnen eine letzte Zigarette an. Die beiden ersten nehmen sich jeweils eine, der dritte lehnt ab. Darauf der zweite zum dritten:
»Aber Moische: Bitte fordere nichts heraus!«

Schmerzen. In Warschau im Jahre 1944 während der blutigen Niederschlagung des Ghetto-Aufstandes. Ein Jude liegt schwerverletzt mit einem Lungen-Steckschuss auf der Straße.
Ein SS-Sturmführer fragt den Sterbenden:
»Na, Kleiner, hast du etwa Schmerzen?«
Der schwerverletzte Jude, mit letzter Kraft:
»Nur wenn ich *lache.*«

Attentat. Im Jahre 1937 in Berlin. Grün und Blau planen ein Attentat auf Hitler. Über viele Wochen beobachten sie, auf welchem Weg Hitler von seiner Villa in die Reichskanzlei gefahren wird. Deshalb wissen sie auch genau, dass das Auto mit Hitler jeden Morgen um acht Uhr um eine ganz bestimmte Straßenecke fährt.
Der Tag des Attentats ist gekommen. Die Bombe, die Hitler töten soll, haben die beiden Attentäter in einem parkenden Auto versteckt, das genau an der Stelle steht, an der Hitler täglich um acht Uhr vorbeikommt.
Es ist acht Uhr. Grün und Blau warten gespannt – doch das Auto mit Hitler kommt und kommt nicht. Die beiden werden nervös. Als das Auto um neun Uhr immer noch nicht da ist, sagt einer der beiden:
»Mein Gott – es wird ihm doch hoffentlich nichts zugestoßen sein?«

Gärtner. Cohn ist nach dem Krieg aus der Emigration nach Deutschland zurückgekehrt. Plötzlich packt er in großer Eile seine Koffer.
Der Hausmeister fragt ihn:
»Sie wollen verreisen, Herr Cohn?«
»Ja, und zwar für immer. Es geht nämlich wieder los gegen die Juden!«
»Aber was reden Sie denn für einen Unsinn?«
»Doch, bestimmt. Eben hat mir ein Mann auf der Straße erzählt, dass man die Gärtner und die Juden ausrotten will.«
»Aber wieso denn die Gärtner?«
»Sehen Sie! Ich habe Ihnen ja gesagt, es geht wieder los gegen die Juden.«

Der Stürmer. Wien im Jahre 1935. Blau sitzt in einem Kaffeehaus und liest Zeitung.

Der Ober fragt:
»Herr Blau, ich weiß, dass Sie Jude sind, und genau deshalb verstehe ich etwas nicht: Warum lesen Sie ausgerechnet den *Stürmer*? Das ist doch die schlimmste Nazi-Propagandazeitung, die es gibt! Sind Sie etwa ein Ignorant, ein Masochist oder einer von den Juden, die aus ihrem Selbsthass keinen Hehl machen?«
»Nein, nein – genau das Gegenteil ist der Fall! Aber wenn ich eine jüdische Zeitung lese, dann lese ich nur über Unterdrückung, Krieg in Palästina und vor allem über die fürchterlichen Pogrome an meinen Glaubensbrüdern. Wenn ich dagegen den *Stürmer* lese, dann erfahre ich, dass die Juden die gesamte Wirtschaft kontrollieren, führend in der Wissenschaft sind und sich gerade darauf vorbereiten, die Weltherrschaft zu übernehmen. Und sehen Sie: Das verbessert in der derzeitigen Lage ein klein wenig meine Befindlichkeit.«

Wettlauf. Auf dem Roten Platz in Moskau findet ein Wettlauf statt: Der sowjetische Außenminister tritt gegen den amerikanischen Außenminister an. Der amerikanische Außenminister gewinnt.
Am nächsten Tag steht in der *Prawda* (›Wahrheit‹):
»Gestern fand auf dem Roten Platz ein Wettlauf statt. Der sowjetische Außenminister wurde *zweiter*; der amerikanische Außenminister *vorletzter*.«

Trägheit. Zwei Lagerinsassen unterhalten sich; ob im GULAG oder im KZ, ist letztlich ziemlich unwichtig.
»Warum bist du denn hier?«
»Ich bin wegen meiner *Trägheit* hier.«
»Wie meinst du das genau?«
»Nu, ich saß abends mit einem Freund zusammen, und wir haben uns die ganze Nacht politische Witze erzählt. Als er

gegangen war, dachte ich: Ich geh' jetzt ins Bett – anzeigen kann ich ihn auch noch am nächsten Morgen.«
»Und was ist daran träge?«
»Nu, mein Freund hat es noch in der Nacht getan.«

Pogrom. In der Ukraine während der Zeit der Pogrome. In einem kleinen Dorf in der Nähe von Odessa ist ein totes Kind gefunden worden. Die Mitglieder der jüdischen Gemeinde sind deshalb sehr beunruhigt und befürchten das Schlimmste.
Da kommt der Rabbi ganz aufgeregt mit Neuigkeiten. Erleichtert sagt er:
»Ich habe *gute* Nachrichten für euch: Es ist ein *jüdisches* Kind!«

Mäntelchen. Im Jahre 1937 im sowjetischen Russland. In der schrecklichsten Zeit der Stalin-Herrschaft kam es sogar vor, dass auch die Kinder von vermeintlichen Regimegegnern in Arbeitslager nach Sibirien deportiert wurden. So standen eines Tages, es war kurz nach Mitternacht, zwei Agenten des Geheimdienstes vor der Wohnungstür von Frau Zucker, um ihren elfjährigen Sohn David abzuholen. Man gab der Mutter zehn Minuten Zeit, das Wichtigste einzupacken und sich von ihrem Sohn zu verabschieden. Da es Winter war, zog ihm die Mutter dicke Wollstrümpfe und ein warmes Mäntelchen an. Der Abschied war schmerzvoll und tränenreich, da man nicht wissen konnte, ob, und wenn ja, wann man sich jemals wiedersehen würde.
Vierzig Jahre später. David Zucker wird zusammen mit anderen Häftlingen endlich begnadigt und darf nach Hause fahren. Davids Mutter, mittlerweile fast 80 Jahre alt, wartet am Bahnhof, um ihren Sohn in Empfang zu nehmen. Als der Zug aus Sibirien im Bahnhof hält, strömen einige hundert

Menschen aus den Waggons. Alle sehen gleich aus: abgemagert, schmutzig und in abgerissener Kleidung.
Doch sofort stürzt sich Frau Zucker auf einen großen grauhaarigen Mann:
»David, wie schön, dass ich dich endlich wieder sehe und dass du wieder da bist!«
Mit Tränen in den Augen blickt David seine Mutter an und sagt:
»Ja, Mutter, ich bin es wirklich! Aber sag mir bitte, woran hast du mich eigentlich so schnell erkannt?«
Die Mutter:
»An deinem Mäntelchen, mein Junge.«

Telefon. In Moskau während der Stalin-Herrschaft. Dem Grün wird das Telefon entzogen. Er beschwert sich bei der Polizei und fragt nach den Gründen.
»Sie haben den KGB verleumdet!« erklärt der Polizist.
»Wieso?«
»Sie haben wiederholt am *Telefon* behauptet, Ihr Telefon würde vom KGB abgehört.«

Verhaftung. In Moskau während der Stalin-Herrschaft.
Ein ziviler KGB-Agent fragt einen Passanten:
»Wie beurteilen Sie denn die politische Lage?«
Der Passant:
»Nun, ich denke ...«
Der Agent:
»Danke, das genügt – Sie sind verhaftet!«

Chaos. In den 1970er Jahren im kommunistischen Russland. Ein von Russland nach Amerika ausgewanderter Emigrant darf endlich seinen in Moskau lebenden Bruder besuchen.

Nach der Ankunft fragt ihn sein Bruder neugierig:
»Stimmt es eigentlich, was man bei uns über die Zustände in Amerika erzählt? Zum Beispiel, dass man bei euch den Wohnort wechseln kann – einfach so, ohne Genehmigung der Behörden?«
»Natürlich kann man das.«
»Und die Arbeitsstelle darf man auch ohne Genehmigung wechseln?«
»Ja, auch das ist richtig.«
»Und ein Auto kann man ebenfalls ohne Genehmigung kaufen und verkaufen – einfach so?«
»Ja, das stimmt auch.«
»Dann begreife ich wirklich nicht, wie ihr in einem solchen *Chaos* leben könnt.«

Überzeugung. Ein junger Parteifunktionär fragt einen Vorgesetzten:
»In unserer Partei gibt es zwei Strömungen: Die erste agiert ausschließlich aus Angst und die zweite aus Überzeugung. Welche sollen wir fördern?«
»Die aus Angst, denn die Überzeugung kann schnell wechseln.«

Geheimdienst. Während der Stalin-Herrschaft in der Sowjetunion.
Ein Gemeindemitglied bittet den Rabbiner um Rat:
»Ich habe das Gefühl, dass mich der Geheimdienst beschattet. Welche Schritte soll ich jetzt unternehmen?«
Der Rabbi:
»Große, Moische, sehr große.«

Unfall. Im Jahre 1938 in Moskau:
»Vater, bitte erkläre mir: Was ist der Unterscheid zwischen einem ›Unglück‹ und einem ›Unfall‹?«
»Das kann ich dir leicht erklären. Wenn zum Beispiel Stalin in einem See ertrinken würde, dann wäre das ein Unfall. Wenn man ihn dann aber retten würde, dann wäre das ein Unglück.«

Einspurig. In den 1930er Jahren in der Sowjetunion. Westliche Experten besuchen eine Baustelle der Transsibirischen Eisenbahn.
Ein Besucher fragt den Bauleiter:
»Können Sie mir vielleicht sagen, ob die Bahnlinie einspurig oder zweispurig wird?«
»Nun, das ist so: Wir bauen eine Trasse von Westen nach Osten und eine zweite von Osten nach Westen. Treffen sie sich, wird die Bahnlinie einspurig, treffen sie sich nicht, wird sie zweispurig.«

Friedrich der Große. Friedrich der Große, Cäsar und Napoleon unterhalten sich.
Friedrich der Große:
»Hätte ich die israelische Armee gehabt, dann hätte ich keine Schlacht verloren!«
Darauf Cäsar:
»Und wenn ich den israelischen Geheimdienst gehabt hätte, dann wäre ich mit Sicherheit nicht heimtückisch ermordet worden!«
Und Napoleon:
»Na ja, und wenn ich so etwas ähnliches wie die *Prawda* gehabt hätte, dann würde die Welt bis heute noch nichts von meiner Niederlage in Waterloo wissen.«

Warten. Während der Regierungszeit von Stalin werden zwei junge Männer, einer davon jüdisch, wegen verbotener politischer Aktivitäten zum Tode verurteilt. Der Henker fragt beide nach ihrem letzen Wunsch.
»Ich möchte noch eine Pfeife rauchen«, sagt der erste.
»Genehmigt. Und wo möchtest du beerdigt werden?«
»Neben Alexander Puschkin, dem großen Dichter.«
»Genehmigt. Und du Jude, was ist dein letzter Wunsch?«
»Ich möchte gerne Erdbeeren essen.«
»Erdbeeren? Wo sollen wir denn im Januar Erdbeeren auftreiben?«
»Ich bin bereit zu warten.«
»Und wo willst du beerdigt werden?«
»Neben unserem großen Führer Josef Stalin.«
»Aber der lebt doch noch!«
»Ich bin bereit zu warten.«

Internet-Lieferung. Anfrage bei der Moskauer Stadtverwaltung:
»Ist es richtig, dass wir ab sofort Lebensmittel auch über Internet bestellen können?«
»Ja, das stimmt. Aber die Lieferung erfolgt ebenfalls über Internet.«

Versorgungsnotstand. Im Jahre 1946 in Prag. Nach der Übernahme der Regierung durch die Kommunisten mangelt es an allem. Um Brennstoff und Energie einzusparen, hat das neue Regime beschlossen, nur noch Krankenhäuser sowie einige für die öffentliche Sicherheit wichtige Gebäude zu beheizen und mit Strom zu versorgen. Lebensmittel sind ebenfalls rationiert.
Kommentar eines Prager Bürgers:

»Wenn wir jetzt noch ein bisschen *mehr* Fleisch hätten, wäre es ungefähr so wie im letzten Krieg.«

Planwirtschaft. In den 1970er Jahren im sowjetischen Moskau. Grün hat so viel Geld gespart, dass er sich endlich eine Waschmaschine leisten kann. Er geht zur zuständigen Behörde, stellt dort einen Kaufantrag und übergibt dem Beamten den vollen Kaufpreis in bar.
Der Beamte:
»Die Waschmaschine wird Ihnen in genau drei Jahren geliefert.«
»Vormittags oder nachmittags?« fragt Grün freundlich.
»Was spielt das denn für eine Rolle?«
»Na ja, die Sache ist die: Der Installateur hat mir nämlich versprochen, vormittags zu kommen.«

Eigene Meinung. In der Sowjetunion während der Stalin-Herrschaft. Ein Parteimitglied muss sich wegen eines schweren politischen Vergehens vor einer Partei-Kommission verantworten. Der Mann redet und redet und redet.
Schließlich wird er unterbrochen:
»Das, was du uns hier erzählst, ist doch alles auswendig gelernte Agitation! Hast du denn keine *eigene* Meinung?«
»Doch, aber von der *distanziere* ich mich!«

Prawda. In den 1970er Jahren in Moskau.
David zu seinem Vater:
»Vater, warum heißt denn die Zeitung, die du immer liest, *Prawda*?«
»Nun, ›Prawda‹ heißt schließlich ›Wahrheit‹, und ungefähr die Hälfte von dem, was in dieser Zeitung steht, ist auch tatsächlich wahr – nur weiß man leider nicht, welche Hälfte.«

Prawda. In den 1970er Jahren in Moskau.
David zu seinem Vater:
»Vater, warum liest du eigentlich jeden Tag die *Prawda*?«
»Nun, ehrlich gesagt, weiß ich das auch nicht so genau, denn ›Prawda‹ heißt ›Wahrheit‹, doch diese Zeitung lügt so geschickt, dass noch nicht einmal das *Gegenteil* von dem wahr ist, was in ihr steht.«

Kaufhaus GUM. In der Sowjetunion während der Breschnew-Zeit. Frau Blau will neue Schuhe kaufen und geht in das größte Moskauer Kaufhaus, das Kaufhaus GUM. Nachdem sie über eine Stunde vergeblich nach Schuhen gesucht hat, fragt sie eine Verkäuferin:
»Bitte entschuldigen Sie, aber haben Sie hier keine Schuhe?«
Die Verkäuferin:
»*Keine* Schuhe gibt es eine Etage tiefer. Hier haben wir *keine* Hosen.«

Überproduktion. In der Sowjetunion während der 1960er Jahre.
Im Politikunterricht fragt ein Schüler:
»Herr Lehrer, warum bekommen wir eigentlich so viel Weizen aus Amerika geliefert?«
»Nun, mein Junge, das kann ich dir leicht erklären: Genau das ist nämlich die Folge der katastrophalen *Überproduktion* des Kapitalismus.«

Meinungsaustausch. In den 1960er Jahren in Moskau.
David fragt seinen Vater:
»Vater, bitte erkläre mir: Was versteht man eigentlich unter einem Meinungsaustausch?«
»Das kann ich dir leicht erklären: Um einen Meinungsaus-

tausch handelt es sich zum Beispiel, wenn ich mit *meiner* Meinung in das Büro des Genossen Parteisekretär gehe und mit *seiner* Meinung wieder herauskomme.«

Hebräisch. Anfang der 1970er Jahre in Russland.
Abram Rabinowitsch hat angefangen, Hebräisch zu lernen.
Sein Freund fragt ihn:
»Warum lernst du denn Hebräisch?«
»Weil ich einen Ausreiseantrag nach Israel gestellt habe.«
»Aber diese Genehmigung wirst du doch sowieso nie bekommen.«
»Das macht doch nichts: Im Paradies spricht man schließlich auch Hebräisch.«
»Aber was ist, wenn du in die Hölle kommst?«
»Macht auch nichts: Russisch kann ich schon.«

Kaffee oder Tee. In den 1960er Jahren in einem Moskauer Restaurant. Ein Gast rührt missmutig in seiner Tasse herum.
Als zufällig die Kellnerin vorbeikommt, fragt er:
»Ist das eigentlich Kaffee oder Tee? Schmecken tut die Flüssigkeit jedenfalls nach Benzin.«
Darauf die Kellnerin:
»Dann ist es Kaffee – unser Tee schmeckt nämlich nach Seife.«

Alles unter Kontrolle. Der russische Präsident ruft seinen Finanzminister an:
»Genosse Minister, wie sieht denn heute die Situation bei Ihnen aus?«
Der Finanzminister:
»Ganz ausgezeichnet, wir haben alles unter Kontrolle.«
Der Präsident:

»Ich verstehe – Sie sind im Augenblick nicht alleine. Ich rufe Sie später noch einmal an.«

Fluchtversuch. In Russland in der Zeit der Sowjet-Herrschaft. Grün wird bei einem Fluchtversuch an der sowjetischen Staatsgrenze gefasst. Der Untersuchungsbeamte fragt ihn, warum er aus der Sowjetunion fliehen wollte.
»Nun, ich hatte zwei Gründe. Erstens: Wenn die Sowjetunion einmal zusammenbricht, werden die Leute behaupten, wir Juden seien an allem schuld. Dann werden sie über uns herfallen.«
Der Untersuchungsbeamte:
»Aber was fällt Ihnen ein! Die Sowjetunion ist groß und stark – sie wird niemals untergehen!«
Grün:
»Sehen Sie: Und das war der zweite Grund, weshalb ich fliehen wollte.«

Sparkonto. In den 1970er Jahren in der Sowjetunion. Cohn eröffnet bei der städtischen Moskauer Bank ein Sparkonto und will 1000 Rubel darauf einzahlen.
Vorsichtig fragt er den Bankangestellten:
»Genosse Bankangestellter: Ist das Geld auch wirklich sicher?«
»Aber selbstverständlich!«
»Und was ist, wenn die Bank Pleite macht?«
»Dann kommt die Stadt Moskau dafür auf.«
»Und was ist, wenn die auch Pleite macht?«
»Dann kommt der sowjetische Staat dafür auf.«
»Und was ist, wenn der auch noch pleitegeht?«
»In diesem Fall muss selbstverständlich unsere Regierung zurücktreten – und das sollte Ihnen doch mindestens 1000 Rubel wert sein – oder?«

Krieg. Der elfjährige David in einem Schulaufsatz: »Den uns aufgezwungenen Krieg hätten wir nicht *anfangen* dürfen.«

Herrschende Klasse. Mitte der 1950er Jahre in der Sowjetunion. Der damalige deutsche Bundeskanzler Konrad Adenauer unternimmt seinen ersten Staatsbesuch nach Russland. Selbstverständlich wollen die Russen ihren Gästen aus dem kapitalistischen Westen die Errungenschaften der modernen Sowjetunion präsentieren. Zuerst besichtigt man eine neue Autofabrik. Der sowjetische Präsident lässt es sich natürlich nicht nehmen, die Besichtigung persönlich zu leiten. Stolz betritt er die Halle Nr. 1. Doch es sind keine Arbeiter zu sehen.
Schlagfertig erklärt der sowjetische Präsident:
»Die Arbeiter feiern gerade ein Jubiläum!«
Die Delegation geht weiter. In der Halle Nr. 2 sind jedoch auch keine Arbeiter zu sehen.
Der sowjetische Präsident, bereits etwas beunruhigt:
»Die Arbeiter sind gerade auf einer Betriebsversammlung!«
Als in der Halle Nr. 3 wieder keine Arbeiter zu sehen sind, ist der Russe außer sich vor Wut.
Darauf Adenauer, beschwichtigend:
»Aber Herr Präsident, ärgern Sie sich doch nicht, meinen Sie etwa, bei uns würde die *Herrschende Klasse* arbeiten?«

Trotzki. Kurz nach Lenins Tod während einer Militärparade auf dem Roten Platz. Stalin steht auf der Ehrentribüne, hebt vor der jubelnden Menge seine Hand und erklärt:
»Genossen! Ein historisches Ereignis ist eingetreten! Ich habe hier ein Glückwunsch-Telegramm von Trotzki!«
Dann liest er langsam vor:
»An Joseph Stalin, Moskau. Du hattest recht, und ich hatte

unrecht. Du bist der wahre Erbe von Lenin. Ich muss mich entschuldigen. Trotzki.«
Die Leute jubeln. Nur in der ersten Reihe sitzt ganz ruhig ein kleiner, ärmlich aussehender Mann.
Leise sagt er:
»Herzlichen Glückwunsch, Genosse Stalin, so ein schönes Telegramm! Das ist wirklich für die Ewigkeit! Aber Sie haben es nicht mit genug *Gefühl* vorgelesen.«
Darauf Stalin:
»Genossen! Seht her: Vor mir steht ein einfacher Arbeiter, ein loyaler Kommunist, der sagt, ich hätte das Telegramm von Trotzki nicht mit genügend Gefühl vorgelesen! Kommen Sie, Genosse Arbeiter! Kommen Sie zu mir auf die Tribüne und lesen Sie das Telegramm noch einmal vor!«
Der kleine Mann geht auf die Tribüne, nimmt das Telegramm und liest:
»An Joseph Stalin, Moskau. *Du* hattest recht, und *ich* hatte unrecht??? *Du* bist der wahre Erbe von Lenin??? *Ich* muss mich entschuldigen??? Trotzki.«

Pogrom. Unmittelbar nach dem Ersten Weltkrieg versucht eine polnische Regierungsdelegation mit den Westmächten möglichst günstige Bedingungen für eine Hilfsaktion zugunsten der polnischen Bevölkerung auszuhandeln.
Der polnische Verhandlungsführer:
»Wenn Sie für unsere Bevölkerung nicht größere Hilfen zur Verfügung stellen, sehe ich großen Ärger auf Sie zukommen: die Leute werden sehr zornig werden, man wird auf die Straße gehen und es wird sicherlich ein Pogrom an den Juden geben!«
Darauf der amerikanische Beauftragte:
»Und was passiert, wenn wir Ihre Forderungen erfüllen?«
»Nun, dann werden die Leute sehr glücklich sein, man wird

auf die Straße gehen und sich betrinken … und dann wird es ein Pogrom an den Juden geben.«

Demokratie. Während einer internationalen Konferenz unterhalten sich der amerikanische Präsident und sein israelischer Amtskollege:
»Bei uns in Amerika verdient ein Arbeiter ungefähr 1000 Dollar im Monat, aber er braucht zum Leben nur etwa 800 Dollar.«
Der Israeli:
»Und was macht er mit der Differenz?«
»Das geht uns nichts an. Wir sind schließlich eine Demokratie.«
Der israelische Präsident:
»Bei uns verdient ein Arbeiter umgerechnet ungefähr 300 Dollar, aber er braucht zum Leben etwa 400 Dollar.«
»Und woher nimmt er die Differenz?« fragt der amerikanische Präsident.
Darauf der Israeli:
»Das geht uns nichts an. Wir sind schließlich auch eine Demokratie!«

Wahlergebnisse. Während der Zeit des Sowjet-Kommunismus. Ein Amerikaner prahlt vor einem Russen mit der guten Organisation der amerikanischen Wahlen:
»Unsere Wahlergebnisse stehen schon eine Stunde nach der Schließung der Wahllokale fest.«
Darauf der Russe:
»Das ist doch gar nichts! Unsere Wahlergebnisse kennen wir bereits zwei Monate *vor* den Wahlen.«

Kinderwagen. Während des Zweiten Weltkrieges in Russland. Grün arbeitet in einer staatlichen Fabrik für Kinder-

wagen. Hin und wieder nimmt er von seinem Arbeitsplatz defekte Montageteile, die man beim besten Willen nicht mehr für die Produktion gebrauchen kann, mit nach Hause, um damit für seinen kleinen Sohn ein Spielzeug zu bauen.
Nach drei Wochen sagt er zu seiner Frau:
»Liebe Frau, ich verstehe das selbst nicht: Wie ich die Teile auch zusammensetze – es wird immer ein Maschinengewehr daraus.«

Privilegien. In Moskau während der 1950er Jahre. Vor dem einzigen Lebensmittelgeschäft eines Moskauer Stadtviertels hat sich bereits am frühen Morgen eine lange Warteschlange gebildet. Abram Rabinowitsch steht ganz vorne in der Schlange, da er sich schon am Abend vorher angestellt hat.
Da kommt ein Angestellter des Ladens und erklärt den Wartenden:
»Ich habe soeben erfahren, dass die Lieferung, die wir erwarten, viel kleiner ist, als wir gehofft haben. Außerdem habe ich gerade ungefähr geschätzt, wie viele Leute hier in der Schlange stehen. Ich muss deshalb allen Juden sagen, dass sie heute leider nichts bekommen können. Also, Juden, geht jetzt nach Hause!«
Wortlos dreht sich Rabinowitsch um und geht nach Hause. Nach zwei Stunden stellt sich der Angestellte des Lebensmittelgeschäftes wieder vor die Schlange und sagt:
»Es tut mir sehr leid, aber vor zwei Minuten habe ich die Mitteilung bekommen, dass die Lieferung noch kleiner ist, als ich dachte. Deshalb müssen leider alle, die nicht Parteimitglieder sind, auch gehen.«
Einige Leute protestieren lautstark, aber das hilft ihnen auch nicht. Schimpfend gehen sie nach Hause.

Nach weiteren zwei Stunden stellt sich der Angestellte wieder vor die Schlange:
»Genossen! Es tut mir wirklich außerordentlich leid, aber gerade hat man mich darüber informiert, dass der Lastwagen mit den Lebensmitteln 40 Kilometer vor Moskau einen Motorschaden hatte. Es wird deshalb heute überhaupt keine Lieferung mehr geben. Bitte seid ruhig und geht jetzt alle nach Hause.«
Darauf brüllt ein Mann aus der Schlange:
»Immer diese verdammten Juden mit ihren Privilegien!«

Leben. Auf dem Höhepunkt der russischen Juden-Diskriminierung findet in Moskau eine Volkszählung statt. Ein Angestellter der staatlichen Volkszählungsbehörde schellt auch an der Tür der kleinen Wohnung des sehr ärmlich lebenden Abram Rabinowitsch:
»Lebt hier Abram Rabinowitsch?«
»Nein!«
»Wie ist denn Ihr Name?«
»Abram Rabinowitsch.«
»Moment mal – eben haben Sie doch gesagt, dass Abram Rabinowitsch hier nicht lebt?«
»Ja, das sagte ich, aber sprachen Sie nicht von ›*leben*‹?«

Politikunterricht. Während der Stalin-Herrschaft erhielten alle Schulkinder in der Sowjetunion einmal in der Woche politischen Unterricht.
Am Ende der Unterrichtsstunde fordert der Lehrer die Kinder auf, Fragen zu stellen.
Als erster meldet sich David Mandelbaum:
»Herr Lehrer, ich habe drei Fragen. Erstens: Können Sie mir bitte erklären, was eigentlich mit den vielen Bäumen geschieht, die in unseren Wäldern gefällt werden? Zweitens:

Können Sie mir bitte sagen, was man mit dem ganzen Getreide macht, das auf unseren Feldern geerntet wird? Und drittens: Können Sie mir bitte sagen, wo das viele Öl bleibt, das in unserem Land gefördert wird?«
»David, das sind wirklich sehr schwierige Fragen. Das muss ich auch erst klären.«
Eine Woche später. Wie immer fordert der Lehrer nach dem Politikunterricht die Kinder auf, Fragen zu stellen.
Diesmal meldet sich Shlomo Finkelstein:
»Herr Lehrer, ich habe nur eine Frage: Wo ist der David Mandelbaum geblieben?«

Wichtige Männer. Der amerikanische Präsident, der sowjetische Präsident und der israelische Präsident werden von Gott zu einem Abendessen eingeladen.
Nach dem Essen ergreift Gott das Wort:
»Ich habe Sie heute eingeladen, um die drei wichtigsten Menschen der Erde darüber zu informieren, dass ich im nächsten Monat die Welt zerstören werde!«
Die Präsidenten sind schockiert. Sie beschließen, sofort in ihre Heimatländer zurückzureisen.
Unmittelbar nach seiner Ankunft in Moskau erklärt der sowjetische Präsident den Mitgliedern des Politbüros:
»Ich habe leider *zwei schlechte* Nachrichten für euch. Erstens: Gott existiert! Zweitens: Im nächsten Monat wird er die Welt zerstören!«
Zurück in Amerika, ruft der amerikanische Präsident sofort einen Krisenstab ein:
»Ich habe *eine gute* Nachricht und *eine schlechte* Nachricht. Erstens die gute: Gott existiert! Zweitens die schlechte: Im nächsten Monat wird er die Welt zerstören!«
Unmittelbar nach seiner Rückkehr in Tel Aviv tritt der israelische Präsident vor die Knesset und sagt:

»Ich habe *zwei gute* Nachrichten für euch. Erstens: Ich gehöre zu den drei wichtigsten Männern der Welt! Zweitens: Sämtliche Probleme mit unseren Nachbarstaaten sind in einem Monat gelöst!«

Schweiz. Der elfjährige David in einem Schulaufsatz:
»Wenn uns die Engländer schon ein Land geben, das ihnen gar nicht gehört, dann hätten sie uns auch die Schweiz geben können.«

Vermögen. In Tel Aviv unterhalten sich zwei Einwanderer:
»Weißt du eigentlich, wie man in Israel zu einem *kleinen* Vermögen kommt?«
»Nu, das ist doch ganz einfach: Man muss nur mit einem *großen* Vermögen einwandern.«

Lebenslänglich. Ein ausländischer Tourist trifft auf einem Spaziergang durch Tel Aviv zufällig einen alten Schulfreund.
»Wie lange bleibst du denn in Israel?«
Der Freund:
»Lebenslänglich.«

Chancenlos. Zwei New Yorker unterhalten sich über den vermutlichen Ausgang der bevorstehenden Wahlen in Israel.
»Ich hatte kürzlich Besuch aus Tel Aviv. Mein Besuch erzählte mir, dass der Kandidat der Regierungspartei keine Chancen hat: Keiner mag ihn!«
Darauf der andere:
»Auch ich hatte kürzlich Besuch aus Tel Aviv. Mein Besuch erzählte mir, dass der Kandidat der Oppositionspartei keine Chance hat: Keiner mag ihn!«

Jüdischer Vize-Außenhandelsminister. Im kommunistischen Polen. Die neue polnische Führung hat große Schwierigkeiten, insbesondere mit ihrer Wirtschaftspolitik.

Der Ministerpräsident lässt einen Mitarbeiter zu sich rufen und sagt:

»Ich habe gehört, dass wir noch einen jüdischen Vize-Außenhandelsminister haben. Hör zu: Der Mann muss weg, und zwar so schnell wie möglich. Wir können uns in der neuen polnischen Regierung keinen Juden als Vize-Außenhandelsminister leisten.«

Der Mitarbeiter:

»Der Mann ist aber außerordentlich tüchtig, alter Kommunist, seit über vierzig Jahren in der Partei, sehr kluger Kopf, doppelter Doktor und Professor an der Warschauer Universität.«

Der Ministerpräsident:

»Nun, dann werden wir ihm eine Aufgabe stellen, die er beim besten Willen nicht mit Erfolg erledigen kann. Dann können wir sagen, dass der Mann unfähig ist.«

Noch am selben Tag lässt der Ministerpräsident den Vize-Außenhandelsminister kommen und sagt zu ihm:

»Hören Sie: Wir haben hier in Polen derzeit sehr viel überschüssige Kohle. Fahren Sie nach England und versuchen Sie, dort unsere Kohle zu einem guten Preis zu verkaufen. Sie haben eine Woche Zeit.«

Bereits am nächsten Tag macht sich der Vize-Außenhandelsminister auf den Weg nach England, obwohl er genau weiß, dass auch dort die Lagerhallen voller unverkaufter Kohle sind. Schon nach zwei Tagen ist er aus England zurück.

Der Ministerpräsident, selbstgefällig:

»Und – gescheitert?«

»Nein, nein, ich hatte Erfolg: Ich habe alles verkauft, und sogar zu einem sehr guten Preis.«
Der Ministerpräsident, seine Überraschung verbergend:
»Na ja, ich habe da noch eine Bitte: Bitte fliegen Sie jetzt nach Kuba und sprechen Sie einmal mit dem Fidel Castro. Wir haben nämlich hier in Polen ein großes Zuckerrübengebiet und wissen im Augenblick nicht, wohin mit dem Zucker. Versuchen Sie bitte, den Kubanern unseren polnischen Zucker zu verkaufen. Sie haben, sagen wir, diesmal sogar zwei Wochen Zeit.«
Der Vize-Außenhandelsminister fährt nach Kuba, obwohl ihm wieder bewusst ist, dass die Kubaner im Augenblick selbst nicht wissen, an wen sie ihren Zucker verkaufen sollen. Bereits nach einer Woche ist er wieder aus Kuba zurück.
Der Ministerpräsident, diesmal sehr siegessicher:
»Und – gescheitert?«
»Nein, nein, ich habe unsere komplette Zuckerrübenernte, und auch bereits die vom nächsten Jahr, zu einem sehr, sehr guten Preis an die Kubaner verkauft.«
Der Ministerpräsident, nachdem er zwei Tage über eine neue ›nicht erfüllbare‹ Aufgabe nachgedacht hat:
»Fahren Sie jetzt bitte nach China. Vielleicht wissen Sie das nicht, aber wir haben hier in Polen ein kleines Versuchsgebiet, wo wir Reis anbauen. Ich bitte Sie, in Peking unseren polnischen Reis zu verkaufen. Sie haben diesmal sogar einen Monat Zeit.«
Es vergeht eine Woche, es vergehen zwei Wochen, es vergehen drei Wochen. Erst am letzten Tag der vierten Woche kommt der Vize-Außenhandelsminister zurück: blass, unrasiert, nervös und total übermüdet.
Der Ministerpräsident, süffisant:
»Na? Und – gescheitert?«
»Nein, nein, nicht gescheitert. Ich habe alles verkauft, sogar

zu einem guten Preis, aber es war unglaublich schwer in China einen *jüdischen* Minister zu finden.«

Wochenbeginn. An einem Montag in einem Konzentrationslager.
Ein Jude auf dem Weg zu seiner Hinrichtung:
»Nu, die Woche fängt ja schon gut an.«

Auswandern. In der Sowjetunion Anfang der 1970er Jahre. Zwei Juden gehen in Sankt Petersburg am Newski-Prospekt spazieren und unterhalten sich:
»Sag mal: Wie viele Juden gibt es eigentlich in der Sowjetunion?«
»Etwa drei Millionen.«
»Und wie viele davon wollen auswandern?«
»Nu, etwa fünf Millionen.«

Zufriedenheit. Während einer internationalen Konferenz fragt der israelische Präsident den amerikanischen Präsidenten:
»Verzeihen Sie bitte die Frage, Herr Kollege, aber sind eigentlich alle Bürger Ihres Landes mit Ihrer Politik zufrieden?«
»Na ja, Sie können doch nicht ernsthaft erwarten, dass alle 300 Millionen Amerikaner mit meiner Politik zufrieden sind. Es gibt sicherlich etwa sechs bis sieben Millionen, die mit meiner Politik *nicht* zufrieden sind. Und wie steht es bei Ihnen in Israel? Sind etwa alle Bewohner Ihres Landes mit Ihrer Politik zufrieden?«
Darauf der israelische Präsident:
»Nun, das ist ungefähr so wie bei Ihnen: Etwa sechs bis sieben Millionen sind mit meiner Politik unzufrieden.«

Iwan Iwanowitsch. In der Sowjetunion während der Stalin-Herrschaft.
Drei Gefangene sitzen in einem sibirischen Arbeitslager und erzählen sich gegenseitig, aus welchem Grund sie bestraft worden sind:
»Ich bin hier«, sagt der erste, »weil ich 1935 *für* Iwan Iwanowitsch war.«
Der zweite:
»Und ich bin hier, weil ich 1937 *gegen* Iwan Iwanowitsch war.«
Der dritte:
»Ich *bin* Iwan Iwanowitsch.«

Lebensretter. Während der Hitler-Zeit in Deutschland. Der vierzehnjährige David sieht im Fluss einen Mann, der laut um Hilfe ruft. Sofort springt David ins Wasser und rettet den Mann. Am Ufer bemerkt er, dass es Hitler ist, dem er gerade das Leben gerettet hat.
Hitler:
»Mein lieber Junge, als Dank dafür, dass du mich gerettet hast, hast du einen Wunsch frei!«
David:
»Ich wünsche mir, dass niemand meinem Vater sagt, dass ich Sie gerettet habe.«

Glück. In der Sowjetunion während der Stalin-Herrschaft.
Zwei Juden unterhalten sich:
»Was verstehst du eigentlich unter ›Glück‹?«
»Glück ist zum Beispiel, dass wir in der Sowjetunion leben.«
»Und was ist Pech?«
»Nu, Pech ist, dass wir so viel Glück haben.«

Genossen-Kritik. Frage an Radio Eriwan:
»Stimmt es eigentlich, dass ein jüngerer Genosse auch einen älteren Genossen kritisieren darf?«
»Im Prinzip ja, aber es wäre sehr schade um den jüngeren Genossen.«

Doppelt schwer. Frage an Radio Eriwan:
»Kann ein guter Kommunist auch ein guter Jude sein?«
»Im Prinzip ja, aber warum wollen Sie sich das Leben doppelt so schwer machen?«

Taxifahrer. Frage an Radio Eriwan:
»Stimmt es eigentlich, dass alle ehemaligen Geheimdienst-Mitarbeiter ohne Prüfung eine Taxifahrer-Lizenz bekommen können?«
»Ja, das stimmt. Man muss denen schließlich nur einen Namen nennen – die Adresse wissen die noch auswendig.«

7 Millionen Präsidenten. Während einer internationalen Konferenz fragte der amerikanische Präsident seinen israelischen Kollegen:
»Wie viele Einwohner hat Israel eigentlich?«
Der israelische Präsident:
»Ungefähr 7 Millionen.«
Darauf der amerikanische Präsident:
»Sie haben es wirklich leicht – aber ich? Ich bin Präsident von 300 Millionen Einwohnern.«
Darauf der israelische Präsident:
»Sie irren: Ich bin alleine, habe aber ungefähr 7 Millionen Präsidenten!«

General Motors. Als die amerikanische Armee während des Vietnam-Krieges immer größere Probleme bekam und die Aussicht auf einen Sieg in weite Ferne rückte, wandte sich der amerikanische Präsident an die israelische Regierung mit der Bitte, den legendären General Dajan, der kurz zuvor die ägyptische Armee im Sechs-Tage-Krieg vernichtend geschlagen hatte, auszuleihen.
»Wir sind gerne bereit«, antwortete die israelische Regierung, »Ihnen General Dajan zu leihen. Wir möchten jedoch als Gegenleistung zwei amerikanische Generäle.«
»Kein Problem«, antwortete der amerikanische Präsident, »nennen Sie bitte die Namen.«
»General Motors und General Electric!«

Gefährlich. Während der Zeit der palästinensischen Selbstmordanschläge rät das amerikanische Außenministerium von Reisen nach Israel ab.
»Vollkommen übertrieben«, sagen die Tel Aviver, »wirklich gefährlich ist es doch nur in Jerusalem.«
»Unsinn!« behaupten die Jerusalemer. »Jerusalem ist sicher – gefährlich ist es nur in Gilo.«
»Stimmt überhaupt nicht!« schwören die Menschen in Gilo. »Gefährlich ist es nur in der Margalit-Straße.«
»Auch nicht wahr«, sagen die Leute aus der Margalit-Straße, »gefährlich ist es nur, wenn die Wohnung Fenster zum Westen hat, nach Beit Dschala, wo die palästinensischen Heckenschützen sitzen.«
»Nur keine Panikmache!« rufen die Bewohner der Wohnungen, die im Visier der Heckenschützen liegen. »Gefährlich sind eigentlich nur nachts die hellen Küchen, und auch das nur dann, wenn man die Tür eines innen beleuchteten Kühlschranks öffnet. Also gehen wir bei Dunkelheit mög-

lichst nicht an den Kühlschrank. Wir haben schließlich schon Schlimmeres überlebt!«

Wien bleibt Wien. Der jüdische Journalist und Schriftsteller Alfred Polgar konnte während der Nazizeit rechtzeitig ins Ausland emigrieren. Nach dem Krieg kam er gelegentlich nach Wien zurück. Auf die Frage, wie ihm das Nachkriegs-Wien gefalle, antwortete er einmal:
»Ich muss leider ein vernichtendes Urteil abgeben: Wien *bleibt* Wien.«

Hoffnungslos, aber nicht ernst. Während der internationalen Finanzkrise treffen sich zwei alte Freunde. Der eine wohnt in Israel, der andere in den USA.
»Wie ist denn die Lage bei euch in den USA?« fragt der Israeli neugierig.
»Nun, bei uns ist die Lage ernst, aber nicht hoffnungslos. Und wie sieht es bei euch in Israel aus?«
Darauf der Israeli:
»Nun, bei uns ist es genau umgekehrt: hoffnungslos, aber nicht ernst.«

Wus titsich. Der amerikanische Präsident bittet den Chef des CIA zu sich und fragt ihn:
»Sagen Sie, wie kommt es eigentlich, dass die Juden bereits immer alles wissen, bevor wir es erfahren?«
»Na ja, die Juden haben da eine Redensart, die lautet: ›Wus titsich?‹«
Der Präsident:
»Und was heißt das?«
»Nun, das ist eine jüdische Redensart, die grob übersetzt bedeutet: ›Was gibt es Neues?‹ Die Juden fragen sich das

bei jeder Gelegenheit und wissen so sehr schnell über alles Bescheid.«
Der Präsident beschließt, selbst verdeckte Ermittlungen vorzunehmen, um herauszufinden, ob das stimmt. Er verkleidet sich als orthodoxer Jude – schwarzer Hut, langer schwarzer Mantel – und wird unter strengster Geheimhaltung nach New York geflogen. Am Flughafen wird er von einem getarnten Auto abgeholt und fährt direkt in das jüdische Viertel von Brooklyn. Dort steigt er aus dem Auto und geht zur nächstgelegenen Synagoge. Auf dem Weg dorthin kommt er an einem kleinen, unscheinbaren alten Mann mit langem Bart und Kaftan vorbei. Der Präsident spricht ihn vorsichtig an und fragt ihn leise:
»Wus titsich?«
Der Alte, flüsternd:
»Der amerikanische Präsident ist in Brooklyn.«

Unschuldig. Ein neuer Häftling kommt ins Lager. Die Insassen fragen ihn nach der Länge seiner Haftstrafe:
»25 Jahre!«
»Wofür?«
»Für nichts! Ich habe absolut nichts getan. Ich bin völlig unschuldig.«
»Ach, hör doch auf – die *Unschuldigen* bekommen doch nur fünf Jahre.«

Mathematikwettbewerb. In der Sowjetunion findet bereits in der Grundschule jedes Jahr ein großer Mathematikwettbewerb statt.
Der Lehrer fragt das erste Kind:
»Was ist zwei mal zwei?«
»Vier«, antwortet das Kind.

Der Lehrer: »Versuch es noch einmal!«
»Fünf«, sagt daraufhin das Kind.
Der Lehrer: »Und noch einmal!«
Das Kind: »Hmm … sechs?«
Das Lehrer schreibt in seinen Bericht:
»Vielversprechender junger Kommunist, dumm, aber macht Fortschritte.«
Jetzt stellt der Lehrer dem zweiten Schüler dieselben Fragen. »Vier« lautet erneut die erste Antwort, »fünf« die zweite. Danach bleibt das Kind bei »fünf«.
Der Lehrer trägt in seinen Bericht ein:
»Vielversprechender junger Kommunist, dumm, aber entschlossen.«
Als der Lehrer dieselben Fragen dem dritten, einem jüdischen Kind stellt, antwortet dieses mehrfach hintereinander mit »vier«.
Der Lehrer notiert:
»Kind unter Beobachtung halten, es scheint sich um einen *Intellektuellen* zu handeln.«

Rechtliches

Viele jüdische Anekdoten und Witze resultieren aus der Anwalts- und Gerichtspraxis.

Nachdem es Juden im 19. Jahrhundert erlaubt wurde, an staatlichen Hochschulen zu studieren und akademische Berufe auszuüben, entschieden sich viele für das Studium der Jurisprudenz und wurden Rechtsanwälte. Ein Grund hierfür ist sicherlich die bereits durch die traditionelle Talmudschulung früh entwickelte und geförderte Fähigkeit, analytisch, logisch und dialektisch denken und reden zu können. Außerdem gibt es nach jüdischem Verständnis nichts, worüber sich nicht streiten lässt.

Hinzu kommt, dass die Rabbiner bis zum Ende des 19. Jahrhunderts innerhalb ihrer Gemeinde nicht nur die religiösen Führer waren, sondern auch die Funktion von Richtern ausübten. Insofern hat die juristische Schulung und Praxis bei den Juden, insbesondere bei den Rabbinern, eine lange Tradition.

Nicht zuletzt hat der Anwaltsberuf ein relativ hohes Sozialprestige, so dass viele jüdische Mütter die Hoffnung hatten – und haben –, dass ihren Kindern durch die Tätigkeit als Rechtsanwalt auch ein leichterer sozialer Aufstieg möglich sein wird.

Wunderwasser. Der Richter zum Angeklagten:
»Angeklagter, Sie stehen hier vor Gericht, weil Sie eine undefinierbare Flüssigkeit als Wunderwasser zur Lebensverlängerung verkauft haben. Sind Sie in dieser Hinsicht schon vorbestraft?«

»Ja, insgesamt zweimal: einmal im Jahre 1554 und ein anderes Mal im Jahre 1798.«

Zeugen. Der Richter zum Angeklagten:
»Sie sind von acht Zeugen beobachtet worden. Und trotzdem leugnen Sie?«
Der Angeklagte:
»Acht Zeugen? Was sind schon acht? Ich kann Ihnen Hunderte bringen, die mich *nicht* beobachtet haben!«

Zeugen. Cohn wird von einem Geldverleiher aufgefordert, ein Darlehen von 1000 Rubel zurückzuzahlen. Um die Forderung zurückzuweisen, wendet er sich an einen Rechtsanwalt:
»Herr Doktor, bitte helfen Sie mir, ich habe von dem Mann überhaupt kein Geld bekommen!«
Der Anwalt überlegt kurz, dann diktiert er:
»... und im übrigen sieht mein Mandant Ihrer Klagedrohung mit großer Gelassenheit entgegen, schließlich hat er niemals ein Darlehen von Ihnen erhalten.«
»Halt«, unterbricht Cohn den Anwalt, »wo haben Sie denn Ihr Handwerk gelernt? Sie müssen völlig anders argumentieren. Bitte schreiben Sie: ›... und im übrigen sieht mein Mandant Ihrer Klagedrohung mit großer Gelassenheit entgegen, schließlich hat er das Darlehen bereits an Sie zurückgezahlt.‹«
»Aber wieso denn das?« fragt der Anwalt irritiert. »Sie haben mir doch eben gesagt, dass Sie von dem Mann überhaupt kein Geld bekommen haben.«
»Nun, das stimmt ja auch, aber wenn Sie schreiben, dass ich kein Geld von ihm bekommen habe, dann bringt *er* zwei Zeugen, die bestätigen werden, dass ich das Geld doch bekommen habe. Wenn Sie aber schreiben, dass ich

das Geld bereits zurückgezahlt habe, dann bringe *ich* die Zeugen.«

Berufung. Grün ist in einen üblen Gerichtsprozess verwickelt. Da er dringend verreisen muss, überträgt er seinem Rechtsanwalt sämtliche Vollmachten.
Unterwegs erhält er von seinem Anwalt ein Telegramm mit folgendem Inhalt:
»Die gerechte Sache hat endlich gesiegt!«
Grün telegraphiert zurück:
»Sofort Berufung einlegen!«

Fachmann. Grün steht vor Gericht. Er soll gepanschten Wein verkauft haben. Er verteidigt sich selbst:
»Herr Richter, verstehen Sie etwas von Chemie?«
»Nein, ich bin Jurist.«
»Und Sie, Herr Wein-Experte, verstehen Sie etwas vom Gesetz?«
»Nein, ich bin nur Chemiker.«
»Sehen Sie selbst, Herr Richter, und von mir, einem armen einfachen Juden erwarten Sie, dass ich mich in beidem auskenne.«

Erbprozess. Ein älterer Rechtsanwalt zu seinem zukünftigen Schwiegersohn, der auch Anwalt ist:
»Eine Mitgift kann ich meiner Tochter leider nicht geben. Aber ich kann dir einen Erbschaftsprozess übertragen, bei dem es viel Geld zu verdienen gibt.«
Drei Monate nach der Hochzeit erzählt der Schwiegersohn stolz:
»Schwiegervater, stell dir vor: Ich habe deinen Erbschaftsprozess gewonnen!«
Darauf der Schwiegervater:

»Du Dummkopf! Von dem Prozess habe ich über zehn Jahre lang gut gelebt!«

Einbrecher. Ein Mann steht vor Gericht. Er soll zwei Einbrüche begangen haben, einen tagsüber und den anderen nachts. Der Staatsanwalt wirft ihm deshalb in dem einen Fall besondere Frechheit vor, weil er sogar am hellen Tag eingebrochen sei, und in dem anderen Fall besondere Heimtücke, da er die Tat während der Dunkelheit begangen habe.
Da unterbricht der Verteidiger den Staatsanwalt:
»Herr Staatsanwalt, jetzt frage ich Sie: *Wann* soll mein Mandant denn eigentlich einbrechen?«

Zucker, Zucker, Zucker & Zucker. Cohn ruft in seiner Anwaltskanzlei an.
Eine Stimme meldet sich:
»Hier ist die Kanzlei ›Zucker, Zucker, Zucker und Zucker‹.«
Cohn:
»Kann ich bitte Herrn Zucker sprechen?«
»Nein, tut mir leid, der ist im Gericht.«
»Kann ich dann bitte Herrn Zucker sprechen?«
»Nein, tut mir leid, der ist in Washington.«
»Können Sie mich denn bitte mit Herrn Zucker verbinden?«
»Leider nicht, der kommt erst um zwei Uhr.«
»Dann geben Sie mir bitte Herrn Zucker.«
»Selbst am Apparat!«

Verreist. Gespräch in einem Budapester Kaffeehaus:
»Wo warst du denn die letzten sechs Monate?«
»Verreist!«
»Verreist? Und warum hast du keine Berufung eingelegt?«

Wahrheit. Blau und Grün stehen vor Gericht. Blau behauptet, dass Grün ihm 100 Rubel schuldet.
Grün:
»Ja, das stimmt. Aber ich bin ja auch bereit, den Betrag zurückzuzahlen. Nur kann ich das noch nicht in diesem Monat.«
Blau:
»Das hat er letzten Monat auch schon gesagt!«
Grün:
»Und, habe ich etwa nicht Wort gehalten?«

Pokern. In der russischen Armee ist Pokern strengstens verboten. Ein Katholik, ein Protestant und ein Jude haben trotzdem gepokert und wurden auch prompt dabei erwischt. Jetzt stehen sie vor dem Militärgericht.
Der Katholik:
»Ich schwöre bei der Jungfrau Maria, dass ich nicht gepokert habe!«
Der Protestant:
»Und ich schwöre bei Martin Luther, dass ich nicht gepokert habe!«
Darauf der Jude:
»Nu, Herr Richter, Sie haben doch alles gehört: Soll ich denn etwa mit mir alleine gepokert haben?«

Von rechts nach links. Hebräisch und Jiddisch sind Sprachen, die von rechts nach links gelesen werden.
Die Kanzlei Farnsworth, Sullivan & Cohn ist eines der größten Anwaltsbüros der Stadt.
Ein Freund fragt den Cohn:
»Warum steht dein Name eigentlich als letzter? Jeder weiß doch, dass dein Partner Farnsworth meistens auf dem Golfplatz ist und sich Sullivan fast täglich beim Pferderennen

herumtreibt. Warum steht also nicht dein Name an erster Stelle?«
»Ach, weißt du«, antwortet Cohn lächelnd, »meine Mandanten lesen schließlich von rechts nach links.«

Bestechung. Grün zu seinem Anwalt:
»Doktorleben, was meinen Sie, werde ich den Prozess zu meinen Gunsten beeinflussen können, wenn ich dem Richter einen Briefumschlag mit 100 Rubel schicke?«
Der Anwalt:
»Sind Sie verrückt? Sie werden den Prozess garantiert wegen versuchter Bestechung verlieren!«
Der Prozess findet statt. Grün gewinnt. Zu seinem Anwalt sagt er:
»Ich habe Ihren Rat damals *nicht* befolgt und habe dem Richter doch einen Briefumschlag mit 100 Rubel zukommen lassen.«
»Nicht möglich!« antwortet der Anwalt, sichtlich überrascht.
Grün:
»Doch, das stimmt, aber ich habe dem Brief die Visitenkarte meines Prozessgegners beigelegt.«

Vorstellung. Der Richter fragt den Zeugen nach seinem Namen und nach seiner Konfession.
»Mein Name ist Moische Mandelbaum, Konfession inbegriffen.«

Fehlerhafte Rückgabe. Blau zu Grün:
»Das Fahrrad, das ich dir gestern geliehen habe, hast du mir kaputt zurückgegeben. Ich fürchte, du musst mir jetzt ein neues kaufen.«
»Auf keinen Fall!« protestiert Grün. »Erstens war es völ-

lig in Ordnung, als ich es dir zurückgegeben habe. Zweitens war es bereits kaputt, als ich es von dir bekommen habe, und drittens habe ich nie ein Fahrrad von dir geliehen!«

Meineid. Blau und Grün waren gute Freunde, bis Blau dem Grün ein Darlehen von 100 Rubel gibt und dieser das Darlehen nicht zurückzahlt.
Blau geht vor Gericht. Doch Grün schwört, dass er von Blau nie ein Darlehen bekommen habe. Da es keine schriftlichen Belege gibt, verliert Blau den Prozess.
Auf dem Heimweg fragt Blau den Grün:
»Schämst du dich eigentlich nicht, wegen 100 Rubel einen Meineid geleistet zu haben?«
»Und du, schämst du dich nicht, deinen besten Freund wegen 100 Rubel zu einem Meineid gezwungen zu haben?«

Schwören. Vor Gericht. Der Richter zum Beklagten:
»Also, können Sie beschwören, dass Sie dem Kläger das Darlehen zurückgezahlt haben?«
Der Beklagte:
»Höchstwahrscheinlich.«
Der Richter, etwas ungehalten:
»Höchstwahrscheinlich gibt es nicht beim Eid. Sie müssen schwören, ich habe das Darlehen zurückgezahlt, oder ich habe es nicht zurückgezahlt!«
Der Beklagte:
»Ja, genau so möchte ich schwören!«

Verteidigung. Der Rabbi einer kleinen Gemeinde ist für seinen besonderen Gerechtigkeitssinn im ganzen Land bekannt. Eines Tages wird das Hausmädchen von der Rebbezen, also von der Frau des Rabbis, beschuldigt, einen silber-

nen Kerzenständer gestohlen zu haben. Das Hausmädchen schwört, dass das nicht stimmt.
»Na schön«, erklärt die Rebbezen, »dann gehen wir eben zum Rabbinergericht und lassen die entscheiden.«
»Ich komme mit«, sagt daraufhin der Rabbi.
»Das brauchst du nicht«, fällt ihm seine Frau ins Wort, »ich werde die Anklage schon selbst richtig vortragen.«
Der Rabbi:
»Das glaube ich gern, aber wer wird die *Verteidigung* übernehmen?«

Recht haben. Ein Rabbi soll einen Ehestreit schlichten. Zuerst befragt er den Ehemann. Der erzählt *seine* Geschichte.
»Du hast vollkommen recht!« sagt der Rabbi, nachdem der Mann fertig ist.
Dann befragt er die Ehefrau. Die erzählt *ihre* Geschichte.
»Du hast vollkommen recht!« sagt der Rabbi, nachdem er der Frau aufmerksam zugehört hat.
Da wendet sich die Frau des Rabbis, die die ganze Sache mitbekommen hat, empört an ihren Mann:
»Das kann doch nicht richtig sein! Zuerst hast du dem Mann gesagt, dass er recht hat, und dann hast du auch der Frau gesagt, dass sie recht hat.«
Darauf der Rabbi zu seiner Frau:
»Und wie *du* erst recht hast!«

Wohltätiges und Schnorrer

Eine Mizwa, also eine Wohltat, hat im Judentum eine besondere Bedeutung, sie ist ein religiöses Gebot, und ein gläubiger Jude ist verpflichtet, regelmäßig eine Wohltat zu leisten.

Damit ein Reicher dieses Gebot erfüllen kann, braucht er jemanden, der ihm die Gelegenheit verschafft, überhaupt eine Wohltat erweisen zu können. Einen solchen Mann bezeichnet man als Schnorrer.

Das wiederum bedeutet, dass der Wohltäter nach jüdischer Auffassung dem Schnorrer sogar dankbar sein muss, dass er ihm die Möglichkeit geboten hat, eine Wohltat zu leisten.

Aus diesem Grunde kann man eine Mizwa auch nicht mit einem gewöhnlichen Almosen vergleichen, und der Schnorrer ist auch kein Bettler im sozialen Sinne; er gehört vielmehr dem gesellschaftlichen und wirtschaftlichen Mittelstand der jüdischen Gesellschaft an.

Erheiterung zeigen. Ein Rabbiner zu seinen Schülern:
»Sich erheitert zu zeigen, wenn ein Narr einen Witz zu erzählen versucht, ist auch eine Wohltätigkeit.«

Schnorrer-Drohung. Der einzige Schnorrer in einer jüdischen Gemeinde ist in letzter Zeit immer dreister und unverschämter geworden. Der Rabbiner fordert ihn deshalb zur Mäßigung auf. Darauf der Schnorrer:
»Noch ein Wort mehr, und Ihr könnt sehen, wem Ihr in Zukunft Eure Wohltätigkeit erweist!«

Provision. Ein Schnorrer kommt mit einem armselig aussehenden Mann zu Rothschild:
»Lieber Baron Rothschild, dem Mann geht es wirklich sehr schlecht – er hungert. Seien Sie wohltätig und geben Sie ihm 10 Rubel.«
Rothschild gibt dem Mann 10 Rubel. Doch der Schnorrer rührt sich nicht von der Stelle.
Rothschild:
»Was ist denn los, worauf warten Sie denn noch?«
Darauf der Schnorrer:
»Auf meine Provision, schließlich habe ich Ihnen den Mann doch zugeführt.«

Champagner. Baron Rothschild hat vormittags einem Schnorrer eine großzügige Wohltat erwiesen. Als Rothschild zusammen mit einem Geschäftspartner zum Mittagessen das teuerste Restaurant der Stadt betritt, sieht er zu seiner großen Überraschung schon wieder den Schnorrer, vor sich eine Flasche Champagner und Kaviar.
Sofort spricht Rothschild den Mann an:
»Das geht aber zu weit: Morgens schnorren Sie bei mir Geld, und mittags sehe ich Sie hier Champagner trinken und Kaviar essen!«
Der Schnorrer:
»Aber was wollen Sie denn überhaupt? Wenn ich *kein* Geld habe, *kann* ich keinen Champagner trinken und keinen Kaviar essen. Habe ich aber Geld, dann *darf* ich es nicht. Jetzt erklären Sie mir bitte: Wann also soll ich denn Champagner trinken und Kaviar essen?«

Kuraufenthalt. Ein Schnorrer bettelt Baron Rothschild an, ihm Geld für einen Kuraufenthalt in Karlsbad zu geben.

»Meinen Sie nicht auch, dass Karlsbad ein bisschen zu kostspielig für Sie ist?« fragt Rothschild den Schnorrer.
»Gewiss, Herr Baron, aber für meine Gesundheit ist mir nichts zu teuer.«

Großzügigkeit. Der Gemeinderabbiner unterstützt bereits seit langem die kinderreiche Familie Grün. Eines Tages beobachtet die Frau des Rabbiners, wie Frau Grün in einem teuren Feinkostgeschäft Kaviar, Austern, Trüffel und Champagner einkauft. Zu Hause macht die Rebbezen ihrem Mann große Vorwürfe, dass er viel zu großzügig sei.
Darauf ihr Mann:
»Wenn ich gewusst hätte, dass die Familie Grün so anspruchsvoll ist, dann hätte ich denen noch etwas *mehr* gegeben.«

Streitgespräch. Ein Rabbiner erzählt:
»In meinem Leben unterlag ich in einem Streitgespräch nur ein einziges Mal, und das war so: Einmal unternahm ich eine Reise, um jemandem eine Wohltat zu erweisen. Um schneller am Zielort zu sein, ging ich nicht zu Fuß, sondern mietete eine Pferdekutsche. Nach der Ankunft wollte ich dem Kutscher die Fahrt bezahlen. Doch der lehnte eine Bezahlung ab, um sich auf diese Weise an der Wohltat zu beteiligen. Ich erklärte ihm, dass es eine Sünde sei, einem Menschen die Bezahlung für seine Arbeit schuldig zu bleiben. Doch der Kutscher antwortete: ›Um einen Rabbi vor einer Sünde zu bewahren, soll ich etwa auf die Gelegenheit einer Wohltat verzichten?‹«

Zwingen. Ein abgemagerter alter Schnorrer steht vor der Haustür einer neureichen Familie. Die Dame des Hauses öffnet ihm.

Mit schwacher Stimme sagt er zu ihr:
»Ich habe seit zwei Wochen nichts mehr gegessen.«
Darauf die Hausherrin:
»Das dürfen Sie aber wirklich nicht tun – Sie müssen sich einfach dazu *zwingen*!«

Konkursquote. Ein Schnorrer bekommt von einem Getreidegroßhändler bereits seit Jahren jeden Monat einen festen Geldbetrag. Als der Schnorrer wieder einmal vor der Tür des Getreidegroßhändlers steht, fragt der ihn ganz erstaunt:
»Haben Sie denn nicht gehört, dass ich pleite bin und mich mit meinen Gläubigern vergleichen muss?«
»Natürlich weiß ich das!«
»Also, was wollen Sie denn noch von mir?«
»Nu, die Quote von 30 Prozent, wie die anderen auch.«

Unterricht. Ein Schnorrer zu Rothschild:
»Baron Rothschild, bitte stellen Sie sich vor: Es ist noch keine zwei Wochen her, dass meine Frau gestorben ist, da stirbt mir vergangene Woche auch noch meine Tochter, und gestern erfahre ich, dass auch mein einziger Sohn …«
Da unterbricht ihn Rothschild barsch:
»Hier haben Sie 10 Rubel – aber bitte: Erzählen Sie mir nicht mehr solche Geschichten!«
Darauf der Schnorrer:
»Baron Rothschild, Sie sind ein sehr erfolgreicher Bankier, deshalb gebe ich Ihnen keine Ratschläge für das Bankgeschäft – aber bitte geben Sie mir auch keine Ratschläge, das Schnorrergeschäft betreffend!«

Kreditgewähren. Ein Pelzgroßhändler zum Schnorrer:
»Meine Kasse ist im Augenblick absolut leer. Kommen Sie doch morgen noch einmal wieder.«

Der Schnorrer:
»Nein, das geht nicht. Ich habe in letzter Zeit durch *Kreditgewähren* schon zu viele Verluste erlitten.«

Schenken. Zwei Schnorrer begegnen sich zufällig vor der Villa des Baron Rothschild.
»Geh heute besser nicht zum Baron. Er ist nicht gut gelaunt. Ich habe auch nur einen Gulden bekommen.«
Darauf der andere:
»Ich werde trotzdem gehen. Warum soll ich ihm denn einen Gulden schenken? *Schenkt* er mir etwa was?«

Kleingeld. Ein Schnorrer zu einer elegant angezogenen Passantin:
»Verzeihung, gnädige Frau, ich muss dringend nach Hause zu meinen kleinen Kindern und habe kein Geld für eine Busfahrkarte ...«
»Tut mir sehr leid, aber ich habe leider kein Münzgeld bei mir, sondern nur Geldscheine.«
»Kein Problem, dann fahre ich eben mit dem Taxi.«

Erbe. Ein reicher, aber für seinen Geiz bekannter Pelzhändler liegt auf dem Sterbebett:
»10 000 Rubel dem Altenasyl, 20 000 Rubel dem Waisenhaus ...«
Ein Anwesender, leise flüsternd:
»Hör nur, wie großzügig der alte Geizkragen auf einmal ist.«
»Unsinn«, meint ein anderer, »schenkt er etwa *sein* Geld? Er schenkt doch nur das Geld seiner Erben.«

Willenskraft. Ein Schnorrer bettelt eine etwas mollige Dame an:

»O weh! Seit zwei Tagen habe ich nichts mehr gegessen!«
Darauf die Dame:
»Ich wollte, ich hätte Ihre Willenskraft.«

Hilfe. Dem Itzik Grün geht es finanziell sehr schlecht. Seine Frau fragt ihn:
»Lieber Itzik, alle unsere Freunde haben uns immer ihre Hilfe angeboten, warum machst du jetzt keinen Gebrauch davon?«
»Aber die geben doch nur, solange man nichts nimmt.«

Mitgifterbe. Ein Schnorrer vorwurfsvoll zum Baron Rothschild:
»Sie haben mir doch versprochen, mir jeden Monat etwas Geld zu geben, bis ich die Mitgift für meine Tochter zusammen habe!«
Darauf Rothschild:
»Sie sind unverschämt! Ich habe doch gehört, dass Ihre Tochter im vergangenen Monat gestorben ist – und deshalb habe ich die Zahlung selbstverständlich eingestellt.«
Der Schnorrer:
»Was heißt hier ›eingestellt‹? Sind Sie etwa der *Erbe* oder ich?«

Pelzmantel. Ein Schnorrer bekam jeden Monat eine bestimmte Summe von einem reichen Getreidehändler.
Eines Tages, als der Schnorrer wieder bei dem Getreidehändler erscheint, sagt der:
»Es tut mit wirklich sehr leid, aber heute kann ich Ihnen leider nichts geben – ich hatte in letzter Zeit zu hohe Ausgaben. Meine Frau wurde krank, und ich musste sie zur Kur nach Karlsbad schicken. Dort ist es aber um diese Jahreszeit

sehr kalt, und deshalb war ich gezwungen, ihr einen Pelzmantel zu kaufen.«
Der Schnorrer, verärgert:
»Was – einen Pelzmantel? Von *meinem* Geld?«

Oboe. Ein Schnorrer zu Rothschild:
»Verzeihen Sie bitte, Herr Baron, ich bin ein armer Musiker. Außerdem bin ich auch noch ein großer Pechvogel: Meine Kapelle wurde vor kurzem aus Krankheitsgründen aufgelöst – und jetzt bin ich arbeitslos.«
Rothschild:
»Was spielen Sie denn für ein Instrument?«
»Ich spiele Oboe.«
Da geht Rothschild zu einem Schrank, öffnet ihn, holt eine Oboe heraus und gibt sie dem Schnorrer mit den Worten:
»Bitte – spielen Sie mir ein wenig vor!«
Der Schnorrer:
»Nu, sehen Sie selbst, was ich für ein Pechvogel bin – ausgerechnet eine Oboe müssen Sie haben!«

Wunderrabbis und Wunderliches

Die ›Wundertaten‹ der chassidischen Rabbiner sind Legende. Die Chassidim waren Anhänger einer volkstümlichen, in wirtschaftlich einfachen Verhältnissen lebenden, eher ungebildeten, mystischen jüdischen Bewegung, die sich zu Beginn des 18. Jahrhunderts entwickelt hatte und sich überwiegend im Süden von Polen sowie in der Ukraine ausbreitete.

Der chassidische ›Wunderrabbi‹ – auch Zaddik oder Zaddikim (›Gerechter‹ oder ›Heiliger‹) genannt – war meistens eine charismatische Gestalt, der regelmäßig eine Gruppe von Anhängern, eine Art Hofstaat, um sich versammelte.

Der Begründer der chassidischen Bewegung war Rabbi Israel ben Elieser, der Sohn Eliezers und Sarahs aus Tlust. Später wurde er unter dem Namen Baal Schem Tow bekannt – und berühmt.

Die Chassidim waren von den übernatürlichen Kräften ihres Rabbis überzeugt. Danach hatte der Rabbi einen besonderen Blick und konnte damit auf den tiefsten Boden der Seele vordringen. Das war auch der Grund, weshalb man von ihm in jeder Situation den richtigen Ratschlag erwartete.

Die Wundergeschichten, die die Chassidim über ihre Rabbis untereinander erzählten, waren für sie von zentraler Bedeutung, nicht zuletzt auch deshalb, weil die Größe und Berühmtheit ihres Rabbis auch ihre eigene soziale und gesellschaftliche Stellung beeinflusste. Von ihren übrigen jüdischen Glaubensbrüdern wurden die Chassidim ein wenig belächelt, manchmal sogar – ideologisch – bekämpft.

Auch heute noch tragen die chassidischen Gemeinden – soweit es sie überhaupt noch gibt – die Namen der Orte, in denen ihre Gründerrabbis gelebt haben.

Links war Sabbat und rechts war Sabbat. Ein Chassid erzählt:

»Vor einiger Zeit fuhr ich zusammen mit unserem Rabbi mit dem Zug nach Hause. Auf einmal fing es an so stark zu schneien, dass der Zug nicht mehr weiterfahren konnte. Natürlich begannen die Leute, laut zu jammern. Da breitete unser Rabbi seine Hände aus und betete. Und was soll ich euch sagen: Es schneite rechts vom Zug, und es schneite links vom Zug, aber in der Mitte, wo die Gleise waren, da blieb alles trocken!«

»Das ist doch gar nichts«, meinte daraufhin ein Zuhörer, »ich fuhr auch einmal mit unserem Rabbi mit dem Zug, und weil die Gleise beschädigt waren, musste auch unser Zug anhalten. Es war bereits Freitagabend, und da schließlich am Sabbat kein Chassid mit einem Zug fahren darf, machten sich die Leute große Sorgen, da sie befürchteten, nicht mehr rechtzeitig nach Hause zu kommen. Doch dann, spät in der Nacht, konnte der Zug endlich weiterfahren. Jetzt aber fingen die Leute erst richtig an zu jammern, schließlich hatte der Sabbat tatsächlich angefangen! Da breitete unser Rabbi seine Arme aus und begann laut zu beten. Und, was soll ich euch sagen: *Links* war Sabbat und *rechts* war Sabbat – und in der *Mitte* fuhr der Zug.«

Donnerstag-Variante. Ein Chassid erzählt:

»Unser Rabbi sah einmal 100 Rubel auf der Straße liegen. Da es gerade Sabbat war, durfte er das Geld nicht anrühren. Und was soll ich euch sagen: Der Rabbi hob seine Hände zum Gebet – und da geschah das Wunder: Überall war Sabbat, nur da, wo das Geld lag, war noch Donnerstag!«

Lügner. Ein Chassid erzählt:

»Unser Rabbi spricht jeden Freitag mit Gott!«

Darauf ein Zuhörer:
»Das glaube ich nicht! Woher willst du denn überhaupt wissen, dass euer Rabbi tatsächlich mit Gott spricht?«
Der Chassid:
»Der Rabbi hat es mir selbst erzählt.«
Darauf der Zuhörer:
»Vielleicht lügt der Rabbi?«
Der Chassid:
»Unsinn, meinst du etwa wirklich, Gott würde mit einem Lügner sprechen?«

Dabei gewesen. Ein Handelsreisender erzählt:
»Die meisten Wundertaten von Rabbinern kennt man doch nur vom Hörensagen. Ich aber kann euch etwas erzählen, was ich selbst erlebt habe: Ich hatte einmal in einem kleinen Dorf in der Nähe von Lemberg zu tun, und da habe ich mit meinen eigenen Augen gesehen, wie eine verzweifelte Mutter ihr totes Kind zum Rabbi brachte und sagte: ›Rabbi, bitte: Mach mir mein Kind wieder lebendig!‹ Darauf schaute der Rabbi das Kind kurz an und sagte: ›Das Kind soll aufstehen!‹«
Da unterbricht ein Zuhörer den Handelsreisenden:
»Und, ist das Kind etwa wieder aufgestanden?«
»Nein – leider ist es tot liegengeblieben.«
Darauf ein anderer:
»Aber das ist doch gar kein Wunder!«
Der Handelsreisende:
»Das stimmt, ein Wunder ist es zwar nicht, dafür bin ich aber dabei gewesen!«

Wohltätigkeit ausleihen. Ein wegen seiner Bescheidenheit berühmter Rabbi verteilte zwar regelmäßig großzügige Wohltätigkeiten an die Armen der Gemeinde, besaß aber

selber so wenig Geld, dass er sich noch nicht einmal Bücher kaufen konnte. Da er gerne und viel las, musste er sich die Bücher immer ausleihen.
Eines Tages fragt ihn einer seiner Söhne:
»Vater, du verteilst doch jede Woche viel Geld für wohltätige Zwecke. Warum behältst du nicht zumindest so viel für dich, dass du dir wenigstens deine Bücher kaufen kannst?«
»Das kann ich dir leicht erklären: Bücher kann man sich ausleihen, Wohltätigkeit aber nicht.«

Blick nach Lemberg. Ein von seinen Schülern und Anhängern hochverehrter Rabbi betet zusammen mit seiner Gemeinde in der Krakauer Synagoge.
Plötzlich stößt der Rabbi einen Schrei aus und ruft:
»Gerade ist der große Landesrabbiner aus Lemberg gestorben!«
Alle sind sehr traurig und beten für den Verstorbenen.
Am nächsten Tag werden die Reisenden, die aus Lemberg kommen, gefragt, woran denn der berühmte Rabbi gestorben sei. Doch schon bald stellt sich heraus, dass der Landesrabbiner gar nicht tot war, sondern dass es ihm sogar besonders gut ging. Sofort nutzen einige Skeptiker aus der Gemeinde die Gelegenheit, die Schüler und Anhänger des Krakauer Rabbis zu ärgern, indem sie sich über den Irrtum des Rabbis lustig machen.
Darauf einer seiner Anhänger:
»Dieser kleine Irrtum unseres Rabbis ist doch völlig unbedeutend – alleine der *Blick* nach Lemberg war doch großartig.«

Wunderrabbi. David zu seinem Großvater:
»Großvater, was ist eigentlich ein ›Wunderrabbi‹?«
»Das kann ich dir leicht erklären: Ein Wunderrabbi ist ein

Mensch, der fasten kann, während er isst, der allein sein kann, während er von vielen Menschen umgeben ist, und der fleißig sein kann, während er sich in seinem warmen Bett ausruht und schläft.«

Trockenheit. Eine kleine chassidische Gemeinde litt einmal an einer großen Trockenheit. In ihrer Not schickten die Chassidim eine Abordnung zum Gemeinderabbiner, um ihn um Hilfe zu bitten. Der Rabbi, noch sehr jung und erst seit kurzer Zeit im Amt, versprach zu helfen. Nachdem er viele Stunden in alten Folianten gelesen und fast ohne Unterbrechung gebetet hatte, fing es tatsächlich an zu regnen. Als der Regen aber nach über 30 Tagen immer noch nicht aufhörte, wurden die Leute wieder unruhig. Erneut schickten sie eine Abordnung zum Rabbi. Jetzt baten sie ihn, für Trockenheit zu beten.

Doch da erklärte ihnen der Diener des Rabbis:

»Bitte, ihr müsst verstehen, der Rabbi ist noch sehr jung, Regen machen kann er schon, aber wie man den Regen wieder anhält – das hat er leider noch nicht gelernt.«

Flaschengeist. Mandelbaum geht am Strand von Tel Aviv spazieren. Da sieht er im Sand eine leere Flasche liegen. Er hebt sie auf, macht sie sauber und öffnet sie.

Plötzlich kommt ein Geist aus der Flasche und sagt:

»Mandelbaum, ich danke dir aus ganzem Herzen – du hast mich aus meinem Gefängnis befreit! Zur Belohnung hast du jetzt einen Wunsch frei! Sag, was wünschst du dir: Willst du reich werden oder ewige Gesundheit haben? Also los, was wünschst du dir?«

Mandelbaum denkt kurz nach, dann sagt er:

»Ich möchte gerne etwas für die Menschen tun. Hier ist eine Landkarte von Israel und seinen Nachbarstaaten. Bitte sorge

dafür, dass die verschiedenen Nationen in Zukunft friedlich zusammenleben können. Das ist mein Wunsch!«
Der Flaschengeist nimmt die Landkarte und betrachtet sie sehr lange. Schließlich sagt er:
»Mandelbaum, es tut mir wirklich sehr leid, aber ich muss dich leider enttäuschen, diesen Wunsch kann ich dir beim besten Willen nicht erfüllen, das schaffe ich nicht. Bitte, wünsche dir irgendetwas anderes.«
Diesmal überlegt Mandelbaum etwas länger. Da holt er aus seiner Brieftasche ein Bild von seiner Frau, gibt es dem Flaschengeist und sagt:
»Das ist Rahel, meine liebe Frau, bitte: Mach sie etwas schöner!«
Der Flaschengeist nimmt das Bild und betrachtet es ebenfalls wieder sehr lange. Schließlich sagt er:
»Lieber Mandelbaum, kann ich vielleicht noch einmal die Landkarte haben?«

Geisterbeschwörung. Ein Chassid fragt:
»Ist es eigentlich richtig, dass unser Rabbi sogar Geister beschwören kann?«
Darauf ein anderer:
»Ja, das stimmt, aber die Geister hören nicht auf ihn.«

Prophezeiung. Ein Chassid erzählt:
»Vor einiger Zeit hatten wir eine schreckliche Hungersnot in unserem Land. Selbstverständlich baten wir den Rabbi um Hilfe. Unser Rabbi, hilfsbereit wie immer, hat sich viel Zeit genommen, tagelang in alten Folianten geblättert und lange nachgedacht. Schließlich sagte er zu uns: ›Beruhigt euch, es könnte noch schlimmer kommen.‹ Und was soll ich euch sagen: Es kam schlimmer!«

Hauseinsturz. Ein Chassid erzählt:
»Unser Rabbi kann tatsächlich Wunder vollbringen! Stellt euch folgendes vor: Neulich sah er am Sabbat in einem Haus eine Familie Schweinefleisch essen. Verärgert rief er laut: ›Dieses Haus soll über den Sündern zusammenbrechen!‹ Doch im selben Augenblick wurde ihm bewusst, dass dadurch auch Unschuldige, die ebenfalls in diesem Haus wohnten, ihr Leben verlieren würden. Und wieder rief er laut: ›Das Haus soll doch stehen bleiben!‹ Und was soll ich euch sagen: Das Haus blieb stehen!«

Wahrheit. Ein Chassid zu einem katholischen Pfarrer:
»Wie kannst du als vernünftiger Mensch nur an die leibliche Auferstehung Jesu glauben?«
Der Pfarrer:
»Aber du als Chassid glaubst doch auch, dass euer Rabbi auf einem Taschentuch einen Fluss überqueren kann.«
Darauf der Chassid:
»Nu, aber das ist auch wahr!«

Fasten. Ein Chassid erzählt:
»Unser Rabbi, möge er 120 Jahre alt werden, fastet jeden Tag, außer natürlich am Sabbat und an den hohen Feiertagen.«
Darauf ein Zuhörer:
»Das stimmt doch gar nicht! Ich selbst habe ihn an einem Wochentag essen sehen!«
Der Chassid:
»Na und? Das tut er doch nur aus Bescheidenheit, damit niemand merkt, dass er fastet.«

Wirklicher Frieden. Ein Chassid zum Wunderrabbi:
»Rabbileben, ich bin sehr gläubig, befolge alle Gebote und

gehe regelmäßig in die Synagoge – aber bitte, sage mir, wie kann ich *wirklichen* Frieden finden?«
Der Rabbi klärt lange, schließlich sagt er:
»Dreh dich einmal schnell um!«
Als der Chassid sich umgedreht hat, schmettert ihm der Rabbi mit aller Kraft einen schweren Kerzenleuchter auf den Hinterkopf. Sofort fällt der Chassid tot um.
»Ist das jetzt friedlich genug?« fragt der Rabbi.

Bescheidenheit. Der Rabbi sitzt in seinem Zimmer und denkt nach.
Im Nebenzimmer unterhalten sich seine Anhänger über ihn:
»Unser Rabbi ist der klügste Mensch der Welt!«
»Ja, das stimmt, er weiß wirklich alles, und was er auch noch für ein gutes Herz hat!«
»Und dazu ist er auch noch ein überaus weiser Richter und Gelehrter! Im ganzen Land ist er berühmt und geschätzt!«
In einer Gesprächspause hört man plötzlich die laute Stimme des Rabbis aus dem Nebenzimmer:
»Und, ist das etwa alles? Warum spricht denn keiner von meiner grenzenlosen Bescheidenheit?«

Ratschläge. Ein Chassid bittet den Rabbi um Rat:
»Rabbileben! In meinem Hühnerstall ist eine schlimme Seuche ausgebrochen, bitte, helfen Sie mir!«
Der Rabbi denkt kurz nach, dann gibt er dem Mann einen Ratschlag. Nach einer Woche ist der Mann wieder da:
»Rabbi, Euer Rat hat leider nicht geholfen, die Seuche ist noch schlimmer geworden!«
Jetzt klärt der Rabbi länger. Zur Sicherheit blättert er auch noch in einem alten Folianten. Schließlich gibt er dem Mann

einen neuen Ratschlag. Doch nach wenigen Tagen ist der Mann schon wieder zurück. Verzweifelt jammert er:
»Rabbi, euer zweiter Ratschlag hat leider auch nicht geholfen, die Seuche wird immer schlimmer, bitte, helft mir!«
Darauf der Rabbi:
»Nu, Ratschläge habe ich noch genug, aber hast du auch noch genug Hühner?«

Lourdes. Cohn kommt von einer Reise nach Frankreich zurück nach Hause. An der Grenze durchsucht der Zöllner seinen Koffer. Als er eine Flasche findet, fragt er:
»Was ist das?«
»Das ist Wasser aus Lourdes.«
Misstrauisch öffnet der Zöllner die Flasche und riecht.
»Das ist kein Wasser, das ist Cognac!«
Darauf Cohn:
»Was, Cognac? Schon wieder ein Wunder!«

Heringe. Ein Chassid erzählt:
»Unser Rabbi ist vor kurzem in ein tiefes Gewässer gefallen. Schwimmen kann er nicht. Zum Glück hatte er aber zwei Heringe in seiner Tasche. Die nahm er heraus, und siehe da – sie wurden wieder lebendig! Jetzt hielt sich unser Rabbi an den Heringen fest – und die zogen ihn tatsächlich bis ans Ufer!«
»Das glaube ich nicht!« entgegnet ein Zuhörer.
Der Chassid:
»Aber seht doch selbst: Der Rabbi lebt!«

Golfspiel. Moses und Jesus spielen Golf. Moses macht einen exzellenten Abschlag – der Ball fliegt mindestens 200 Meter weit! Jetzt ist Jesus an der Reihe. Der schlägt den Golfball hoch in die Luft. Da kommt ein Adler angeflogen,

fängt den Ball und lässt ihn kurz vor dem Grün wieder fallen. Ein Eichhörnchen kommt, hebt den Ball auf und kullert ihn ins Loch.
Darauf dreht sich Moses zu Jesus um und sagt:
»Hör mal, sind wir eigentlich hier, um Golf zu spielen oder um Blödsinn zu machen?«

Hocker. Ein Chassid erzählt:
»Unser Rebbe ist so groß und so heilig, dass er sich nur auf einen Hocker stellen muss, um bis nach Jerusalem zu sehen!«
Ein Zuhörer aus einer anderen Gemeinde, spöttisch:
»Aber wenn euer Rebbe so groß und heilig ist, warum muss er sich dann erst auf einen Hocker stellen?«

Wunder. Ein Fremder besucht eine kleine chassidische Gemeinde. Bei der ersten Gelegenheit fragt der Fremde neugierig:
»Was für Wunder hat euer Rabbi denn in letzter Zeit vollbracht?«
»Nu, es gibt Wunder über Wunder! Würdet Ihr es zum Beispiel für ein Wunder halten, wenn Gott das tut, um was der Rabbi ihn bittet?«
»Ja, das wäre für mich wirklich ein Wunder«, sagt der Fremde.
»Nu, hier ist es genau umgekehrt: Für uns ist es bereits ein Wunder, wenn der Rabbi das tut, um was Gott *ihn* bittet.«

Holzhacken. Ein Chassid fragt:
»Rabbi, bitte sage uns: Wie lang und wie kalt wird der bevorstehende Winter?«
Der Rabbi klärt kurz, dann sagt er:
»Fangt an, Bäume zu fällen und Holz zu hacken!«

Drei Wochen später hat der Rabbi in Krakau zu tun. Im staatlichen meteorologischen Institut erkundigt er sich nach den Wettervorhersagen für den Winter.
Der Meteorologe:
»Oh, der Winter? Der Winter wird wahrscheinlich sehr lang und sehr kalt – die Chassidim fällen nämlich schon seit drei Wochen Bäume und hacken Holz.«

Sprechender Hund. Ein amerikanischer Tourist geht in Jerusalem spazieren. An einem Haus sieht er ein Schild: ›Sprechender Hund abzugeben‹. Neugierig klingelt er an der Tür. Der Hausherr macht auf und erklärt dem Amerikaner, dass der Hund im Hof sei. Vorsichtig geht der Tourist in den Hof.
Als plötzlich ein alter, grauhaariger Hund vor ihm steht, fragt er den Hund mit freundlicher Stimme:
»Du kannst sprechen?«
»Ja«, antwortet der Hund.
Darauf der Amerikaner:
»Was hast du denn zu sagen? Kannst du mir vielleicht etwas aus deinem Leben erzählen?«
Der Hund:
»Na ja, ich war noch sehr jung, als ich feststellte, dass ich sprechen kann. Und da ich etwas Sinnvolles mit meinen Fähigkeiten anfangen wollte, habe ich mich beim Mossad, dem israelischen Geheimdienst, gemeldet. Die hatten auch sofort Verwendung für mich. Acht Jahre lang hat man mich durch die ganze Welt geschickt und mich mit Spionen, ausländischen Politikern, verdächtigen Terroristen usw. zusammengebracht, die natürlich nicht erwartet haben, dass ein Hund sie belauschen kann. Ich war wirklich sehr erfolgreich. Aber irgendwann wurde mir die Tätigkeit zu gefährlich, und ich dachte mir: Du wirst schließlich auch älter, mach dich sess-

haft und such dir eine ruhigere Position. Na ja, dann habe ich einen weniger stressigen Job am Flughafen angenommen, verdächtige Personen belauscht und auf diese Art und Weise manches Verbrechen aufgedeckt. Zur Belohnung erhielt ich viele Orden und Urkunden. In dieser Zeit habe ich auch geheiratet und zahlreiche Welpen bekommen. Na ja, das war's eigentlich auch schon, denn jetzt bin ich pensioniert und hänge hier ein bisschen rum.«

Der Amerikaner ist fasziniert. Leise, so dass der Hund ihn nicht hören kann, sagt er zum Hundebesitzer:

»Wirklich erstaunlich! Aber bitte sagen Sie mir: Warum wollen Sie diesen Hund, der so ungewöhnliche Fähigkeiten hat, eigentlich abgeben?«

Der Hundebesitzer:

»Weil er ein Lügner ist! Für den Mossad hat er nämlich nie gearbeitet!«